CŒURS BRISÉS

LES NUITS DU CAMPUS

REBECCA JENSHAK

Rebecca Jenshak
www.rebeccajenshak.com
Couverture par Books & Moods
Correction de la version originale par Edits in Blue et My Brother's Editor

Traduit par Émilie Chiron et Valentin Translation

RÉSUMÉ

Elle est patineuse. Lui est joueur de hockey. Leur désir va faire fondre la glace...

Rhett Rauthruss est célibataire pour la première fois en six ans. Après une longue relation à distance, il est prêt à profiter de la fin de ses études : les fêtes entre amis, le championnat universitaire de hockey et peut-être deux-trois rencards pour changer.

Avoir le cœur brisé, Sienna Hale sait ce que c'est. Athlète universitaire, elle s'apprête à patiner pour la dernière fois et rien ne la fera dévier de sa trajectoire : ni ses inquiétudes de trouver un emploi après la fac, ni les rumeurs concernant l'accident de l'année dernière à la patinoire, ni même le mignon joueur de hockey qui n'arrête pas de l'inviter à sortir.

Ils croient vouloir des choses différentes mais quand le désir s'embrase, inutile de nier qu'ils ont un intérêt en commun... même si ce n'est l'affaire que d'une nuit.

UN
RHETT

— Tout le monde est là ?

Liam jette un œil dans le rétroviseur pour vérifier tandis que nous nous entassons à l'arrière de son pick-up. Il a été désigné pour accomplir l'amusante mission de ramener ses coéquipiers ivres chez eux.

Je m'apprête à lui dire que c'est bon quand, soudain, ma bouche trouve une autre occupation.

Est-ce bizarre d'emballer une fille quand ton pote est à moitié assis sur tes genoux ? Le pick-up de Liam n'est pas très grand, nous sommes les cinq empilés à l'arrière. J'ai une main posée sur la taille de Layla et l'autre sur le cul de Maverick.

Je me concentre sur ses lèvres douces et le petit goût de framboise et d'alcool. Elle est en train de me tremper. La fête où nous étions a organisé un concours de tee-shirts mouillés et Layla s'est avérée une compétitrice enthousiaste et passionnée. Je croyais qu'elle craquait pour Jordan, mais ses lèvres m'ont indiqué le contraire. Quant à ce dernier, il est plaqué contre moi avec Ketcham.

Mon téléphone vibre dans ma poche et Mav sursaute. Du

moins, il essaie de sursauter. Il n'y a pas vraiment de place pour ça.

— Holà, mec. T'approche pas de moi avec ça.

— C'est mon portable.

C'est tout ce que je parviens à dire avant que Layla m'embrasse à nouveau. Ses mains se glissent dans mes cheveux et sa langue effectue des cercles dans ma bouche.

Quand la voiture s'arrête, je lève la tête pour respirer. Bon sang. C'était inattendu. Les portières s'ouvrent et Maverick et Ketcham dégringolent. Nous les suivons.

— Merci de nous avoir ramenés, dis-je à Liam.

Layla me suit de près. Je ne me suis pas rendu compte qu'elle rentrait avec moi. Peut-être que j'aurais dû. La fête semble avoir désormais lieu chez nous. Je me dirige tout droit vers ma chambre pendant que les autres se servent des bières avant de partir sur la terrasse, là où il y a tout le monde. Layla est collée à mes basques.

Je suis fatigué, mais lorsqu'elle m'embrasse, je ne proteste pas.

— Tu es tellement sexy. Comment ça se fait que je ne t'aie jamais remarqué avant ? demande-t-elle entre deux baisers.

Ses doigts s'affairent rapidement sur mes boutons et ma braguette. Elle baisse suffisamment mon jean et mon caleçon pour libérer ma queue. Pas de temps à perdre ici.

— Toi aussi, dis-je en ignorant complètement la question.

Elle glousse.

— Oh, mon dieu, j'adore ton accent.

— Merci.

— Tu peux m'enregistrer un message pour mon répondeur ?

Elle enlève son tee-shirt. Son soutien-gorge est blanc, transparent et encore humide.

Euh, quoi ?

— Tu sais, du genre : « Layla n'est pas là pour le moment. Laisse un message et elle te rappellera. »

Elle agite la tête de gauche à droite en se moquant de mon accent du Minnesota.

— Peut-être plus tard, dis-je en montrant ma queue entre nous.

Celle-ci commence à faire sa timide et à vouloir tout arrêter.

— Ah oui !

Elle pose son téléphone sur mon bureau, puis dégrafe son soutien-gorge, révélant de petits seins joyeux qui rebondissent quand elle se baisse devant moi. Ses lèvres frôlent mon gland et j'inspire, les dents serrées.

Tous les doutes que j'avais de faire ça avec elle – et j'en avais plusieurs – s'effacent. Elle se relève et me pousse sur le lit. Pendant qu'elle essaie de descendre mon jean sur mes cuisses, ce qui n'est pas chose facile, je me débarrasse de mes chaussures et m'allonge.

Bon sang, la journée a été longue. Ces deux derniers jours ont été longs.

Ce n'est pas tous les jours qu'une équipe universitaire de hockey arrive aussi loin dans le championnat. En fait, c'est la première fois pour l'équipe de l'université de Valley.

Nous avons commencé à faire la fête juste après le petit-déjeuner. Non, ce n'est pas vrai. Nous avons célébré notre victoire en quart de finale à la minute où nous sommes retournés à Valley, tard dans la nuit. La nuit a ensuite laissé place au jour. Le petit-déjeuner et le déjeuner n'étaient composés que d'alcool et je commence à le sentir. J'ai besoin de nourriture et peut-être d'une sieste. Je me demande si Layla a à manger sur elle. J'ai envie de demander, mais avec ma queue dans sa bouche, ça ne serait pas très poli. De plus, elle sera obligée d'arrêter pour me répondre.

Je ferme les yeux et me concentre. Je mangerai plus tard.

Combien de temps ça va prendre de toute façon ? On ne m'a pas fait de fellation depuis si longtemps que j'ai honte de compter pour le savoir. La bouche de Layla est chaude et attirante. Elle n'arrête pas de se retirer pour m'embrasser sur les jambes et le ventre et, chaque fois qu'elle détourne son attention de mon sexe, je grogne.

— C'est bon ? demande-t-elle en passant les mains à l'intérieur de mes cuisses pour m'embrasser les genoux.

La bonne réponse est oui et c'est ce que je réponds, même si j'ai très envie d'attirer ses lèvres vers ma queue. C'est toute une routine : elle embrasse mes jambes, remonte, me suce rapidement et rebelote.

C'est très sexy et frustrant, mais, pour être honnête, je commence à me désintéresser. Je planifie ce que je vais engloutir. Il n'y a pas beaucoup à manger chez nous. Je crois qu'il y a un reste de pizza dans le réfrigérateur. Du moins, il y en avait ce matin. Les chances qu'il y en ait encore sont minces. Je pourrais me faire livrer ou demander à un des gars d'aller chercher des tacos.

Oh, oui, des tacos, ça passerait bien.

Maintenant que c'est réglé, je me reconcentre sur Layla. Les mains dans ses cheveux, je la guide plus haut.

— Hep hep hep, dit-elle en grimpant sur moi.

Elle s'empare de mes poignets et les plaque au-dessus de ma tête. Bon, c'est plutôt torride. Les seins sur mon visage, elle se frotte pile comme il faut contre moi. Je me rapproche d'elle.

— Bas les pattes.

Quelle autorité !

Elle retourne ensuite entre mes jambes et continue à vénérer mes cuisses. C'est à la mode en ce moment ? Est-ce qu'on a oublié de me parler de préliminaires qui impliquaient des baisers rigoureux sur mes jambes poilues ? Certains mecs aiment-ils vraiment qu'on leur embrasse les mollets ?

Clairement, ce n'est pas mon cas. Ou peut-être suis-je trop bourré pour apprécier.

Mon esprit s'égare à nouveau... des tacos et peut-être un Dr Pepper. Je ne bois pas souvent de soda, mais bon sang, que j'en ai envie là !

Je passe les mains derrière ma tête et lâche une longue expiration. À présent, Layla masse mes jambes et j'adore ça. Oh, oui ! Elle a des doigts de fée. Mes membres se détendent. Je suppose que je n'avais pas conscience à quel point j'étais crispé. Ça a été un sacré mois.

Le championnat de hockey touche à sa fin, ce qui veut dire que nous risquons l'élimination à chaque match. De plus, je viens tout juste de rompre après six ans. Nous entretenions une relation longue distance depuis le lycée et ça ne fonctionnait tout simplement pas. Je commençais à ne plus l'apprécier et je m'en voulais d'être avec quelqu'un que je n'aimais plus. C'est compliqué. Quand on connaît la personne depuis la maternelle, on n'a pas envie d'en arriver à ce stade. Nous avons vécu beaucoup de choses et pas que de mauvais moments. Cela n'a plus aucun sens de rester ensemble, mais ça fait tout de même chier.

En parlant de ça... Je me fais chier là. Ma pauvre queue insatisfaite lâche l'affaire et je profite simplement du massage gratuit. Les mains de Layla sont petites, mais, bon sang, elles sont pleines de dextérité. La tension quitte lentement mon corps et je suis tout détendu.

Les tacos sont exactement ce qu'il me faut. Un Dr Pepper aussi parce que je suis tout faible. La nourriture et la caféine seront parfaites pour me réveiller.

C'est ma dernière pensée avant que le cri de Layla rebondisse sur les murs de la chambre.

— Oh mon Dieu !

Ma tête est lourde quand je la soulève du matelas. Elle se tient devant moi, torse nu et des éclairs dans les yeux.

Je suis sur le point de lui demander ce qui se passe quand la porte de ma chambre s'ouvre brusquement. Maverick et Jordan se tiennent là, interprétant la scène. Ils nous regardent tour à tour.

— Putain, les gars, dégagez !

Jordan se cache les yeux, mais aucun d'eux ne part.

— Tout va bien ici ? demande Mav. C'était un cri de joie ou il faut appeler les urgences ?

De joie. Je crois. Je regarde Layla vu que c'est elle qui a crié. Elle n'a pas l'air ravie.

— Il s'est endormi, dit-elle en reculant, horrifiée.

Il me faut une seconde pour réaliser qu'elle parle de moi. C'est moi « il ». Bon sang, je me suis endormi ?

Ils me regardent tous. J'ai toujours la queue à l'air. Je trouve mon caleçon et l'enfile, puis j'attrape mon jean. Je saute partout en essayant de faire passer mes cuisses pendant que Maverick aide à présent une Layla en pleurs à trouver son tee-shirt, tout en essayant de la réconforter.

— Pardon. J'ai trop bu.

— Je suis si moche qu'il s'est endormi ? demande-t-elle à Maverick.

Il la prend dans ses bras et elle enfouit son visage contre son torse. Mav me fusille du regard par-dessus son épaule.

Je me rapproche.

— Non. Ce n'est pas toi. Je m'endors tout le temps.

— C'est vrai, confirme Jordan. Oui. Il s'endort chaque fois qu'on regarde un match.

— Tu me compares à un match ennuyeux ?

Elle sanglote plus fort. Je ne suis pas le seul à avoir trop bu. Layla est ivre et ses larmes sont affreuses.

Je suis sans voix, mais Jordan réagit rapidement.

— Pas du tout. Tu es géniale. Tu es magnifique et drôle. C'est Rhett qui est ennuyeux.

J'ai envie de le contredire, mais s'il faut qu'elle croie que tout est de ma faute, alors je suis partant. Bordel, je me suis vraiment endormi pendant ? Ou presque pendant ? Ou juste avant l'acte ? Pour être honnête, je ne sais pas si nous l'aurions fait. Soit c'était le meilleur massage de ma vie, soit la pire des fellations.

Elle jette un œil à Jordan sous le bras de Maverick.

— Tu me trouves magnifique ?

— Absolument, acquiesce-t-il.

Mav la dirige vers la porte.

— Jordie, pourquoi tu n'emmènerais pas Layla dehors ? Peut-être qu'un peu d'air frais lui fera du bien.

Elle part volontiers en se blottissant contre Jordan.

Je passe une main dans mes cheveux et me donne quelques gifles pour me réveiller.

— Mec, sérieux ? s'exclame Mav en éclatant enfin de rire, plié en deux. Comment as-tu fait pour t'endormir ?

Je hausse une épaule puis l'autre.

— J'étais crevé et affamé. On va chercher des tacos ?

Maintenant que, de toute évidence, je ne vais pas faire l'amour, j'ai besoin de manger.

— Je m'en veux. Je devrais lui envoyer un message ? demandé-je en déballant mon quatrième taco.

— Nan, je m'en suis occupé, répond Jordan en s'adossant à la banquette et en levant son verre. La seule chose dont elle se souviendra aujourd'hui, c'est du meilleur orgasme de sa vie. Y'a pas de quoi.

Je peux rayer Layla de ma liste de coups d'un soir potentiels.

— Merci, je suppose. Je ne suis pas doué pour être célibataire.

— Tu ne peux pas être mauvais. Bon, sauf si tu t'endors pendant qu'une nana te suce, dit Jordan avec un sourire narquois.

— Elle était partout, protesté-je. Elle prêtait à peine attention à ma queue.

Jordan se fige, le taco à sa bouche.

— Quand même. Tu étais nu avec une fille. Une fille sexy.

— As-tu réussi à coucher avec une fille depuis Carrie ? s'enquiert Mav.

— Définis « réussi ».

Ses sourcils sombres se haussent.

— S'il faut que je le fasse, alors je ne pense pas que tu aies fait ça correctement.

— Il faut que tu en sois sûr, dit Jordan. Tu as peut-être besoin d'une boisson énergisante aussi.

— On peut s'arrêter en acheter avant de rentrer à l'appart, propose Liam.

Si ces types essaient de m'aider, c'est que j'ai vraiment des ennuis. Aucun d'eux n'est en position de prodiguer des conseils.

— Non, je ne veux pas retourner à l'appart. Tu peux me déposer à la patinoire ?

— Tu es sûr ? demande Liam. Tu bois depuis ce matin.

Depuis hier soir, techniquement.

— Je vais bien, assuré-je.

Tout l'alcool que j'avais en moi s'est évaporé quand Layla a éclaté en sanglots devant mon pénis tout flasque.

Liam m'emmène à la patinoire quand nous avons terminé de manger.

— Je vais déposer Mav puis on reviendra avec Jordan, dit-il.

— Ah bon ? questionne son colocataire qui n'a pas l'air ravi de cette idée.

— La fête est finie, mon pote. Il faut qu'on se mette au travail.

Jordan baisse la tête et la hoche. Il a vécu un match difficile hier soir. Nous ne pouvons pas nous permettre que quelqu'un lâche l'entraînement avant les demi-finales.

— À plus.

Je lève la main tandis que la voiture s'écarte du trottoir.

Je me douche et me change à la patinoire. Les patineurs ont encore un quart d'heure sur la glace d'après l'emploi du temps. Étant donné que je n'ai rien à faire, je m'assieds, ferme les yeux et attends. Au moins, personne ici ne se souciera que je m'endorme ou pas.

DEUX
SIENNA

LE FROID EST MORDANT TANDIS que je patine. Je baisse mon bandeau douillet sur mes oreilles et m'arrête devant mon amie Josie.

— On va chez Olivia et Kate regarder *Dance Star* et ensuite, on ira dîner *Au repaire*. Je parie que l'équipe de hockey y sera pour fêter leur grande victoire. Tu viens ?

Le reste de l'équipe a fini de s'entraîner et sort, Josie sur leurs talons. Quand elle prend conscience que je ne l'ai pas suivie, elle regarde en arrière dans l'attente d'une réponse.

— Non. Je crois que je vais rester encore un peu.

Un sourire amusé s'étire sur la bouche de mon amie. Elle détache la queue de cheval qui retenait ses longs cheveux bleus.

— Le coach sait que tu restes ?

Je vérifie mon pouls sur ma montre.

— Ça va aller. Je veux juste travailler sur la pirouette à la fin de mon petit enchaînement.

— Une fille ne peut pas vivre que du patinage.

Elle se peigne les cheveux avec les doigts.

— Il y a la moitié d'un sandwich et des mini bretzels dans mon sac.

— Je parlais des garçons et de l'alcool. En excès. Allez, on a trois semaines pour se préparer à la Desert Cup et ta pirouette est déjà parfaite.

— À demain matin ! lancé-je par-dessus mon épaule en m'éloignant en patins.

Je fais le tour de la patinoire ovale et en revenant, elle est partie avec le reste de l'équipe. Je suis enfin toute seule.

Je retire mes écouteurs et me laisse bercer par le bruit de mes patins sur la glace. En fermant brièvement les yeux, je laisse tous mes sens savourer ce moment. Même l'écho des gens qui entrent et sortent de la patinoire est un bruit agréable.

C'est difficile de trouver du temps seul à l'université. Encore plus sur la glace. J'en profite et apprécie vraiment le moment quand je constate que je ne suis pas tout à fait seule.

Rhett Rauthruss, l'un des joueurs de hockey de Valley, est assis à la première rangée, près du tunnel qui mène au vestiaire des garçons. Penché en arrière et avachi sur son siège, il porte un tee-shirt gris et un jogging noir au lieu des protections et de l'équipement que l'équipe porte habituellement. Je fais deux autres tours avant de m'arrêter devant lui.

Ses cheveux blond foncé lui tombent sur les tempes et de profondes respirations régulières soulèvent son torse. J'attrape la crosse de hockey qui repose à ses pieds et le touche avec.

Rien. Il est peut-être mort.

— Tu es vivant ? demandé-je.

Sa poitrine continue à se soulever et à se baisser lentement, dans un rythme régulier. Bon, il n'est pas mort.

Pendant que je réfléchis à la situation et à comment procéder, j'analyse les traits de son visage. Des lèvres pleines et boudeuses, un grand nez droit et une mâchoire dessinée.

Je ne me suis jamais retrouvée aussi près de lui. Même si je croise souvent l'équipe de hockey puisque nous nous entraînons à la même patinoire et que nous nous la partageons, je n'ai jamais croisé ce joueur en particulier. Certains de ses coéquipiers, oui, mais je ne connais pas trop Rhett, hormis son nom et désormais à quel point il est beau quand il dort.

— Eh oh ? tenté-je à nouveau pour attirer son attention.

C'est le seul obstacle qui m'empêche de patiner une heure seule sans personne.

Il fronce les sourcils une fraction de seconde, mais sinon, il ne bouge pas.

— Eh ! crié-je en le tapant plus fort avec la crosse.

Il sursaute. Des yeux bleu-gris perçants se braquent brusquement sur moi, mais il met du temps à se redresser. Il relève les épaules et s'étire le dos en parcourant du regard la patinoire déserte.

— Tu es la deuxième fille qui me réveille en criant aujourd'hui.

Lorsqu'il se lève, je lui tends sa crosse et recule.

— Je n'ai pas crié. J'ai élevé la voix pour attirer ton attention.

Pour te faire dégager d'ici. J'ai rarement la patinoire pour moi toute seule et il gâche tout. Aussi, je n'aime pas qu'il remette la faute sur moi. C'est à mon tour d'avoir la glace.

— Oui, eh bien au moins, je n'étais pas à poil cette fois-ci.

Il pince les lèvres et a l'air embarrassé par sa confession, comme s'il n'avait pas voulu en faire part à une inconnue. Il entre sur la glace. Déjà qu'il est grand, face à moi, il paraît encore plus imposant qu'assis.

— Je n'ai pas fini de patiner. J'ai encore une heure.

Il tire sur l'un des filets de hockey et laisse tomber quelques palets sur la glace.

— Tu m'as réveillé pour me dire que je ne peux pas patiner ? J'ai vérifié le planning. Il n'y avait rien après seize heures.

— Techniquement, c'est exact, mais personne ne vient jamais aussi tard le dimanche après-midi.

— *Techniquement*, c'est inexact. Je suis là aujourd'hui.

Il sourit comme s'il m'avait bien eue. C'est vrai, mais je ne suis toujours pas prête à m'avouer vaincue.

Je veux la paix, extérieure et intérieure. Pour cela, j'ai besoin de calme.

— J'ai besoin de faire ma routine sans aucune distraction. J'ai un spectacle dans trois semaines.

— Et moi, j'ai le match le plus important de ma vie dans six jours.

Je fais la moue. J'aurais dû le laisser dormir.

— Je ne dirai pas un mot et je resterai dans cette moitié. Ça te va ?

Il envoie un palet dans le filet sans me regarder.

— Bon d'accord, cédé-je. Comme tu veux.

Ce n'est pas la solitude que je recherchais, mais au moins, il ne me prêtera pas attention. Il a l'air d'avoir encore moins envie de me parler que moi avec lui.

Il se tourne et braque sur moi ses yeux tempétueux. Je crois qu'il va lâcher l'affaire ou au moins s'excuser, mais non. Il hoche une fois la tête, fixe la glace et se met à patiner en lançant d'autres palets dans le filet.

Je remets mes écouteurs et monte le son pour étouffer ses bruits. Cependant, c'est extrêmement difficile d'oublier sa présence. Il m'a énervée alors que j'avais besoin de calme.

De plus, pourquoi Rhett Rauthruss patine-t-il tout seul un dimanche après-midi ? Et pas n'importe quel dimanche après-midi. Ils ont gagné les quarts de finale hier soir. Il devrait fêter ça avec toute son équipe, comme Josie l'avait supposé.

J'ai déjà croisé Rhett. Tout comme j'ai déjà croisé la plupart des garçons de l'équipe sur le campus ou à la patinoire.

Même si nous ne partagions pas la patinoire avec eux, je serais sûrement capable de les reconnaître. Ils sont connus et appréciés sur le campus. Depuis que le coach Meyers a été engagé il y a quatre ans, il a petit à petit monté une équipe de joueurs extrêmement doués. Nombre d'entre eux ont déjà été recrutés par des équipes de la NHL, la Ligue nationale de hockey.

Nous nous entraînons souvent après l'équipe masculine de hockey, mais ils portent généralement tout leur attirail et leur casque et c'est beaucoup plus difficile de mater. Il s'avère que Rhett est agréable à mater. Pas mon genre du tout, mais tout de même, il est indéniablement sexy.

Les joueurs de hockey sont connus sur le campus pour deux faits : leur agréable apparence et leurs flirts incessants. Trois faits, j'imagine, si l'on compte le talent, mais, honnêtement, on en parle beaucoup moins que les deux premiers.

Ils ne m'ont jamais attirée, contrairement aux autres filles. Ce n'est pas que je suis contre les coups d'un soir, mais j'aime bêtement croire qu'il y a plus que ça. Les coups d'un soir se transforment en relation si ça se passe bien, non ?

Ça ne m'est jamais arrivé, mais je continue à croire que c'est possible. Je n'ai tout simplement pas couché avec la bonne personne. Une chose est sûre, Rhett et ses coéquipiers ne sont pas le genre de gars avec qui l'on couche en espérant qu'il se passera plus que ça. Ce serait stupide, même pour une petite rêveuse comme moi.

Je pratique ma pirouette un moment, puis je revois deux fois mon petit enchaînement. Je fais une pause et observe Rhett – tout en essayant de faire genre que je ne l'observe pas – quand deux de ses coéquipiers se joignent à lui. Ce doit être des premières années ou des transferts parce que je ne les reconnais pas. L'un a des cheveux blonds de surfeur, si bien coiffé que je ne l'aurais jamais pris pour un joueur de hockey, et l'autre est tout le contraire, avec des cheveux bruns qui dépassent de sa casquette à l'envers.

Alors que Rhett était silencieux et tentait de se montrer courtois, ces deux-là sont bruyants. Même avec les écouteurs, je les entends.

Josie aurait dû rester. On dirait que l'équipe de hockey fête sa victoire ici aujourd'hui. Elle sera furieuse d'avoir raté ça. Moi ? Pas tant que ça.

Je mets ma chanson préférée et retourne sur la glace. Rhett me jette un regard qui doit être désolé. Je n'arrive pas à le déchiffrer à cause de ma frustration. Les deux autres se tournent et me fixent ouvertement. Ils se parlent, mais je ne distingue pas ce qu'ils se disent exactement grâce à la chanson qui pulse dans mes oreilles. En patinant, je fais de mon mieux pour les sortir de mes pensées et me concentrer.

Dans trois semaines, j'ai ma dernière compétition universitaire. Ma dernière occasion de patiner, sérieusement. Bien sûr, je pourrais participer à des spectacles dans le coin après mon diplôme. Cependant, je sais qu'une fois que j'obtiendrai un emploi sérieux cet été, les chances de trouver du temps pour me consacrer au patinage, comme maintenant, seront minces.

Par conséquent, Rhett et ses coéquipiers ne peuvent pas me distraire. Je ne le permettrai pas.

Je trouve enfin mon rythme après plusieurs chansons de chanteuses en colère qui m'ont mise dans le bon état d'esprit. Il y a peu de choses que Lady Gaga et Taylor Swift ne peuvent pas améliorer. Je lance la musique de mon enchaînement pour le refaire. Mes jambes sont fatiguées et mon ventre a plus que faim, mais je dois continuer.

L'un des gars crie, vraiment très fort. Il ne s'arrête pas et hurle la même chose encore et encore, jusqu'à ce que je ne puisse plus l'ignorer. Les dents serrées, je m'arrête pour vociférer quand un corps massif me percute. Je rebondis en arrière, comme si je m'étais pris un mur, et m'écroule sur la glace. J'atterris sur le flanc gauche et, même si je crois que tout va bien, ça fait un mal de chien.

Lorsque j'ouvre les yeux, Rhett se tient au-dessus de moi. Ses yeux bleus sont écarquillés tandis qu'il me fixe. Sa bouche bouge, mais je n'entends rien.

Je me redresse et retire mes écouteurs.

— Ça va pas !

— Je suis vraiment désolé, s'excuse Rhett.

Sa bouche effectue les mêmes mouvements qu'il y a quelques secondes.

— Elle va bien ? demande l'un des gars.

Son pote et lui se tiennent un peu plus loin, ils observent en gardant leurs distances.

— *Elle* va bien, dis-je en me levant, les jambes flageolantes.

Mon cœur bat à toute allure, c'est sûrement à cause de la colère et de l'adrénaline dans mon corps.

Rhett me prend par le coude pour me stabiliser.

— Tu devrais peut-être t'asseoir un peu.

Je dégage mon bras.

— Je t'ai dit que ça allait.

Sauf que je suis toujours chancelante et que je manque de tomber. Sans un mot, Rhett me prend par le bras et m'aide à sortir de la glace.

— Je crois que Jeff est là, dit le type avec les cheveux blonds parfaitement coiffés.

Il vient de l'autre côté et les deux me portent en me tenant fermement par les coudes.

— Tu peux aller lui dire qu'on arrive ? lui demande Rhett.

Il passe devant et me tient par la taille. Ses grandes mains recouvrent mes côtes et la chaleur qui s'en dégage passe à travers le tissu fin de mon débardeur. Il me guide jusqu'à un banc à côté de la glace.

— Jordan, suis Liam. Si Jeff n'est pas là, appelez l'accueil et allez voir s'il y a quelqu'un. On arrive.

— J'ai dit que ça allait, insisté-je, même si aïe, ma hanche me lance à l'endroit sur lequel je suis tombée.

Il s'accroupit devant moi et me tend mes gardes de lame.

— Tu es bien tombée.

— Oui, je sais, j'étais là.

Le ton de ma voix se calme face à son regard inquiet et la douleur dans mon flanc gauche. Bon sang, ça fait mal.

— Je suis vraiment désolé.

Je fais la grimace en mettant mes gardes de lame, puis j'étire les jambes.

— Je croyais que tu devais rester de ton côté.

— Tu te sens de marcher ou tu veux que je te porte ?

Un petit fou rire s'échappe de mes lèvres.

— Tu n'es pas sérieux. Tu ne vas pas me porter.

Il hoche la tête une fois et se relève. Ignorant la douleur, je me lève et passe devant lui pour me diriger vers le bureau de l'entraîneur. Chaque pas fait souffrir ma hanche.

Jordan et Liam nous attendent, en compagnie d'un entraîneur que je ne connais pas. Je reconnais seulement que c'en est un à cause du polo bleu qu'ils portent tous.

— Salut, je suis Jeff. On m'a dit que tu étais tombée sur la glace.

Tombée ? Je jette un coup d'œil à Rhett, celui-ci baisse les yeux sur ses patins et explique :

— Je l'ai percutée.

Les sourcils de Jeff se haussent.

— Ça a dû faire mal. Certains gars dans l'équipe ne pourraient pas tamponner Rauthruss et venir jusqu'ici par leurs propres moyens.

Il me fait signe de la tête de m'approcher.

— Monte et laisse-moi jeter un coup d'œil.

Rhett et les gars restent pendant que je me hisse maladroitement sur le bureau de l'entraîneur.

— Vous pouvez y aller, tous les trois, dit Jeff.

Jordan et Liam n'ont pas besoin d'autres encouragements, mais Rhett met plus de temps à partir.

— Je vais attendre dehors, prévient-il.

Je ne sais pas s'il s'adresse à moi ou à Jeff. J'espère que ce n'est pas moi, j'ai encore moins envie de le voir qu'il y a une heure. Et ce n'est pas peu dire.

— Tu as mal quelque part ? me questionne l'entraîneur une fois qu'ils sont partis.

— Surtout à la hanche. Le côté gauche de mon visage aussi, mais ça va, vraiment. J'ai connu pire.

— Alors, tu ne vois pas d'inconvénients à ce que je regarde. Allonge-toi et mets-toi sur le côté droit.

J'obéis. Il me palpe doucement la hanche, puis lève et bouge ma jambe. Il me demande si ça fait mal en la mettant dans diverses positions.

— Bon... je crois que tu vas survivre, finit-il par dire. Je vais tout de même aller chercher de la glace et tu vas rester assise là au moins un quart d'heure.

— Ce n'est pas nécessaire.

— Si, ça l'est. Tu as pris un vilain coup. Mets de la glace et reste un peu.

Lorsqu'il s'éloigne, je m'allonge et palpe la peau tendre sous mon œil. J'entends les garçons dans le couloir. La porte est ouverte et ils ne prennent même pas la peine de chuchoter.

— Combien de filles tu comptes faire pleurer aujourd'hui ? demande l'un d'eux.

— Elle n'a pas pleuré, riposte Rhett.

J'essaie d'écouter leur conversation tandis qu'ils continuent à se moquer de Rhett. Je n'ai pas tout le contexte, mais j'en entends suffisamment pour savoir que Rhett est exactement le genre de type que j'avais imaginé : un joueur dans tous les sens du terme. Sans oublier que c'est une brute indélicate.

Dommage, il est vraiment agréable à regarder.

TROIS
RHETT

Adam et Maverick s'avancent dans le couloir en direction de Jordan, Liam et moi. Nous attendons toujours devant le bureau de l'entraîneur.

— Qu'est-ce qui se passe ?

Adam braque une expression inquiète sur nous.

J'évite sa question en en posant une autre.

— Qu'est-ce que vous faites ici, les gars ?

— Je leur ai envoyé un message, explique Liam. Je n'étais pas sûr de la gravité de la situation.

— Super journée pour vous, pas vrai ? dit Mav en secouant la tête avec un sourire.

— Elle va bien.

Je crois. J'espère. Je n'ai jamais vu quelqu'un se faire projeter dans les airs comme ça. Elle doit peser quarante-cinq kilos et je l'ai percutée en fonçant sur un palet que Jordan avait lancé de son côté de la patinoire. J'avais peur qu'elle se le prenne ou qu'elle glisse dessus. J'aurais dû le laisser partir. Avec le recul, c'était une décision stupide.

— Elle est toujours à l'intérieur ? demande Adam en montrant du doigt la porte ouverte.

— Oui.

— Vous deux, vous pouvez partir, dit Adam à Liam et Jordan. Merci de m'avoir prévenu.

Je me repousse du mur et tape dans la main de Jordan puis de Liam.

— Merci d'être restés.

— Essaie de ne pas faire pleurer quelqu'un d'autre aujourd'hui, dit Jordan avant de pointer le menton vers le bureau. Mais, euh, si elle a besoin d'être consolée comme Layla, je suis là.

— Oui, oui, un vrai prince charmant, dit Adam en lui poussant l'épaule. Et si tu te reposais un peu ce soir pour pouvoir ramener ton cul ici à six heures du matin ?

Jordan lui dit au revoir en lui faisant un doigt d'honneur.

— Oui, capitaine. À plus, tombeur, dit-il ensuite en me regardant.

Adam garde son sérieux jusqu'à ce qu'ils soient partis. Il affiche alors un grand sourire satisfait.

— Fatigué ? La sieste était bonne ?

Je fusille Maverick du regard.

— C'est pas moi qui lui ai dit, insiste-t-il en levant les mains.

— En fait, c'est Heath, je l'ai entendu raconter ta baise narcoleptique.

Adam s'appuie contre le mur, un sourire moqueur sur les lèvres.

— Est-ce que tout le monde est déjà au courant ?

C'est rhétorique. Bien sûr que tout le monde le sait.

— C'est plutôt difficile de garder une histoire comme ça pour soi, répond quand même Mav.

— Ah, relax, dit Adam. C'est bizarre, mais je suis impressionné. Au moins, tu te remets en selle. Je suis content qu'on ait enfin des anecdotes embarrassantes sur toi. Dieu sait que tu en as plein sur moi.

— C'est pas faux.

Adam croise les bras sur son torse.

— Donc, tu t'es endormi en étant avec une fille, puis tu es venu ici pour te défouler et tu as blessé une autre nana ?

Je me frotte le front avec deux doigts.

— Est-ce un résumé exact de ta journée, mon pote ? demande Maverick.

— Je vous déteste, les gars.

Adam rejette la tête en arrière et rit.

— C'est qui en plus ? Liam a juste dit que c'était une patineuse.

— Je ne sais pas.

Jeff passe la tête dans le couloir en s'appuyant au cadre de la porte.

— On a fini ici. Vous pouvez la voir si vous voulez. Mais gardez une certaine distance au cas où elle aurait envie de se venger pour l'œil au beurre noir qu'elle va avoir.

— Tu lui as fait un œil au beurre noir ?

Mav s'esclaffe tandis qu'Adam et lui entrent. Je les suis.

Mon téléphone vibre dans ma poche. Encore Carrie. Pile ce dont j'avais besoin. Qu'une autre fille me crie dessus aujourd'hui. Bien que, pour être honnête, au moins deux d'entre elles aient de bonnes raisons.

— Sienna ! lance Mav en attirant mon attention sur la fille assise sur le bureau de l'entraîneur.

Il la prend dans ses bras.

— Rhett n'a pas dit que c'était toi, sinon, je lui aurais déjà botté le cul.

— Je vais bien. Juste un peu sonnée.

Elle croise mon regard. Elle tient de la glace sur son œil et sa cuisse gauche.

— Vous vous connaissez ? demandé-je.

Sans blague, évidemment qu'ils se connaissent !

Mav s'installe à côté d'elle sur la table.

— Oui, bien sûr. Sienna est ma prof de yoga préférée.

— Tu fais du yoga ? lui demande Adam.

Il ricane comme s'il était offensé.

— Tu devrais voir ma posture de la charrue.

— Non merci, réplique Adam.

Maverick donne un coup de coude à Sienna.

— Tu vas bien ?

— Oui, j'ai juste un peu mal.

— Je peux toujours lui botter le cul pour toi si tu veux.

Je les regarde tour à tour en essayant de comprendre la situation. Maverick est le type le plus sympa que je connaisse. Il n'a jamais rencontré d'inconnu et drague n'importe qui, ce qui fait que c'est difficile de savoir si une fille lui plaît vraiment ou s'il se montre aussi amical que d'habitude. Curieusement, j'espère que c'est la deuxième option dans le cas de Sienna.

Mon téléphone sonne à nouveau. Bon sang, Carrie commence à s'obstiner.

— C'est Carrie ? demande Adam quand je le mets en sourdine et le range dans ma poche.

— Oui.

— Une autre fille que tu as torturée aujourd'hui ou tu prévois de le faire plus tard ? dit Sienna en souriant gentiment.

Je me vexe. Les gars rient.

— Je l'aime bien, déclare Adam.

— Bon, c'est fini pour aujourd'hui. Sortez d'ici, que je puisse dormir tranquille en sachant que vous ne vous blessez pas ou ne blessez personne d'autre, les crétins.

Jeff éteint les lumières dans un coin de la pièce.

Maverick se lève et aide Sienna à descendre de la table. Je remarque qu'elle proteste bien moins quand c'est lui qui l'aide.

— Tu es venue en voiture ou as-tu besoin qu'on te ramène ? lui demande-t-il.

— Je vais bien. Sérieusement.

Elle vacille en se penchant vers la gauche.

— On va te déposer à ta cité U, dit Mav.

Ainsi donc, nous nous dirigeons tous les quatre vers la Jeep d'Adam. Je monte à l'arrière avec elle et Mav s'assied devant.

— Je suis vraiment désolé.

Je n'arrive pas à trouver autre chose à dire. La peau autour de son œil gauche commence à noircir et je me sens comme un enfoiré.

— Tu l'as déjà dit. Je survivrai.

Elle me sourit très légèrement.

Je me tais. Mav la mitraille de questions et nous répète à quel point elle est géniale comme professeure de yoga et pourquoi c'est sa préférée. J'ignore presque tout ce qu'il dit et l'étudie pour la première fois depuis que nous nous sommes rencontrés.

Je devais être encore ivre tout à l'heure parce que je l'ai à peine regardée. Pourtant, elle vaut la peine d'être regardée une fois, deux fois, trois fois. Même la contusion jaune et bleu qui tache son visage ne cache pas le vert éclatant de ses yeux. Ses cils sont longs et remarquablement noirs par rapport à sa peau blanche. Elle a rassemblé ses cheveux bruns en un chignon en bataille que les filles se font souvent, et je n'arrive pas à savoir s'ils sont longs ou courts.

— Je m'appelle Rhett, dis-je enfin.

— Sienna.

— Ravi de te rencontrer.

Le plus petit des sourires recourbe les coins de sa bouche.

— Hum, ravi n'est pas le mot que j'aurais utilisé.

Quand Adam s'arrête devant sa cité universitaire, elle ouvre la portière.

— Merci pour le trajet.

— On se voit demain en cours, dit Mav par la fenêtre.

Je me rue vers elle tandis que la portière se referme sur moi.

— Je reviens, dis-je aux garçons.

Je lui cours après et parviens à son niveau dans l'entrée de l'immeuble.

— Hé, attends.

Je ralentis une fois à côté d'elle.

— Tu me suis ?

Elle continue de marcher vers l'escalier.

— Je me sens mal. Laisse-moi me rattraper, n'importe comment. Un dîner ? Un café ?

Ses sourcils se haussent.

— Tu me demandes de sortir avec toi ?

— Non, dis-je rapidement.

Ce n'est pas la pire des idées, mais il est clair qu'elle n'est pas partante.

— Juste un repas d'excuse.

— Pas la peine.

— Dans ce cas, oui, un rencard.

Elle s'arrête brusquement de marcher et je me retrouve deux pas devant elle.

— Un rencard ?

Ses yeux verts me clouent sur place.

Je hausse les épaules.

— Ou juste un café.

— Avec toi ? Celui qui a branché une fille plus tôt dans la journée et qui l'a fait pleurer ?

Elle le dit comme si c'était une question.

— Comment tu...

— Tes amis parlent assez fort. Je n'ai pas entendu toute l'histoire, mais je pense en savoir suffisamment.

J'ouvre et ferme la bouche. Qu'est-ce que je peux répondre à ça ?

Mon téléphone sonne. Je l'ignore, mais Sienna regarde ma poche et rit.

— Je crois que tu es déjà bien occupé. À plus, *tombeur*.

Elle passe devant moi et je la laisse partir. Je sors mon téléphone et éteins ce stupide appareil en faisant demi-tour.

Quand je suis de nouveau à l'arrière de la Jeep, Mav se retourne et me regarde avec sérieux.

— Elle va bien ?

— Elle en a l'air.

Je me cogne la tête contre la vitre. Quelle putain de journée !

— Il a fallu que tu percutes Sienna en particulier.

Mav est retourné, donc je ne peux pas voir son visage, mais il secoue la tête.

— Je poursuivais un palet. J'essayais d'éviter qu'il la touche.

— Dans ce cas, je crois que le palet aurait fait moins de dégâts.

— Sans blague, soupiré-je. Et pourquoi Sienna en particulier ? Je me sentais plutôt chanceux d'avoir percuté une fille solide et sans cœur. Elle n'a même pas pleuré. Je ne pourrai pas supporter qu'une autre fille pleure à cause de moi aujourd'hui.

Mav se retourne, la bouche béante.

— Quoi ?

Je le regarde, puis me tourne vers Adam. Ce dernier hausse les épaules.

— Tu ne sais pas ?

— Je ne sais pas quoi ?

— Je ne sais pas comment on peut mettre autant les pieds dans le plat sans même s'en rendre compte.

— Mais de quoi parles-tu ?

— Premièrement, elle a un cœur. C'est l'une des filles les plus gentilles et les plus terre à terre que j'ai jamais rencontrée.

— Et deuxièmement ?

— Sienna souffre d'une maladie cardiaque rare. Je ne connais pas tous les détails, mais je crois que c'est assez grave.

L'embarras m'envahit.

— Comment le sais-tu ?

— On discute pendant le yoga. Son cœur s'arrête ou elle s'évanouit, ou les deux peut-être. C'est arrivé lors d'une de ses compétitions l'année dernière.

Adam agite la main vers lui.

— Ooooh. J'en ai entendu parler. Elle a un syndrome du QT Long.

Il se retourne pour me fixer avec de grands yeux.

— Tu as percuté une fille avec un cœur défaillant ?

— Tu aurais pu la tuer, ajoute Mav. Pas de cœur, répète-t-il en soufflant.

J'ai mal au ventre. Je ne sais pas ce qu'est un syndrome du QT Long, mais cela semble grave.

— Comment étais-je censé le savoir ? Ce n'est pas comme si j'avais fait exprès. C'était un accident.

On s'arrête devant l'appartement et Mav bondit de la voiture.

— Je plaisantais quand j'ai dit que tu aurais pu la tuer. Je ne crois pas que tu l'aurais fait, mais ça semble très adapté, vu ton bilan d'aujourd'hui.

Vie de merde.

***

— Salut, dit Heath lorsque je sors de ma chambre le lundi matin.

Il engloutit un shaker de protéines, les yeux à peine ouverts. Sa petite amie, Ginny, est assise sur un tabouret à côté de lui, la tête sur le plan de travail.

— Bonjour, dit-elle.

Je tire sur sa tresse en passant devant elle. Ginny est la petite sœur d'Adam. Vu que lui et moi vivons ensemble depuis quatre ans, Ginny est comme ma petite sœur.

Adam apparaît ensuite, il sort furtivement de sa chambre et ferme doucement la porte derrière lui. Reagan est restée dormir, comme à son habitude à présent. Mes deux colocataires sont en couple, ce qui est bizarre étant donné que j'étais le seul à vivre une relation sérieuse il y a quelques mois. Maintenant, j'évite les appels de mon ex et essaie maladroitement de survivre au célibat. La vie est bizarre.

Il grogne quelque chose qui doit être un bonjour tandis qu'il se rend dans la cuisine pour faire du porridge. Je suis trop fatigué pour même penser à manger. Le soleil n'est pas encore levé et nous avons entraînement dans une demi-heure.

Je ne me plains pas. Je suis trop content que nous puissions jouer au hockey encore une semaine. Cependant, deux jours de fête ont de lourdes conséquences sur nous tous.

Mon estomac gronde. De toute évidence, l'heure matinale ne le gêne pas autant que moi. J'attrape du jus d'orange dans le réfrigérateur quand Maverick entre.

— Booooonjour, lance-t-il, l'air bien plus joyeux que nous tous.

Quand je me retourne, il rit.

— Joli coquard. Sienna et toi êtes assortis, c'est adorable.

Je suis trop fatigué pour lui sortir une répartie bien sentie. Mais c'est un autre jour. Aujourd'hui, ça ne peut pas être pire qu'hier.

QUATRE

SIENNA

— On dirait que ma nièce de trois ans t'a maquillée.

Josie m'observe depuis l'embrasure de la porte de notre salle de bain commune pendant que j'applique de l'anticernes sur les taches noires et jaunes sous mon œil.

— Je ne sais pas si c'est mieux ou pire.

— Moins de fard à paupières. Tu ne trompes personne.

Elle me contourne pour attraper sa brosse à dents.

Elle a raison. J'ai l'air ridicule. Je me démaquille et recommence. Je fais comme d'habitude, un peu de fond de teint et du mascara.

— Ça fait mal ? me questionne ma colocataire alors que nous quittons notre chambre.

— Seulement si je touche.

Elle lève la main comme pour appuyer dessus et je la repousse.

— Il s'est excusé au moins ? demande-t-elle en riant.

Hier soir, quand Josie est rentrée, je dormais déjà, je lui ai donc raconté une version courte des événements de la veille quand elle s'est réveillée et qu'elle a vu mon œil au beurre noir. Je n'ai pas mentionné qu'il m'avait invitée à sortir. Du moins, en quelque sorte, non ? Un rendez-vous d'excuse où je boite et arbore un œil poché, ça n'a pas l'air très romantique.

— Une douzaine de fois.

— Il y a des façons pires que ça de se faire un coquard. Rhett Rauthruss est un régal pour les yeux. J'ai entendu dire qu'il était célibataire maintenant.

— Ils ne le sont pas tous ? dis-je en posant une main sur ma poitrine. L'engagement me fait peur. Je préfère baiser tout ce qui bouge.

Elle rit à nouveau. J'adore le rire de Josie. On ne peut pas s'empêcher de sourire quand on l'entend.

— On dirait Elias. Comment va-t-il ?

— Super.

Je m'apprête à la mettre au parfum des dernières aventures de mon meilleur ami, mais dehors, nous retrouvons d'autres filles de l'équipe qui se rendent à l'entraînement.

— Oh, punaise, Sienna ! Qu'est-ce qui est arrivé à ton œil ? me demande Olivia en me voyant.

Je donne une version très abrégée tandis que nous traversons en courant et dans le noir les quelques pâtés de maisons jusqu'à la patinoire. Ma hanche et mon genou gauche sont couverts de bleus et endoloris, mais à part ça, j'ai l'air d'avoir survécu à la collision sans blessure.

Une fois à la patinoire, on me force à répéter l'histoire pendant que nous nous échauffons dans le couloir en attendant la coach. Elle arrive, café dans une main et porte-bloc dans l'autre.

— Avant qu'on aille sur la glace, jetez un œil au nouvel emploi du temps, dit-elle en tendant son écritoire. Je l'ai imprimé, mais vous le trouverez sur le calendrier en ligne aussi.

Je devine au grommellement des filles les plus proches d'elle que les nouveaux changements ne sont pas bien.

— On partage la glace avec l'équipe de hockey ? couine

enfin Josie quand nous partons voir.

Son ton est sceptique et pas du tout excité. Pareil, copine, pareil.

Tout le monde se plaint. Mes coéquipières interrogent la coach en lui demandant comment cela pourrait marcher. D'autres boudent en disant que ce n'est pas juste.

— On a toujours autant d'heures sur la glace, mais il faudra qu'on partage notre entraînement matinal. J'ai négocié une heure de plus l'après-midi pour celles qui le voulaient. C'est la première fois dans l'histoire de l'école que l'équipe de hockey arrive aussi loin. On va les soutenir comme on aimerait qu'ils nous soutiennent.

— Oui, bien sûr, marmonne quelqu'un.

Aucune de nous ne s'est qualifiée pour les championnats nationaux cette année, ce qui nous rend sûrement un peu plus susceptibles que nous l'aurions été.

La coach nous lance un regard qui dit que ça ne changera rien et nous nous rendons sur la glace. Elle sourit.

— On s'en accommodera. Ils sont là, alors, mettons-nous au travail.

Nous nous retournons et observons l'équipe de hockey s'approcher. Quand Rhett m'aperçoit, il écarquille les yeux et porte une main gantée à son œil. Son œil au beurre noir. Il enfile son casque avec un air taciturne et je ne peux pas m'empêcher de sourire. Je ne savais pas que lui aussi s'était fait mal lors de la collision. Je me sens un tout petit mal, même si c'est lui qui a foncé sur moi.

— Sienna, viens une minute, lance la coach.

Je me rends en patinant à son banc, là où elle m'attend.

— On m'a dit que tu étais tombée hier soir. Comment te sens-tu ?

— Bien. J'ai des bleus, mais je ne me suis pas blessée.

— Tu ne devrais vraiment pas patiner toute seule.

— Techniquement, je n'étais pas toute seule, marmonné-je à moi-même.

— Je ne veux pas t'imposer des limites que je n'impose pas aux autres filles, mais avec ta cardiopathie, je veux que tu t'assures qu'il y a quelqu'un dans la patinoire qui sait quoi faire quand tu patines, d'accord ?

Je hoche la tête, détestant me sentir coupable.

— Oui, madame.

— Bien. Maintenant, allons te préparer à la Desert Cup.

J'ai du mal à me concentrer avec les joueurs de hockey présents. Ça ne concerne pas que moi. La coach décide d'arrêter de crier sans arrêt « concentrez-vous ! » à la moitié de l'entraînement. Elle nous met en groupe pour nous perfectionner. Le coach Meyers a le même problème. Jordan bouscule un autre type en observant Josie faire une pirouette sautée allongée.

— Eh bien, quelle bonne idée… dis-je à Olivia.

— J'adore. Ça égaye vraiment ma matinée. Même si je regrette de porter une tenue aussi froissée, dit-elle avant de porter le tissu à son nez. Et qui pue !

Je me penche en avant.

— Ça sent un peu le moisi, mais je te garantis que tu sens meilleur qu'eux.

Nous jetons un regard aux garçons qui dégoulinent de sueur.

— Il est mignon, dit-elle.

— Qui ?

Je joue l'idiote, mais je sais exactement de qui elle veut parler. Rhett patine jusqu'au centre de la patinoire et se remet en ligne, ne me quittant pas des yeux une seule fois.

— Ton jumeau, Rhett.

C'est vrai, il est mignon. Et il le sait.

Nous nous perfectionnons, nous accommodant de notre

temps sur la glace, bien que nous n'ayons que la moitié de notre espace habituel. Une fois mon tour passé, je retourne à la fin de la queue. Rhett se tient non loin, également à la fin de la queue.

— Salut, dit-il. Comment va ton œil ? Ça fait mal ?

Il fait la grimace.

— Je suppose que ça fait aussi mal que le tien.

— Je suis vraiment désolé.

La sincérité de son ton me prend par surprise. Je veux dire, il avait l'air sincère hier soir, mais à présent, il y a quelque chose d'autre dans sa voix. De la culpabilité ?

Je me tais en étudiant son visage, tentant de le cerner. C'est un grand type costaud. Pas trop, mais carré. C'est logique vu que j'ai eu l'impression de percuter un mur de briques hier soir.

— Je ne savais pas pour ta maladie cardiaque. Si j'avais su...

Il s'interrompt.

Eh bien, tout fait sens maintenant. Je ne cache pas mes problèmes cardiaques, mais bon sang, je devrais peut-être, car c'est le genre de réaction qui me frustre. Tout à coup, il a plus d'empathie, comme si j'étais une fragile demoiselle en détresse.

— T'inquiète, le coupé-je en me détournant de lui.

Il vient à côté de moi, se plaçant dans ma queue.

— Mais ça va, hein ?

— Rauthruss ! tonne la voix du coach Meyers, celui de l'équipe de hockey, dans toute la patinoire. Ton amie et toi avez peut-être envie de nous dire ce qui est si important pour que vous perturbiez les deux entraînements ?

— Désolé, Coach, répond Rhett.

Le coach Meyers patine dans notre direction. Il nous regarde tour à tour et je devine quand il fait le rapprochement.

Il s'appuie sur sa crosse.

— Tu dois être la malheureuse victime de la gaucherie de Rauthruss.

Je ne sais pas quoi répondre, alors je me contente de hocher la tête.

— Coach Brekke, lance-t-il, ça vous dérange si je vous emprunte...

Il me regarde pour savoir mon nom.

— Sienna.

— Ça vous dérange si je vous emprunte Sienna quelques minutes ?

Ma coach répond en levant le pouce.

Le coach Meyers a sûrement l'âge de mon père. Il a des cheveux sombres qui grisonnent au niveau des tempes et de petites pattes d'oie. Il est facile de constater qu'il a toute l'attention et le respect de son équipe lorsqu'il siffle et que l'action s'arrête immédiatement.

— On va faire un exercice d'agilité, leur informe-t-il.

Les garçons râlent.

Le coach patine en récupérant des plots. Il en pose quatre pour former un carré.

— Sienna, mets-toi au milieu.

Je m'exécute.

Le coach se met à leur montrer l'exercice, il parle et bouge en même temps.

— Faites des zigzags autour des deux premiers cônes avec le palet. Serrez, pivotez rapidement, faites la passe et passez aux autres. On va chronométrer. Quiconque dépasse les six secondes me doit un suicide avant de refaire la queue.

— Et elle ? demande un des garçons.

Le coach sourit.

— Content que tu demandes. Disqualification automatique si vous la touchez. Même un cheveu de sa tête. Compris ?

— Oui, monsieur, marmonnent-ils.

Le coach me sourit.

— N'hésite pas à te pencher.

Les garçons forment une ligne. Rhett est dernier.

— Rauthruss, et si tu nous montrais comment faire ?

L'angoisse sur son visage me fait glousser.

Le coach lui passe le palet quand il est en position.

— Go !

Sur cet ordre, Rhett fait le tour du premier plot. C'est un bon patineur, fluide et étonnamment léger sur ses appuis. Je dis étonnamment parce qu'il n'a pas du tout eu l'air léger quand il m'a foncé dessus hier. Je retiens mon souffle lorsqu'il me contourne pour la première fois. C'est un peu un mouvement répétitif : il contourne un plot puis, moi puis, un autre plot et ainsi de suite.

Rhett se tient à bonne distance, il ne s'approche pas autant de moi qu'avec les plots. Je ne suis pas la seule à le remarquer.

— Plus serré au milieu, aboie le coach en envoyant un palet dans ma direction.

Rhett pivote et réceptionne le palet avant qu'il me frappe, puis il me contourne en me tournant le dos. Il ne me touche pas, mais je le sens. Il est si près que si je bouge d'un centimètre, je vais l'effleurer.

Il termine et s'arrête, regardant le coach pour savoir son chrono.

— Cinq secondes et demie.

Le visage de Rhett se détend. Jusqu'à ce que le coach me regarde.

— Qu'est-ce que tu en dis, Sienna ? Il t'a touchée ? Je n'ai pas pu voir d'ici.

Il réprime un sourire. Je doute qu'il y ait beaucoup de choses que le coach Meyers ne remarque pas.

J'envisage de mentir. Ce serait amusant de voir la réaction de Rhett. Son visage est si facile à lire. D'ailleurs, j'aime ça chez lui.

— Pas de contact, affirmé-je.

— Tu es sûre ?

Les garçons rient. Moi aussi.

— D'accord. Merci, Sienna. Rauthruss, fais-moi quand même un suicide.

— Quoi ?

Rhett ouvre la bouche et regarde tour à tour le coach et moi.

— Vois ça comme une excuse. Tu veux qu'il en fasse deux ? me demande le coach.

Je fais semblant d'y réfléchir en me tenant le menton et en le faisant transpirer quelques secondes.

— Nan, je crois qu'un, ça suffira.

Il hoche la tête.

— Ça me va. Merci pour ton aide, Sienna. Je crois que ça va aller maintenant.

Je me dirige vers mon équipe, observant Rhett à la dérobée qui fait le tour de la patinoire. Il patine vraiment bien et le voir en tenue complète, en sachant à quoi il ressemble en dessous, me fait un sacré effet. Oui, je dirais que je préfère cent fois cette excuse aux autres.

— OK, les gars, on continue, lance le coach Meyers.

Le reste de l'entraînement est bien moins mouvementé. Le coach Meyers surveille les joueurs et nous travaillons nos sauts en petits groupes. Je n'ai pas le temps de regarder Rhett. Bon, si, un peu. Chaque fois que j'en ai l'occasion, il est totalement concentré sur le hockey.

Après l'entraînement du matin, j'ai cours jusqu'au déjeuner et ensuite, je dois me rendre à *Ray Fieldhouse* où j'enseigne la danse classique et le yoga.

Mon emploi du temps est très chargé, mais il se trouve que j'aime bien ça. De plus, l'argent que je gagne en donnant des cours de fitness m'aidera un peu à payer le loyer après mon diplôme. Je n'ai toujours pas trouvé de travail et, à seulement deux mois de la fin des cours, je commence à me dire que je n'en trouverai jamais.

Comment choisit-on une carrière ? J'ai du mal à m'imaginer travailler plus de quarante heures derrière un bureau, à pianoter sans arrêt sur un clavier sans rien faire. Ou je n'ai peut-être pas encore trouvé ma voie. Mon père pense qu'il s'agit de la première hypothèse.

— Tu ne peux pas t'attendre à adorer tout de suite ton métier. Travaille dur et sois fidèle, dit-il dès qu'il en a l'occasion.

Ça a bien marché pour lui. Il a débuté comme assistant et a gravi les échelons jusqu'à devenir cadre dans une entreprise technologique. Je suis fière de lui, je trouve que ce qu'il a accompli est incroyable, mais je ne pense pas que ce soit nécessairement la bonne marche à suivre pour moi.

J'ai un autre entretien d'embauche la semaine prochaine. J'espère que cette fois-ci, quand je m'assiérai en face du recruteur, je ressentirai quelque chose qui se rapproche d'une excitation sincère.

Tandis que les gens entrent petit à petit dans la salle, je souris et lance la musique. La danse classique n'est pas le cours que je préfère donner, mais il est populaire et presque toujours complet. Aujourd'hui, ne fait pas exception.

Pendant une demi-heure, je leur fais faire un exercice bien tonique en m'inspirant de mes cours de ballet.

— Encore huit, lancé-je.

Un grognement collectif résonne malgré la musique. Je sais que je suis une horrible personne parce que j'adore ce grognement. Ça veut dire que j'ai fait du bon travail. Je lève les yeux vers l'horloge pour m'assurer que nous sommes dans les temps. Une queue s'est déjà formée pour le cours de yoga qui aura lieu juste après. J'adore enseigner le yoga. Ça n'a pas autant de succès que la danse classique, mais la plupart des étudiants qui viennent ont un niveau bien avancé. Je peux donc les pousser davantage que si c'était un cours pour débutants.

— Et c'est terminé. Beau travail !

Pendant que les danseurs quittent la salle, les étudiants pour le yoga commencent à entrer. Je bois un peu d'eau et change la musique.

Je déroule mon tapis sur le sol quand j'aperçois Rhett qui se tient dehors, près de la porte. Quelques filles du cours précédent s'attardent pour le reluquer. Je cherche Maverick. Il est normalement déjà arrivé à cette heure-ci. Rien que le fait que j'aie à le chercher m'indique qu'il est absent. Johnny Maverick n'entre jamais dans une pièce sans se faire remarquer.

Je me souviens encore de la première fois qu'il est venu à l'un de mes cours. C'était l'année dernière, un mois après le début de sa première année. Il était réticent, non pas que je l'aie remarqué au début. Mais à présent, maintenant que je connais son caractère, je constate que c'était une personne bien plus timide qui était entrée dans mon studio.

Même s'il était réservé, j'étais intimidée. Grand, recouvert de tatouages et les cheveux bruns, c'est l'archétype du bad boy. Du moins, jusqu'à ce qu'il ouvre la bouche. Une fois que j'ai appris à le connaître, je me suis rendu compte à quel point il était gentil et drôle. C'est grâce aux gens comme lui que j'aime autant enseigner. Peu importe à quel point je le pousse dans ses retranchements, il parvient à faire en sorte que ça a l'air facile.

Cependant, il n'est pas là et, à la place, c'est un autre joueur de hockey qui entre dans la salle. Il s'approche de moi, à l'avant, pendant que les autres s'éparpillent pour dérouler leur tapis.

Vêtu d'un jogging et d'un tee-shirt de l'équipe de hockey de Valley, il a l'air trop sexy pour que ce soit réel. Il n'arbore pas le même air de bad boy que Maverick. Il ressemble davantage à un sportif costaud. Quand bien même, il a ce petit quelque chose, il n'a pas qu'un joli minois et des bras impressionnants, que je ne fixe pas du tout d'ailleurs...

— Qu'est-ce que tu fais là ?

Je suis presque sûre que j'ai plus l'air de l'accuser que de lui poser une question. Il fait lever tous mes boucliers, comme si mon cerveau était conscient que le laisser se rapprocher de moi serait très mauvais pour mon cœur.

— J'aimerais m'excuser.

Il lève la main quand je m'apprête à l'interrompre.

— Je sais, je l'ai déjà fait, mais je n'arrête pas de mal m'y prendre. Je vais sûrement foirer cette excuse aussi. Tu as l'air d'une fille sympa. Mav ne dit que des choses bien sur toi. Je crois que je veux juste m'assurer qu'il n'y a pas de problème entre nous.

Il sourit et pointe du doigt son œil.

— J'ai un coquard assorti au tien et je me suis excusé en faisant un suicide ce matin.

— Aucun des deux n'était un choix de ta part, mais te voir faire un suicide était plutôt amusant.

— Mais je suis là et c'est ma décision.

Il sourit, un charme enfantin qui, j'en suis sûre, lui permet d'obtenir tout ce qu'il veut.

— Comment m'as-tu retrouvée, au fait ?

— Maverick. Oh, il voulait que je te prévienne qu'il ne pouvait pas venir au yoga aujourd'hui parce qu'il avait une réunion avec le coach, mais il viendra mercredi.

Il me donne un petit coup de coude amical. Même ce petit contact fait accélérer les battements de mon cœur.

— Sans rancune ?

— Attrape un tapis.

Une fois qu'il a compris mes intentions, il éclate de rire. Le son fait faire un bond à mon estomac.

— Si je reste et que je fais un peu de chien tête en bas et de simples étirements, je serai pardonné ?

Je lui lance un sourire prétentieux. De simples étirements ? Oh, on va bien s'amuser.

CINQ
RHETT

Allongé sur le dos, je contemple le plafond blanc en gémissant. Elle m'a achevé.

La « elle » en question me contemple avec un sourire satisfait.

— Le cours est terminé. Vous pouvez y aller.

— Si seulement mes jambes fonctionnaient.

Je roule sur un côté puis me pousse pour m'asseoir. Je suis trempé de sueur, je ne pensais pas que c'était possible au yoga.

— Dis-moi la vérité, réclamé-je quand je parviens à me lever. Tu as inventé ces positions, pas vrai ? Le flamant rose, le demi-lotus ou le singe, ça n'existe pas. Tu te foutais de moi.

Elle sourit.

— Le *demi*-singe. Non, ce sont de vraies postures. Enfin, ce n'est pas exactement comme ça qu'on les fait.

Je baisse la tête. Mes cheveux tombent sur mon visage et se collent à mon front. J'ai besoin de prendre une douche, voire deux, et de plonger dans un bain de glace.

— On est quittes maintenant ?

Je pose les mains sur les hanches et la laisse savourer mon embarras. Je suis dégoulinant et répugnant. Je me suis complètement ridiculisé pendant la majeure partie de ma pause déjeuner. Mon ventre gargouille et je n'ai pas mangé.

— Oui, on est quittes.

Elle se rend à l'avant de la salle, éteint la musique et ramasse ses affaires tandis que j'essuie ma sueur sur le tapis.

Elle regarde sa montre et presse deux doigts dans son cou pour prendre son pouls. Ça me rappelle ce que Maverick m'a dit au sujet de son cœur et qu'elle devait le contrôler.

— Tout va bien ?

— Oui, ça va. J'aime juste vérifier mon pouls dans la journée. C'est plus une habitude qu'autre chose, dit-elle en baissant le bras et en se dirigeant vers la sortie. À demain, Rauthruss. Je ne crois pas que le yoga soit fait pour toi.

Elle met les mains en prière et arbore un grand sourire en disant :

— Namaste.

Durant les jours qui suivent, je n'ai pas d'autres disputes avec ma nouvelle patineuse préférée. Je la croise à l'entraînement, mais le coach nous oblige à rester concentrés sur le hockey, nous menaçant de nous faire courir jusqu'à ce que nous vomissions le cas échéant.

Le jeudi, en fin d'après-midi, je suis dans ma chambre à terminer un devoir d'économie quand mon téléphone sonne sur mon bureau. Pas besoin de regarder pour savoir qui c'est, mais je le fais tout de même. Mon ex m'a appelé au moins trois fois par jour depuis le week-end dernier. Hier et aujourd'hui, ce nombre a fortement augmenté. Je me sens mal de ne pas répondre, mais nous ne pouvons pas continuer à faire ça.

La première semaine suivant notre rupture (la deuxième en un mois), j'ai répondu chaque fois. Elle a pleuré, m'a supplié de me remettre avec elle, et je restais assis là, à l'autre bout du fil, en ayant l'impression d'être un salaud. J'ai failli céder. Je n'aime pas qu'elle souffre. Nous avons été ensemble pendant presque six ans, ce n'est pas rien. De plus, ce n'est pas comme si j'avais complètement arrêté de me soucier d'elle. C'est une fille super, mais ce n'est tout simplement pas la bonne pour moi.

Je croyais que je m'y prenais bien en continuant à lui parler et à lui prêter une épaule sur laquelle elle pouvait pleurer. Au lieu de ça, je crois que je lui ai simplement donné de faux espoirs. Après un appel de trois heures la semaine dernière où je n'ai pas arrêté d'écouter toutes les bonnes raisons pour lesquelles ça pourrait marcher selon elle, je lui ai enfin dit que je n'allais pas changer d'avis et je lui ai demandé d'arrêter de m'appeler autant.

Elle m'a laissé tranquille quelques jours, mais ensuite, les appels ont recommencé après notre victoire en quart de finale. Ça craint. J'appuie sur le bouton sourdine quand Adam apparaît sur le seuil de ma chambre. Il s'incline contre le montant de porte, sa carrure prenant beaucoup de place.

— Salut, tu veux aller *Au repaire* et manger tôt ?

— J'allais juste manger un sandwich. Je dois finir ça et ensuite, je dois réviser pour un devoir.

Mon téléphone sonne pour m'indiquer que j'ai reçu un autre message sur mon répondeur. Putain, ça c'est nouveau. En règle générale, elle ne laisse pas de messages.

— Tu sais quoi, laisse tomber, je meurs de faim.

Je me lève et abandonne mon portable sur le bureau. J'espère que c'est la bonne solution de rester campé sur mes positions et de ne pas répondre. Je n'ai jamais autant détesté de posséder un téléphone.

Nous nous rendons *Au repaire* rien que tous les deux. Nous commandons et le serveur nous apporte des bières pendant que nous attendons.

— Reagan ne vient pas ? demandé-je.

C'est rare qu'Adam passe une soirée sans sa nouvelle petite amie, je m'attends donc à la voir arriver.

— Dakota et elle sont parties courir sur la piste d'athlétisme.

— Tout va bien alors ?

Je sais que ça va entre eux. Je le vois au visage de mon pote. Il est fou d'elle. Récemment, ils se sont disputés et je ne l'avais jamais vu aussi mal. Adam était le roi des ruptures, passant en moins d'une semaine ou parfois le jour même à une autre fille.

— Oui, super.

Il se penche en avant, les deux mains autour de son verre. Son sourire devient sérieux.

— Et toi ? As-tu parlé à Carrie ?

Il essaie de paraître détendu, mais je le connais bien. Nous sommes colocataires et coéquipiers depuis bien trop longtemps. Je vois au-delà de son comportement calme. L'équipe joue bien, encore mieux que ce que l'on attendait de nous cette saison. Il s'inquiète pour moi et de l'impact de ma rupture avec Carrie sur la glace. Il est capitaine, donc je suppose que c'est son travail de s'inquiéter.

Ce n'est pas totalement injustifié. Il y a eu quelques matchs après notre première rupture où j'ai été une épave. C'est peut-être moi qui ai rompu, mais ce n'est pas comme si j'avais arrêté de me soucier d'elle. Nous avons été ensemble si longtemps et je l'aimais sincèrement. Cependant, quand j'ai pris la décision de mettre un terme à notre relation, j'ai longuement réfléchi et interrogé mon cœur avant. Je sais que c'était ce qu'il fallait faire et, plus le temps passe, plus j'y crois. Je suis passé à autre chose, même si ce n'est pas le cas pour elle.

Toutefois, je vois où Adam veut en venir. Nous avons un record à battre et tout le monde nous attend au tournant. Le mois prochain sera long et pénible pour essayer de gagner le championnat.

— Tout va bien. Je t'assure. Carrie m'appelle toujours, mais je ne lui ai pas parlé depuis une semaine.

— Ça doit te peser. Pourquoi tu ne bloques pas son numéro ?

— Tu crois que je devrais, dis-je automatiquement.

Il hausse les épaules.

— Je ne sais pas. Ça craint comme situation.

— C'est sûr. Je pense qu'elle va arrêter d'elle-même. C'est probablement juste une habitude. On a passé la majorité de notre relation sur ce foutu téléphone.

Il m'a fallu presque deux semaines pour arrêter de le regarder à la seconde où je me réveillais.

Nos plats bien gras arrivent et le silence se fait pendant que nous dévorons nos hamburgers et nos frites.

— D'autres catastrophes avec le sexe opposé que je devrais savoir ?

Adam tente de garder son sérieux, mais il échoue.

— Non, grommelé-je en mâchant.

Il recule sur sa chaise et me lance un sourire moqueur.

— T'inquiète. Je suis sûr que tu auras beaucoup d'autres occasions.

— Pas si l'on apprend que je m'endors en plein acte ou que je leur fais des coquards.

Adam glousse.

— Tu as juste besoin d'un bon compagnon de drague, dit-il en se montrant du doigt.

— Et Reagan ?

— Les meilleurs dragueurs sont en couple. C'est ce qui les empêche de voler toutes les filles. Surtout avec ta séduction pourrie.

— Ça et le fait de savoir que Dakota t'assassinerait si tu blessais Reagan.

Il acquiesce.

— Ça aussi. Allez, viens. On va s'amuser. Finis ton plat et allons au bar. Je reconnais une amie de Ginny que je peux te présenter.

Je n'ai pas très envie d'afficher un sourire en faisant la conversation, mais, dix minutes plus tard, je le suis en direction du bar en demi-cercle contre le mur du fond du *Repaire*.

Adam n'a jamais l'air de détonner ou d'être mal à l'aise. J'admire ça chez lui. Je ne sais pas quoi dire ou comment être avec les filles après une si longue relation. Personne n'attendait grand-chose de moi quand j'étais avec Carrie. J'étais inaccessible. Ça me rendait encore plus mystérieux pour certaines filles, mais pour la plupart, je me fondais simplement dans le décor. Je suis doué pour ça.

— Ava ?

Adam s'approche d'une fille au bar aux cheveux courts et noirs.

Elle se retourne sur son tabouret.

— Adam, salut !

Elle repousse une mèche derrière son oreille et se redresse un peu. Elle est de toute évidence surprise que nous soyons venus lui parler. Cependant, Adam, fidèle à lui-même, la met rapidement à l'aise.

— C'est sympa de te voir. Tu as déjà rencontré mon pote, Rhett ?

Ses yeux sombres se glissent vers moi. Elle sourit poliment et me salue de la main de façon timide et mignonne.

— Je ne crois pas.

— Ravi de te rencontrer, Ava, dis-je en agitant également la main.

— Moi aussi.

Adam s'approche de moi et marmonne dans sa barbe :

— Paie-lui un verre.

Je suis quasiment sûr qu'Ava l'a entendu, mais je demande tout de même :

— Je peux t'offrir un verre ?

— Euh...

— Pardon, dit une voix rauque derrière moi.

Je fais un pas de côté pour laisser un type passer. Il se dirige tout droit vers le siège vide à côté d'Ava et s'assied. Il se retourne afin que ses genoux touchent ceux d'Ava.

Ava baisse les yeux.

— Je vous présente mon copain, Trent. Il reste ici cette semaine.

Génial. Je drague des filles pendant que leurs mecs sont aux chiottes maintenant. C'est un nouveau coup bas.

Adam se racle la gorge pour s'empêcher de rire.

— C'est super. D'où est-ce que tu viens ?

— Je suis à la fac au nord de l'État.

Il nous évalue du regard, essayant de savoir si nous sommes une menace.

— Adam est le frère de Ginny, lui explique Ava.

Immédiatement, son expression se fait bien plus amicale.

— Ah, cool. Tu pratiques le hockey, c'est ça ? demande-t-il à Adam.

— Exact. On en fait tous les deux.

Adam me regarde et je hoche la tête.

— Super cool.

Trent pose une main sur la cuisse d'Ava.

J'ai compris. Elle est à toi. Pas besoin de marquer ton territoire en pissant sur elle.

— Bon, on s'apprêtait à y aller, mais c'est sympa de pouvoir enfin mettre un visage sur un nom.

Il est très tactile en éloignant sa petite amie de nous.

Une fois qu'ils sont partis, Adam prend le tabouret d'Ava et baisse la tête, un rire s'échappant de ses lèvres.

— Quel bon camarade de drague tu fais, dis-je en prenant l'autre siège.

— J'avais oublié qu'elle avait un copain.

— C'est pratique.

Je lève ma bière à moitié bue quand la barmaid regarde dans ma direction et m'en prépare une autre.

— On te trouvera quelqu'un d'autre. Il est encore tôt.

La télévision attire de nouveau mon attention. Elle diffuse du patinage et je pense à Sienna. Une nouvelle patineuse entre sur la glace. Elle prend une pose, attendant que la musique commence.

— Je crois que ça va aller. En plus, j'envisage d'inviter Sienna à sortir.

Encore. Cette fois-ci, peut-être que je ne bégayerai pas à chaque mot.

— La nana à qui tu as fait un coquard ?

Je me gratte le nez avec le majeur.

— Finis ta bière qu'on s'en aille. Je dois étudier.

— Comme tu voudras, *tombeur*.

SIX
SIENNA

Le vendredi matin, je quitte ma chambre à l'aurore pour me rendre à la patinoire avant les autres.

— Ta coach ne t'a-t-elle pas dit de ne pas patiner toute seule ? Et tu ne devrais pas traverser le campus dans le noir.

Les sourcils d'Elias se rapprochent sur l'écran de mon téléphone.

— J'ai eu l'autorisation de la coach et c'est pour ça que je te parle.

— Tu crois que je vais servir à quoi si quelqu'un t'agresse ? Crier pour qu'il arrête ?

— Non, idiot. Tu raccroches et appelles la police.

Il rit. Il est trois heures plus tard à Toronto et Elias est déjà à la patinoire, où il patine avec sa partenaire Taylor.

— Alors, des projets pour ce soir ou tu vas passer un autre vendredi soir à regarder des documentaires sur des tueurs en série ?

Il frissonne.

— Si tu n'aimes pas, ne regarde pas.

— Tu m'as induit en erreur. Tu étais là : « Celui-là, il n'est pas si mal. Ça ira. C'est un super film pour un rencard », m'imite-t-il en me fusillant du regard. Cette fille a arrêté de me parler après que je me suis réveillé en hurlant au meurtre au beau milieu de la nuit.

En riant, je passe ma carte sur le lecteur et entre dans la patinoire.

— Je dois y aller. Je t'appelle plus tard.

— Non. Ne m'appelle pas. Sors t'amuser. L'un de nous doit le faire.

— Salut, Eli. Ne me lâche pas aujourd'hui.

Il dessine une croix sur son cœur avant de raccrocher.

Je passe par le bureau de la coach pour lui faire savoir que je suis là, puis je pars en direction de la glace.

— Toi, dis-je quand j'aperçois Rhett au bout en train de s'étirer.

— Salut, dit-il avec hésitation.

Je secoue la tête.

— Sérieux ? Et moi qui croyais encore avoir l'endroit pour moi.

Il se redresse et patine vers moi.

— Je pourrais dire la même chose de toi. En plus, j'étais là en premier cette fois-ci.

— Une fille ne peut-elle pas avoir la paix ?

Il sourit, mais ne répond pas.

— Je suppose que tu peux rester, dis-je comme si je dirigeais les lieux.

Il me lance un sourire taquin.

— Promets-moi juste... de ne pas foncer sur moi.

Il fait la grimace.

— On peut croire que c'est une promesse facile, mais disons que je ferai de mon mieux.

— J'ai oublié mes écouteurs, donc je vais mettre de la musique sur les enceintes, dis-je en me dirigeant de l'autre côté.

— Oui, d'accord, comme tu veux. Fais comme si je n'étais pas là.

C'est exactement ce qu'il fait avec moi. Il ne jette jamais de coup d'œil dans ma direction tandis qu'il commence à patiner de son côté. Je lance la musique et effectue ma routine. Je la fais deux fois, une fois sans les sauts et la seconde au complet. Après avoir terminé, j'attrape une bouteille d'eau et vérifie mon pouls avant de laisser tomber mon enchaînement et de patiner pour le plaisir. L'air frais pique mon visage en me déplaçant là où la musique me porte. Tout a l'air plus léger ici. Mes jambes, mes bras. J'ai l'impression de voler en étant sur la glace. La liberté.

Mon regard atterrit sur Rhett. Il contourne le filet et nos regards se croisent un instant. Il me tourne à nouveau le dos et continue à lancer des palets dans le filet. J'effectue un autre demi-cercle avant de me diriger vers lui.

— Je peux essayer ? demandé-je en montrant sa crosse.

Il se redresse et se mord la lèvre inférieure en m'observant.

— Ça m'a l'air d'un piège. Tu ne vas pas de nouveau me frapper avec, hein ?

Je lève les yeux au ciel.

— Non. Ça a juste l'air apaisant de jeter des palets dans le filet.

— Je croyais que tu voulais avoir la paix.

— Moi aussi.

Il me tend la crosse.

— Tu sais ce que tu fais.

Je me mets en ligne, la crosse derrière le palet.

— Ça ne doit pas être compliqué.

Je retire ce que j'ai dit quand je frappe le palet et qu'il glisse lentement pour s'arrêter à moins d'un mètre de nous.

— C'est plus dur que ça en a l'air, hein ? dit-il en souriant. Réessaie. Mets-y un peu des fesses.

Il plisse les yeux et lève la tête.

— Je viens de réaliser que ça sonne bizarre quand ce n'est pas le coach qui dit ça à des gars.

— Ça sonne bizarre tout le temps. Je croyais que tout était dans le poignet et les épaules.

Il hausse les sourcils et penche la tête sur le côté.

— Ma petite sœur fait du hockey, expliqué-je.

Il s'approche en hochant la tête. Son parfum, un mélange de sueur et de savon pour homme, m'enveloppe.

— Baisse un peu plus la main droite.

Mes doigts s'abaissent sur la crosse. Je le regarde pour avoir son approbation.

— Voilà. Maintenant, mets plus ton corps à la perpendiculaire.

C'est l'un de ces moments où il pourrait tout à fait mettre les mains sur mes hanches et me montrer. Malheureusement, il ne le fait pas. Je tire à nouveau et cette fois-ci, le palet part plus loin. Je ne marque pas, j'ai très mal visé, mais il passe la ligne du filet donc ce n'est pas rien.

Je lui rends sa crosse.

— Pas si apaisant que ça quand on ne marque pas.

Il se met en place et tire. Le palet atterrit dans le filet et heurte le poteau central avec un petit bruit métallique. Ses yeux pétillent lorsqu'il me regarde.

— Il n'y a rien de mieux que ce bruit.

— Je peux te poser une question ?

— Je suppose que oui, répond-il lentement.

— Qu'est-ce qui s'est passé pour qu'une fille te réveille en hurlant alors que tu es à poil ? Attends, c'était toi qui étais nu ou elle ?

Il rit doucement, ferme les yeux et secoue la tête.

— Tu te poses cette question depuis qu'on s'est rencontrés, c'est ça ?

— Un peu, oui.

Il se mord à nouveau la lèvre du bas avant de répondre.

— On était tous les deux nus.

— D'accord, alors qu'est-ce qui l'a fait hurler ?

J'arrive très bien à imaginer Rhett nu. Je suppose qu'il fait plus d'un mètre quatre-vingts. Il est bien charpenté, mais pas trapu. Je visualise très bien les muscles de ses bras étirer son tee-shirt. Mes yeux se baissent sur son entrejambe. Peut-être qu'il n'a rien dans le pantalon. Mais est-ce que ça me ferait hurler ? M'enfuir, peut-être, mais pas crier.

Il me surprend le reluquant et mon visage s'enflamme. Mais il ne me taquine pas.

— On était à poil, dit-il lentement avant de faire une pause, et je me suis endormi.

Mes yeux s'écarquillent.

— Oh... Ohhhh.

— Oui.

Il tire à nouveau. Cette fois-ci, il marque, mais sans le petit bruit magique.

— Et donc, qu'est-ce qui s'est passé ensuite ?

— Ensuite, je suis venu ici et on m'a encore crié dessus parce que je dormais.

Il me fait un clin d'œil et se rend au filet pour ramasser les palets.

— Oh, sérieux. C'est tout ? Et les détails alors ?

— Tu sais, tu es plutôt bavarde pour quelqu'un qui voulait être tranquille.

— Je ne peux pas m'en empêcher. Ta façon de raconter les faits m'a vraiment passionnée, dis-je d'une voix pleine de sarcasme.

Il s'arrête devant moi et sourit, puis il pose les mains sur sa crosse.

— Tu es une bonne patineuse. Tu as dit que tu avais un spectacle bientôt. Quand ça ?

— Tu changes de sujet.

— Oui, parce que c'est humiliant. Tu as assez de dossiers sur moi.

— Oui, il y a une compétition qui approche, mais pour être honnête, j'aime juste patiner toute seule.

— Je comprends.

— Tu veux dire que tu étais complètement nu ?

Il secoue la tête, son rire résonne dans la patinoire déserte.

— Suffisamment nu.

— Comment est-ce possible sur le plan logistique ?

— Eh bien, tu vois, lance-t-il avec sérieux, quand deux personnes sont attirées l'une par l'autre...

— Je sais comment ça arrive. Je veux savoir comment tu as fait pour t'endormir. Tu as des problèmes pour dormir ?

Il rit encore et me sourit d'une manière qui fait accélérer les battements de mon cœur. Je patine vers le muret et saute pour m'y asseoir. Je prends de longues respirations régulières. Il me suit et je partage ma bouteille avec lui. Il fait tomber de l'eau dans sa bouche et me la rend.

Nous ne disons rien, nous restons assis là à contempler la patinoire déserte. C'était la tranquillité que je recherchais quand je me suis levée ce matin et que j'ai décidé de me rendre tôt ici. Cependant, c'est moi qui romps le silence.

— En CE2, je me suis endormie dans le bus scolaire. Le chauffeur a eu le temps de revenir à l'école avant de remarquer que j'étais toujours sur mon siège. Mes parents ont dû venir me chercher. C'était super embarrassant.

— Pas trop par rapport aux circonstances dans lesquelles je me suis endormi.

— Eh bien, je ne peux pas savoir vu que je n'ai pas entendu toute l'histoire.

Il baisse la tête et passe une main sur sa mâchoire.

— J'étais à une fête. On a commencé à boire dès que le bus

nous a ramenés après les quarts de finale. Je crois que j'ai dormi deux heures cette nuit-là et ensuite, on s'est levés et on est allés acheter des beignets. À midi, j'étais crevé. Des potes et moi sommes rentrés à l'appart et elle m'a suivie. En fait, je croyais qu'elle craquait pour un autre, mais elle a commencé à m'embrasser et elle est venue dans ma chambre. J'étais tellement fatigué.

Je me retiens de sourire alors qu'il repousse les cheveux sur son visage.

— Elle était à genoux devant moi et j'étais allongé sur le lit...

Il lève les mains devant ses jambes pendantes et les agite entre elles.

— Oh mon Dieu ! Tu t'es endormi pendant qu'elle te suçait ?

Il jette un coup d'œil aux alentours, de peur que quelqu'un puisse nous entendre.

— Pardon, dis-je en baissant la voix. Mais sérieusement ?

— Si j'avais su ce qui allait se passer, je me serais mieux préparé. J'aurais peut-être pris une douche froide d'abord ou je ne sais pas.

— Qu'est-ce que tu veux dire par si tu avais su ce qui allait se passer ? Ça ne t'arrive pas souvent d'avoir des filles qui te suivent partout et qui sont à tes pieds ? Et puis, bon, préparé ou non, je ne pense pas que s'endormir soit une réaction appropriée au sexe.

Mon visage est aussi brûlant que de la lave.

— Non. Je veux dire, oui, je suppose. C'est un peu nouveau et je ne m'y suis pas encore habitué.

— Eh bien, c'est le contraire pour moi. J'avais l'habitude que les garçons me courent après et maintenant, ils ne le font plus. C'est mieux d'être à ta place, crois-moi.

— Les mecs ne te draguent pas ?

Son expression m'indique qu'il ne me croit pas. Je lui adresse le même regard en répliquant :

— C'est nouveau que les filles te draguent ?

Nous nous sourions et l'air se charge autour de nous. Rhett n'est pas comme je croyais. C'est facile de lui parler. Il est sympa et drôle.

Tout à coup, nous ne sommes plus seuls. Des joueurs de hockey débarquent en même temps que Josie.

— J'imagine que c'est l'heure, dis-je en sautant sur la glace.

Il me suit.

— Hé, tu fais quoi ce soir ? As-tu envie qu'on se voie ? Quelques-uns de mes coéquipiers vont à cette fête à la villa des basketteurs. Tu sais où c'est ?

— Oui.

— Alors, tu veux y aller ?

— Avec toi ? demandé-je, un peu confuse.

Il regarde autour de lui.

— Oui ?

— Désolée, c'est juste que... je ne pense pas être ton genre.

Ses sourcils se froncent.

— D'accord... Pourquoi n'es-tu pas mon genre ? Mieux encore, tu crois que c'est quoi mon genre exactement ?

— Écoute, je n'ai rien contre les coups d'un soir, mais vu le nombre de filles avec qui tu as été impliqué rien que cette semaine... je suis désolée.

Il s'avère qu'il n'existe pas de belles façons pour dire à un type que tu n'as pas envie d'être son prochain trophée.

Rhett patine en arrière.

— D'accord. Compris. Bon, je suppose que je te verrai dans le coin.

Je suis en train d'étudier à la bibliothèque quand Elias m'appelle. Je cale le téléphone contre mon sac à dos sur la table et décroche l'appel vidéo.

— Salut, dis-je en gardant la voix basse.

— Pourquoi ne m'as-tu pas rappelé ? Et où es-tu ?

Son regard analyse l'arrière-plan et je peux dire précisément quand il devine où je me trouve.

— À moins que tu comptes arriver tard à la soirée comme une star, il va sérieusement falloir que tu te bouges. Il est déjà vingt heures passées.

— Je n'y vais pas.

Je savais que je n'aurais jamais dû dire à Elias que Rhett m'avait invitée à sortir.

— Pourquoi pas ? Ronnie a l'air amusant. Va t'amuser.

Même si je ne voyais pas son grand sourire, je pourrais deviner à son ton à quel point il est excité.

— Tu sais qu'il ne s'appelle pas comme ça.

— Il a fait un œil au beurre noir à ma pote. Il ne mérite pas encore qu'on l'appelle par son vrai prénom. En plus, les joueurs de hockey sont stupides. Ils prennent trop de coups sur la tête.

Il se frappe la tête avec le poing.

— Pourtant, tu veux que je sorte avec lui.

— Pas exactement avec lui. Il ne te reste que deux mois à la fac. Sors, bois un peu trop, prends de mauvaises décisions, laisse-moi vivre par procuration à travers toi.

Il affiche un air boudeur.

— Hmm, répliqué-je sans m'engager. Tu fais quoi ?

Il tient le téléphone près de son visage, donc je ne sais pas où il est, mais il fait sombre. Elias vient du Massachusetts, mais il vit chez une famille à Toronto où il s'entraîne avec sa partenaire, Taylor. Ils ont la chance de participer aux Jeux olympiques. Ils sont vraiment très doués.

— Je suis au lit. J'ai un cours d'acroyoga [1] à cinq heures demain matin.

Le contour de ses yeux marron foncé est difficile à voir dans la lumière tamisée, mais impossible de rater les gros yeux qu'il me fait.

— On peut faire tout le yoga du monde, ça ne fera pas la moindre différence si Taylor ne décide pas de me faire confiance.

— Tu l'as laissée tomber.

— C'est arrivé une fois. Mon poignet était fracturé. Je la tenais avec un poignet cassé !

Il s'énerve, agitant la main comme s'il tenait une partenaire imaginaire.

— Jusqu'à ce que tu ne la tiennes plus.

Je souris devant son air faussement abasourdi, comme si mes mots le choquaient beaucoup. Nous sommes toujours francs l'un envers l'autre. Pas de conneries entre nous.

— Tout ce que je dis, c'est que faire de l'acroyoga ensemble, ça vous aidera peut-être à regagner cette confiance. Il faut bien commencer quelque part.

— Et tout ce que je dis, c'est que personne ne se rapproche aussi facilement aussi tôt le matin. Aussi, tu peux parler. Et toi ?

C'est ça le truc quand ton meilleur ami est un garçon – un garçon qui n'a pas du tout envie de coucher avec toi – il ne prend jamais de pincettes.

— Quoi moi ?

Je fais comme si je ne sais pas où il veut en venir.

— Tu dois profiter de ce qu'il te reste de la fac. Si le travail ressemble un tant soit peu à ce que je fais, ça se résume à dormir et à manquer continuellement de sommeil et de caféine. Je déteste t'imaginer passer la soirée à la bibliothèque. Beuuuurk. En plus, je suis sûr que tu veux y aller.

— Qu'est-ce qui te fait penser ça ?

Il penche la tête et m'étudie.

— Tu t'es maquillée ? Hmm. Et c'est un nouveau tee-shirt ?

Je bats mes faux cils.

— Et alors ?

Il rit et me sourit.

— Ma vie amoureuse rend la tienne pathétique. Pourtant, soit je m'entraîne, soit je dors vingt-deux heures par jour. Si tu ne le fais pas pour toi, fais-le pour moi. J'ai besoin d'un peu d'excitation dans ma vie.

— Tu vis beaucoup de moments excitants sans même essayer. Et la fille que tu as rencontrée au café la semaine dernière ?

— Eh bien, on s'écrit...

Aussi facilement que ça, j'ai changé de sujet en parlant d'Elias. Il aime beaucoup parler de lui et je suis contente de penser à autre chose qu'à Rhett et à la soirée à laquelle il m'a invitée.

J'ai passé un bon moment avec lui aujourd'hui. J'ai ressenti quelque chose et on dirait que lui aussi. Mais je me suis peut-être fait des idées. Je ne veux pas être une idiote qui interprète la situation. Cependant, je sais aussi que ça fait longtemps que je n'ai pas ressenti l'indescriptible alchimie et connexion que j'ai eues avec lui.

Ça n'a duré qu'une heure et je l'ai sommairement forcé à me parler. Mais une fois qu'il l'a fait, je l'ai senti. Quelque chose a fait battre mon cœur et m'a donné des papillons dans le ventre. Je n'écarte pas souvent les jambes et ça me ferait souffrir si je le faisais pour rien.

Je ferme mon ordinateur tandis qu'Elias ne s'arrête plus. J'abandonne l'idée de faire mes devoirs ce soir. Je suis venue ici pour me convaincre que je ne voulais pas aller à la soirée des basketteurs.

Elias bâille alors qu'il termine de me raconter chaque détail des messages avec la fille qu'il a draguée en allant acheter un café. Il est beau et charmant et, même si je ne l'ai pas rencontré en vrai, je devine qu'il fait partie de ces personnes auxquelles on ne peut pas résister. Mais il est aussi très difficile.

Un rendez-vous, parfois moins que ça, et il se persuade que ça ne fonctionnera jamais. Elle a un poisson rouge et ça le fait paniquer, ou alors elle est hôtesse de l'air pour une compagnie qu'il n'aime pas. Une fois, il a arrêté d'écrire à une fille parce qu'elle a eu l'audace de porter un pantalon blanc après la fête du Travail. Pourtant, il ne s'y connaît pas vraiment en matière de mode. Il porte des chaussettes avec des sandales. Il n'a pas le droit de juger.

— Je devrais te laisser, dit-il. Et tu devrais mettre quelque chose de beaucoup plus aguicheur, appeler Josie et aller à cette fête.

— C'est tentant.

— Je suis en train de lui envoyer un message. Tu ferais mieux de trouver une bonne excuse ou de te cacher.

— Comment as-tu eu son numéro ?

— On a échangé nos numéros après ton accident l'année dernière. En cas d'urgence.

Il dit cela de façon très décontractée. C'est fou comme deux-trois expériences de mort imminente peuvent rendre une personne aussi nonchalante à ce sujet.

Elias et moi avons la même maladie cardiaque. En fait, c'est de cette façon que nous nous sommes rencontrés. Un jour, j'étais sur YouTube et je suis tombée sur une vidéo où il parlait de sa maladie et de son impact sur son activité sportive. Cela ressemblait au destin de tomber sur un autre patineur de mon âge avec le même problème. Je l'ai contacté, nous avons commencé à nous écrire et maintenant, il est coincé avec moi pour l'éternité.

Mon téléphone bipe quand je reçois un message.

— C'était rapide, dis-je en lisant le message de Josie.

OMG. Je saute dans la douche. Je serai prête dans trente minutes.

— Je savais que je pouvais compter sur Josie.

— Je ne pense pas que ce soit une bonne idée. Je lui ai dit non et j'ai sous-entendu qu'il était une marie-couche-toi-là. Je ne vais pas avoir l'air d'une connasse en me pointant maintenant ?

— Je t'en prie. Si tu te pointes avec des habits sexy, il ne se souviendra pas de ce que tu as dit ou fait.

— J'ai trop de choses à faire en ce moment.

C'est mon ultime excuse bidon et il le sait. Bien sûr, il me reprend.

— Il faut que tu baises, dit-il fortement.

Je baisse la tête, gênée, même si personne ne peut l'entendre grâce à mes écouteurs. Il n'a cependant pas tort.

— Très bien, mais si ça finit mal, je rejetterai la faute sur toi.

— Je le supporterai. Appelle-moi demain ou plus tard ce soir en rentrant de chez lui.

Il dessine un X sur son cœur.

Je l'imite et lui fais ensuite un doigt d'honneur.

Oh bordel. Dans quoi me suis-je embarquée ?

SEPT

RHETT

— HA HA, très drôle, dis-je quand j'aperçois le cadeau mystérieux posé sur mon lit.

C'est un sac rempli de trois différentes marques de boissons énergisantes, de préservatifs et de mouchoirs.

— C'est pourquoi les mouchoirs ? demandé-je en ramenant le sac dans le couloir.

De la musique joue fort dans l'appartement tandis que nous nous préparons à sortir. Nous avons deux salles de bain, mais les garçons se sont amassés dans une seule et se battent pour se voir dans le miroir.

— C'est pour les filles que tu fais pleurer, dit Heath.

Mav lui donne un coup de coude, Heath se frotte le bras en ajoutant :

— Du moins, c'est ma supposition.

— Arrête, je sais que tout ça, c'est votre œuvre à tous les deux, répliqué-je en montrant la boîte de préservatifs phosphorescents.

Mav glousse.

— Ceux-là sont marrants. Ta queue ressemble à un sabre laser.

Adam croise mon regard dans le miroir.

— Peut-être que la lueur t'aidera à rester éveillé.

— Je vous déteste.

Je rapporte le sac dans ma chambre et jette tout sur le lit, sauf la plus grande boisson énergisante.

— C'est Carrie qui t'a harcelé au téléphone tout à l'heure ? lance Adam dans le couloir.

— Oui.

— Tout va bien ?

Je sais qu'il est terrifié à l'idée que je me remette avec elle. Adam n'a jamais aimé Carrie. En fait, le sentiment était réciproque. Carrie ne s'entendait pas trop avec mes coéquipiers.

— Ça va.

Je ne sais pas si je parviens à faire croire que je m'en fiche, mais c'est ce que j'ai envie de faire ce soir. Je m'en fous. De tout. Que mon ex ne va pas arrêter de m'appeler ou que chaque fois que j'essaie de passer à autre chose, je foire en beauté.

— Dernier soir pour faire les cons, dit Adam quand nous sommes enfin prêts à partir. Demain, il faudra se mettre au travail.

— Oh, ouais ! crions-nous.

Nous arrivons à la villa des basketteurs, connue sur le campus sous le nom de *La maison blanche*. En moins d'une heure, je suis déjà trop ivre pour marcher droit. Dernier soir pour faire les cons ? Marché conclu. J'ai enfin atteint le point où je me fiche du désastre qu'est mon célibat.

Voici un conseil gratuit pour vous. Si vous voulez passer une bonne soirée (ou n'importe où ailleurs, en fait), restez avec Maverick. Il connaît tout le monde, boit comme un trou et jamais rien ne l'empêche de s'amuser.

Ça fait deux ans maintenant que nous sommes coéquipiers, mais nous avons rarement traîné rien que tous les deux, et jamais comme ça, quand je suis prêt à boire autant que lui. Plus nous passons du temps ensemble, plus je suis saoul, et plus je trouve ça ridicule de m'être autant inquiété de tout. Mav est célibataire et il est toujours heureux. Je ne sais pas pourquoi j'ai laissé ma rupture dramatique m'empêcher de m'amuser si longtemps, mais c'est terminé.

Nous parlons à un groupe de filles qui nous ignorent immédiatement quand des types de fraternités débarquent avec une glacière de shooters. Mav n'a pas du tout l'air décontenancé.

— Qui a besoin de filles ? crié-je en levant mon verre.

Mav baisse ma main.

— Du calme, ne dis pas n'importe quoi.

— Je suis jaloux. Rien ne t'atteint. Tu es toujours le centre de la fête. Je ne sais pas comment faire. J'ai été en couple pendant si longtemps. Maintenant, tout ce qui sort de ma bouche est un désastre. Je me suis endormi pendant qu'on me suçait.

Il rit et passe un bras autour de mes épaules.

— Oui, ajoute aussi ça à la liste de choses que tu ne dois pas dire. Prends un autre verre et oublie ce qui s'est passé.

— Elle ne voulait pas sortir avec moi parce qu'elle me prend pour un joueur. C'est plutôt drôle, en fait.

Je ris, me sentant un peu insulté.

— Qui ne voulait pas sortir avec toi ?

— Sienna. Je l'ai invitée à sortir.

J'ai réussi à garder ça pour moi toute la journée, mais l'alcool a délié ma langue.

— Et, qu'est-ce que tu as dit ? Qu'est-ce qu'*elle* a dit ?

— Je lui ai proposé de venir ce soir et elle m'a dit que je n'étais pas son genre.

— Aïe.

Il décapsule sa bouteille de Mad Dog, un vin fortifié, et me la tend.

— Oui.

J'incline la bouteille vers lui. Je m'en fiche bien plus qu'il y a deux heures. En vérité, elle n'est peut-être pas mon genre. Ou peut-être n'ai-je pas de genre. Elle a l'air différente de Carrie et je n'ai qu'elle comme exemple.

— Sienna est géniale. Je vous verrais bien ensemble, mais n'y pense pas trop. Si ça doit se passer, ça se passera. Sinon...

Il hausse les épaules.

— C'est la chose la plus Maverickienne que tu as jamais dite. « Peu importe ce qu'il se passe. Si c'est le destin, ça arrivera. Sinon, j'offrirai mes abdos et exhiberai mes talents pour boire devant une fille de Valley. »

J'imite son haussement d'épaules avec exagération vu mon état d'ébriété.

Il sourit. Il a encore son tee-shirt, mais la soirée ne fait que commencer.

— Tu as tout compris. Viens, allons danser.

Je me mets à protester. Je ne danse pas, mais tant pis. Ce soir, je danse. Pas bien, mais peu importe. Maverick se dirige tout droit vers le centre de la piste, là où un groupe de filles remuent leurs fesses en rythme avec la musique. Elles l'engloutissent et... oui, adieu le tee-shirt.

Je reste en retrait, mais rapidement, on me tire et je me retrouve entre deux nanas très enthousiastes.

— Je ne danse pas, dis-je.

L'une des filles se penche, je crois qu'elle me demande de répéter, mais je n'entends rien avec la musique.

Ah, le seul endroit où je ne peux pas faire de gaffe. Oui, je vais me lâcher.

HUIT
SIENNA

L'estomac noué, je fends la foule, un verre à la main. Josie est devant moi, elle me tient la main et me guide. Ma colocataire est bien plus sociable que moi. Ce n'est pas que je ne sors jamais, mais la plupart des week-ends, je préfère rester avec Josie ou Olivia ou, oui, regarder des documentaires sur des criminels. Je trouve ça rassurant que d'affreuses choses arrivent même aux gens bien. Faites ce que vous voulez de cette information.

Je parcours les environs du regard, à la recherche de Rhett, tandis que nous traversons la pelouse de la villa des basketteurs. Une énorme piscine prend la majorité du jardin. Des gens se tiennent en groupe dans l'eau ou autour. D'un côté du jardin a été installée une cabine de DJ, une masse de corps se meut au rythme de la musique. D'après Josie, il y a un fût de l'autre côté et c'est par là que nous nous dirigeons.

— Tu es censée le retrouver quelque part ? demande-t-elle lorsque nous arrivons enfin à la queue pour le fût de bière.

Je me tords les mains.

— Pas tout à fait. Il ne sait pas que je suis venue.

Elle rit, nous sert un verre et retourne ensuite au milieu du jardin. J'étais très bien en retrait, loin du chaos.

Je n'arrête pas de scruter la fête, mais je ne vois Rhett nulle part. J'étais tellement certaine qu'il serait là. Je n'ai même pas envisagé la possibilité qu'il ait fait d'autres projets.

— On va aller danser, annonce Josie en me tirant, renversant la moitié de ma bière par terre.

— Ah oui ?

Ma question se perd dans tout ce vacarme. Nous nous rapprochons de la musique tonitruante. Elle me tire derrière elle et je serre sa main pour déstresser.

Elle s'arrête à quelques mètres des danseurs.

— Qu'est-ce qui t'arrive ? On dirait que tu es nerveuse, tu n'as pas de raison de l'être. C'est la robe ? Tu n'es pas à l'aise ? Parce que tu es magnifique.

— Non. Ce n'est pas la robe. J'adooore la robe, la rassuré-je en passant la main sur sa robe moulante rose qu'elle m'a imposée à porter ce soir. C'est Rhett. Je crois qu'il me plaît. Je ne le connais pas vraiment, mais je n'arrête pas de penser à lui. Je me sens bizarre.

Fait chier.

Elle me sourit.

— Je déteste quand ça arrive. Oublie Rhett pendant une heure. Passons simplement un bon moment et ensuite, on demandera si quelqu'un l'a vu.

Alors qu'elle parle, je l'aperçois. Je l'attrape par le bras pour éviter qu'elle se rapproche davantage. Le voilà. Le type qui, bêtement, ne quitte plus mes pensées. Il est pris en sandwich entre deux filles sur la piste de danse. L'une est plaquée contre lui, les mains sur son torse, et l'autre se trouve derrière lui en train de frotter ses seins.

Une vague de mécontentement et de frustration me submerge brusquement. Suivie rapidement par de la jalousie. C'est cette dernière qui m'énerve le plus. Bien sûr, il y est tout de même allé et il danse avec d'autres filles. J'ai dit non, c'est pourquoi la jalousie que je ressens est particulièrement agaçante.

Josie suit mon regard stupide.

— Je suppose qu'il est venu.

— Oui. Je l'ai trouvé. On peut y aller maintenant ?

— Sienna !

La voix de Maverick parvient à transpercer la musique. Je me retourne vers la piste et le vois dans une position similaire à son coéquipier.

J'agite la main et il se détache des deux filles, qui passent à quelqu'un d'autre en son absence. Mav s'approche de Rhett qui, d'ailleurs, ne m'a toujours pas remarquée. Cependant, les deux filles avec qui il danse remontent son tee-shirt et quatre mains caressent son dos, son ventre et ses pectoraux. Celle devant lui s'accroupit et lèche ses abdominaux. C'est tout ce que je vois avant de faire volte-face et de m'éloigner.

Josie court derrière moi pour me rattraper.

— Où vas-tu ?

— C'était une erreur.

Maverick, torse nu et ses tatouages ondulant sur ses muscles, nous rattrape.

— Eh, sérieux, t'es venue ! Rhett va être super content.

— Oui. Il a l'air.

J'agite une main indifférente dans sa direction. Il m'a enfin remarquée et tente de se détacher de ses partenaires. Elles ne le laisseront pas partir sans se battre. Je ne peux pas vraiment leur en vouloir.

Il est diablement beau avec son tee-shirt et son jean, et son regard désolé. Le truc, c'est que je ne suis même pas en colère contre lui. Je suis furieuse contre moi d'avoir cru qu'il se tiendrait en retrait, en attendant avec espoir que je vienne. Je lui ai dit non parce qu'il est comme ça et que je ne voulais pas être blessée. Mais ensuite, je me suis convaincue du contraire parce que c'est ce que j'avais envie de croire.

— Ah, ne lui en veux pas. J'ai presque dû le traîner sur la piste. Allons le secourir.

Mav me prend par les épaules et me retourne vers la piste de danse. Rhett a réussi à se libérer et se dirige vers nous.

— Salut, dit-il en hésitant. Je ne pensais pas que tu viendrais.

— Surprise ! répliqué-je d'une voix pleine de sarcasme.

Josie et Maverick nous regardent tour à tour. Un silence gênant s'abat sur notre petit groupe.

— Tu danses ? propose Maverick à mon amie en lui tendant la main.

— Absolument.

Josie glisse sa paume dans la sienne. Elle regarde par-dessus son épaule alors qu'ils partent au milieu des danseurs.

Rhett s'agite nerveusement devant moi.

— Tu es belle. Je me demandais si tu avais les cheveux longs ou courts. Je n'arrive jamais à savoir quand tu les attaches.

— Ah bon ?

— J'aime bien.

Il lève la main et effleure mes pointes. Il titube et me tire par mégarde les cheveux.

— Oh merde, désolé.

Il démêle ses doigts avec un sourire penaud.

Rhett est ivre et, pour une quelconque raison, je trouve ça mignon.

— Tu veux danser ?

Je secoue la tête.

— Non, je crois que ça va aller.

Je ne crois pas que je pourrai être à la hauteur du plan à trois qu'il était en train de faire.

— D'accord, euh, tu as soif ?

Mon verre est toujours à moitié plein, mais j'acquiesce.

Nous marchons côte à côte. Son bras effleure le mien et aucun de nous deux ne s'écarte. Maintenant que je l'ai trouvé, je ne sais pas quoi dire.

Une fois au fût, il prend mon verre, remarque ce qu'il y a à l'intérieur et rit.

— Tu as vraiment envie d'une autre bière ?

— Je ne bois pas beaucoup.

Il remplit le verre et en boit une gorgée.

— Je vais être honnête avec toi, je suis vraiment bourré, dit-il en passant la main dans ses cheveux ébouriffés.

Je ne peux m'empêcher de rire lorsque son sourire arrogant me désarme.

— Je ne pensais pas que tu viendrais et j'ai décidé de me lâcher. Pas de baiser, juste de me lâcher et de ne plus penser aux filles, aux rencards, à la vie, tu vois ?

Il secoue la tête.

— Tu réalises que je suis une fille, pas vrai ?

Il ferme un œil et suce sa lèvre inférieure pendant une seconde.

— Je ne suis vraiment pas doué pour faire ça. Genre, vraiment pas.

Il agite la main de façon théâtrale et la bière dans son verre m'éclabousse, tachant le devant de ma robe.

C'est froid. Très froid. Je pousse un cri et fais un bond en arrière.

— D'accord, bon, c'était marrant.

— Putain. Désolé. Viens.

Rhett me prend par le bras et se dirige rapidement vers la maison. Il ordonne aux gens de s'écarter, me conduit à l'intérieur et remonte la queue qui attend devant la salle de bain. La porte s'ouvre et trois filles sortent en chancelant.

— Excusez-nous.

Saoul, Rhett est autoritaire et sexy. Presque assez sexy pour que j'ignore l'odeur de bière sur ma robe.

La fille qui fait la queue derrière nous lui sourit. Elle enroule une longue boucle brune autour de son doigt.

— Pas de problème. Besoin de compagnie ?

— Qu... bredouille-t-il en essayant de comprendre pourquoi il aurait besoin de compagnie dans la salle de bain.

Avant qu'il puisse assembler les pièces du puzzle, je fonce à l'intérieur. La bière coule sur ma poitrine. Même ma culotte est mouillée.

À ma grande surprise, il me suit à l'intérieur et ferme la porte.

Je trouve une serviette, espère qu'elle n'a pas trop été utilisée et tamponne le devant de ma robe. Ou plutôt de la robe de Josie.

— Qu'est-ce que je peux faire pour t'aider ?

Je n'arrange pas grand-chose. En soupirant, je laisse tomber la serviette sur le meuble du robinet.

— Ça séchera.

Un frisson parcourt mon corps. La trappe qui climatise la petite salle de bain permet de la garder au frais, ce qui est sûrement agréable quand on n'est pas trempé.

— Tiens, mets mon tee-shirt.

Il le passe par-dessus sa tête sans réfléchir et me le tend.

Je le fixe. Pas le tissu blanc roulé en boule, mais son torse. Ma bouche s'assèche.

— Tu te fiches de moi ?

Son regard s'abaisse sur le tee-shirt avant de revenir sur moi.

— Euh... Il est propre, promis.

— Tu ne peux pas te trimballer comme ça.

J'agite la main vers ses abdominaux. Ses huit abdominaux.

Les commissures de ses lèvres se retroussent.

— Comment ?

— Ne fais pas l'idiot avec moi.

— Mon ange, avec toi, je ne fais jamais semblant. Tu me rends stupide. Je n'arrive pas à faire les choses bien.

— Avec cette apparence, qui a besoin d'un cerveau ? marmonné-je.

Il s'approche de moi, une lueur prétentieuse dans le regard.

— Essaies-tu de me dire que tu aimes ce que tu vois ?

— Je veux dire que... peu importe.

Mon regard s'abat cependant sur son torse et mes tétons durcissent. Je n'arrive même pas à mentir.

— Argh, tu as un corps de fou.

— Ravi que tu le penses. Je pourrais bien ne plus jamais mettre de tee-shirt si tu continues à me regarder comme ça.

Il passe gentiment le tee-shirt par-dessus ma tête et le baisse. La chaleur du tissu et la proximité de nos corps font étrangement réagir mes entrailles. Mon pouls s'accélère et ma poitrine se comprime. Par réflexe, je ralentis ma respiration.

— Comment ?

Je fais glisser mes doigts sur ses muscles saillants.

Il inspire et ses yeux bleus s'assombrissent. Il ignore ma question. Non pas que j'avais besoin d'une réponse.

— Tu as les mains froides.

— Quelqu'un a renversé de la bière sur moi.

— Je suis vraiment désolé pour ça.

— Tu le dis beaucoup.

— Je fais souvent de la merde. Et je suis désolé pour ça aussi.

— La liste n'arrête pas de s'allonger.

Mon rire meurt quand il pose un pouce calleux au coin de ma bouche.

Les yeux braqués sur mes lèvres, il sillonne ma lèvre inférieure du bout du doigt.

— Ajoute ça à la liste.

Toujours distraite par son corps et la réaction du mien

quand il est si près, je me retrouve dans une réalité alternative lorsqu'il se penche en avant. C'est seulement lorsque sa bouche s'abat sur la mienne que mon cerveau prend conscience qu'il est en train de m'embrasser.

Sa main sur mon visage se glisse dans ma nuque et me tient avec une possessivité qui jure avec la douceur de ses lèvres. Mon dos se plaque contre le lavabo et mes jambes se heurtent au meuble. Rhett s'approche en glissant sa langue dans ma bouche.

Mon cœur martèle ma poitrine. Quelque part au fond de mon esprit, je suis consciente de faire quelque chose de potentiellement très stupide : embrasser Rhett alors que je sais que ça n'ira pas plus loin que ce soir. Quand bien même, je comprends pourquoi il laisse une tonne de filles en pleurs sur son sillage. Il embrasse comme un dieu. Il est à la fois doux, tendre, dur et exigeant, j'en ai la tête qui tourne.

Il me soulève et me pose sur le meuble, puis il écarte mes jambes. Ses doigts s'emmêlent dans mes cheveux, les tirent gentiment et exposent mon cou. Son nez se blottit en bas de ma mâchoire pendant que sa bouche me mordille et m'embrasse.

Mes jambes tremblent lorsqu'il descend ses grandes mains sur mes jambes. Elles remontent sur ma peau et se glissent sous ma robe qui est à présent très relevée sur mes cuisses. Mon entrejambe picote, je l'autorise à monter un petit peu plus les doigts.

Ma poitrine contre son torse, je me rappelle qu'un homme à moitié nu se trouve devant moi, doté d'un corps qui donne envie aux gentilles filles de faire de vilaines choses. Je glisse les paumes sur ses pectoraux et ses flancs. Mon exploration l'encourage, un long doigt finit par toucher ma culotte mouillée.

— C'est la bière, précisé-je.

C'est faux, du moins à moitié.

Nous gémissons tous les deux lorsqu'il effectue un cercle sur mon clitoris par-dessus le tissu soyeux.

Je suis prête à le laisser me baiser ici. Correction, je suis prête à le *supplier* de me baiser ici. Et ce n'est même pas moi qui suis ivre.

Un coup à la porte interrompt le moment, nous rappelant que des gens font la queue dehors.

— On devrait probablement y aller, dis-je alors que j'écarte davantage les jambes.

Il recule, un sourire satisfait fermement plaqué sur ses lèvres et sans s'arrêter de me caresser doucement.

— Ils peuvent attendre.

Malheureusement, non. La porte s'ouvre et la fille qui nous a proposé de nous accompagner entre. Elle nous étudie une seconde avant de déclarer :

— Ne faites pas attention à moi. J'ai juste besoin de pisser.

Rhett se redresse, retire ses mains de sous ma robe et tire dessus pour me couvrir.

— T'es prête, mon ange ?

Sa voix est rauque de désir et, non, je ne suis absolument pas prête.

Il me prend la main et me garde près de lui tandis que nous sortons de la salle de bain et retournons dans le jardin. L'air frais nocturne me frappe et je prends de grandes inspirations régulières.

Bordel de merde. J'ai failli coucher avec Rhett dans une salle de bain où des gens faisaient la queue devant. Pour être tout à fait honnête, j'ai failli coucher avec Rhett dans une salle de bain où une fille faisait pipi. Je n'en suis pas fière.

Un groupe de joueurs de hockey se tient juste sur le seuil, en compagnie de filles. L'un des garçons, Jordan, je crois, appelle Rhett et nous nous joignons au cercle.

— On nous a dit que tu passais un bon moment, dit le type

en regardant tour à tour Rhett et moi. Maintenant, je sais pourquoi. Jordan, on s'est croisés à la patinoire, se présente-t-il en inclinant la tête vers moi.

— Sienna. Je me souviens de toi.

— Voici Liam, Heath, Ginny, Dakota, Reagan et tu as déjà rencontré Adam, les énumère Rhett en les pointant du doigt.

Je regarde chacun d'entre eux, leur souris et fais un petit salut de la main.

Adam sourit en pointant sa bière.

— Maverick et toi avez perdu vos tee-shirts en même temps ou quoi ?

— J'ai renversé ma bière sur elle.

J'avais oublié à quel point il était saoul, jusqu'à ce qu'il essaie de me prendre par la taille et qu'il vacille, ce qui veut dire que *nous* vacillons. Je suis complètement sobre, mais j'ai les jambes qui tremblent encore après ce qui s'est passé dans la salle de bain.

— Tout doux, dit Adam. Ne va pas lui faire un autre coquard.

Rhett lui fait un doigt d'honneur.

— En parlant de catastrophes, je suis toujours trempée. Je devrais retourner voir Josie pour lui demander si elle est prête à y aller.

Le regard de Rhett ratisse mon corps et je suis quasiment certaine qu'il pense à ma culotte. Mon corps s'échauffe et mes joues s'enflamment.

— Elle danse avec Maverick, dit Adam.

— Merci, dis-je en les saluant. Ravie de vous avoir rencontrés, les garçons.

Je regarde ensuite Rhett et lui dis :

— À plus.

— Attends, tu pars vraiment ?

— Oui, je suis mouillée et je colle, et j'ai deux cours de fitness demain matin de toute façon.

Troublé, il fronce les sourcils.

— Bon, d'accord. Laisse-moi au moins chercher Josie avec toi.

Je hoche la tête et nous traversons la pelouse.

— On a les demi-finales lundi soir, donc on va rester tranquille tout le week-end, mais on peut se revoir ?

— Euh...

Je décide d'être honnête vu qu'il y a de grandes chances pour qu'il ne se souvienne pas de m'avoir invitée à sortir demain.

— D'habitude, je ne fais pas ce genre de chose. Je ne te juge pas ni moi. Les coups d'un soir, ça peut être cool. Je veux dire, c'était cool, vraiment.

Je blablate et tourne autour du pot sans vraiment dire ce que je pense, à savoir qu'il me plaît et que je souffrirai si je couche simplement avec lui.

— Tu es très bourré.

— C'est vrai, mais je ne l'étais pas quand je t'ai invitée à venir ce soir.

— C'était une erreur. On a des emplois du temps chargés.

Je dis des bêtises, nous le savons tous les deux. Elias me réprimanderait pour ça, mais pas Rhett.

Nous arrivons sur la piste de danse et j'aperçois Josie qui danse avec un groupe de filles, Maverick étant au centre. Josie nous voit et nous salue de la main.

La vue de Maverick sans tee-shirt me rappelle que je porte toujours celui de Rhett.

— Oh, tiens.

Je commence à l'enlever, mais il m'arrête.

— Garde-le. Je vais bientôt y aller aussi. Boire me fatigue.

— C'est ce que j'ai entendu dire. Salut, Rauthruss.

Je fais un pas vers Josie, espérant à moitié qu'il m'en empêche, mais il ne fait rien.

———

Le lendemain, alors que je termine mes deux cours, Rhett apparaît dans le couloir. Il se glisse dans la salle pendant que mes élèves rassemblent leurs affaires.

— Salut.

Les mains dans les poches, il s'approche de moi à l'avant de la salle.

— Tu m'as retrouvée.

Je suis un peu impressionnée que 1) il se souvienne que je donnais des cours ce matin et que 2) il soit réveillé si tôt.

— J'ai regardé l'horaire du cours de fitness avant d'aller me coucher hier soir et j'ai mis le réveil.

— Impressionnant.

Il sourit.

— Il faut un début à tout. Je n'ai pas abîmé ta robe hier soir, hein ?

— Non, ça va. J'ai ton tee-shirt dans ma chambre. Je te le rapporterai à la patinoire.

— Ou on pourrait aller chez moi plus tard ?

Je ris.

— Tu t'avances là, non ?

— Pas pour faire ça. Juste traîner ensemble, regarder la télé, jouer à la Xbox ou... n'importe. J'aimerais bien faire quelque chose de plus excitant, mais j'ai couvre-feu à vingt-et une heure.

— Aïe.

— Oui, le coach fait tout pour qu'on ne soit pas distraits.

— Et tu t'es dit qu'inviter une fille serait la solution ?

— Tu me distrairas de toute façon, que tu sois là ou pas.

Mon estomac fait un bond. Ce mec.

— À quelle heure ? demandé-je.

Je m'apprêtais à dire oui dès qu'il me l'a proposé... En fait, à mon réveil ce matin, j'ai regretté de ne pas être restée plus longtemps à la soirée. Cependant, impossible de résister à Rhett, qu'il soit torse nu ou sobre et charmant

— Dix-huit heures.

Il me tend un bout de papier avec son adresse et s'éloigne.

— Au fait, moi non plus je n'ai pas l'habitude de faire ce genre de chose.

NEUF
RHETT

Je fais rapidement visiter l'appartement à Sienna, attrape une bière et lui en offre une.

— Promis, je ne la renverserai pas sur toi.

Elle sourit, mais secoue la tête.

— Non merci.

— Ah oui, tu as dit que tu ne buvais pas beaucoup. On a aussi de l'eau, du jus d'orange et tout un tas de boissons énergisantes.

— Je ne veux rien, vraiment. Et je bois parfois, comme hier soir. Mais pas beaucoup et pas très souvent.

Je prends une bouteille d'eau et la conduis sur le canapé. Le salon est calme pour changer. Adam est chez Reagan et Dakota, de l'autre côté de la passerelle. Ginny et Heath sont dans sa chambre, la porte fermée, et Maverick est chez lui. Quand je leur ai demandé de ne pas bombarder Sienna de questions, je ne pensais pas qu'ils m'écouteraient. Je suis agréablement surpris.

— À cause de ton problème cardiaque ou parce que ce n'est pas ton truc ?

Elle hoche la tête.

— Principalement à cause de mon cœur.

— Si je peux me permettre, de quel genre de problème cardiaque tu souffres ?

— Ça s'appelle le syndrome du QT Long. En gros, mon rythme cardiaque se dérègle.

— Mais c'est traitable ?

— Je prends des médicaments et j'ai un implant qui surveille mon cœur, mais sinon non, pas vraiment. Je dois juste faire attention et écouter mon corps.

— Ce n'est pas dangereux de patiner ?

— J'ai un syndrome de type un, ce qui signifie que tout stress physique et émotionnel peut déclencher des crises. Si je voulais éviter tout danger, je devrais éviter pratiquement tout. Parfois, je sens que mon cœur s'emballe quand je fais de l'exercice, d'autres fois, je suis juste assise à ne rien faire.

— Flippant. À quoi ressemble une crise ?

— En général, c'est juste un battement dans ma poitrine ou une sensation d'étourdissement.

Elle hausse les épaules et un petit sourire se dessine sur ses lèvres.

— Je suis devenue très douée pour écouter mon corps et savoir quand faire des pauses. Je peux presque tout faire, avec modération. Pas de montagnes russes, en revanche, dit-elle en boudant. Je ne suis pas allée à une fête foraine depuis une éternité. La barbe à papa me manque.

Elle incline ses jambes vers les miennes.

— Tu le pensais vraiment quand tu disais que tu ne faisais pas ce genre de chose d'habitude ?

Je ris face au changement de sujet.

— Oui, bien sûr.

Elle plisse les yeux.

— Tu ne me crois pas ?

— Tout ce que je sais sur toi te contredit. Le jour de notre rencontre, tu as couché avec une fille juste avant. Du moins, tu as essayé. Ensuite, ton téléphone n'arrêtait pas de sonner, dit-elle en riant doucement. Et puis, hier soir...

Sa voix s'éteint et je suis assailli de visions embrumées de Sienna dans la salle de bain de la villa des basketteurs.

— J'imagine que si l'on me connaît seulement depuis la semaine dernière, je comprends qu'on puisse se faire de fausses idées, mais ça ne me ressemble pas. Je viens récemment de rompre et le week-end dernier était... eh bien, c'était le résultat de beaucoup de choses, mais ce n'est pas quelque chose que je fais régulièrement.

Bien sûr, j'aimerais beaucoup faire ça régulièrement, avec elle. J'omets ce détail.

— Et hier soir...

— Tu étais vraiment bourré, j'ai compris.

— Oui, mais le Rhett sobre aurait fait la même chose. Sans te tremper de bière.

Un sourire amusé danse sur ses lèvres.

Je la tape dans le genou.

— Bon, d'accord, ça aurait quand même pu arriver. Hier soir, c'était génial. Je regrette juste qu'on ait été interrompus.

— Pile à temps. Tu te serais sûrement endormi sur moi, plaisante-t-elle.

Cependant, sa respiration change et la pièce se charge d'électricité.

— Aucune chance.

Son sourire fait tressauter ma queue. L'emmener dans ma chambre après avoir affirmé que je n'étais pas ce genre de garçon semble une mauvaise idée. J'attrape alors la manette de la Xbox.

— Tu veux jouer ?

Elle expire longuement et hoche la tête.

— Qu'as-tu comme jeu ?

Je lui montre les options, y compris les autres consoles. Entre mes colocataires et moi, nous avons presque toutes les consoles et les jeux qui existent. Sienna opte pour *Mario Kart* et ma queue comprend enfin qu'elle ne passera pas à l'action aujourd'hui. Elle doit souvent se faire à l'idée. Je suis presque certain qu'elle est prête à se détacher de moi pour trouver un autre hôte.

En règle générale, je suis très compétiteur, mais nous n'arrêtons pas de nous poser des questions en jouant, nous apprenant à nous connaître.

— Tu n'as qu'une sœur ? lui demandé-je.

Je la double et lui jette une banane.

Elle bouge tout son corps avec la manette pour l'esquiver.

— Oui. Et toi ?

— Un petit frère.

— Vous êtes proches ?

— Non. Il a cinq ans.

— Ça fait une sacrée différence.

— Oui. Sans blague. J'avais dix-sept ans quand Ryder est né, j'ai été absent toute sa vie.

— Je parie qu'il t'admire.

— Pas vraiment.

Je secoue la tête et me concentre pour qu'elle ne me dépasse pas. J'ai envie de gagner, mais je n'ai pas envie de l'éliminer.

— Quand il sera grand, il veut être Spider-Man.

— C'est bien que ses attentes restent raisonnables.

Elle me jette un coup d'œil et croise mon regard. C'est difficile de détourner les yeux quand elle sourit comme ça. Elle se retourne en premier, mais je continue à la fixer.

— J'ai gagné ! crie-t-elle.

Je regarde l'écran, pile quand elle franchit la ligne d'arrivée. Moi, j'ai foncé droit dans un mur, une situation assez semblable à la mienne.

— C'est la meilleure des quatre courses, dis-je.

Je la bats lors des trois suivantes et parviens à conserver mon record non battu. Nous avons bientôt fini quand Heath et Ginny sortent de la chambre.

— Rauthruss, ton téléphone n'arrête pas de sonner, ça gâche vraiment tout, râle Heath.

Son regard atterrit sur Sienna et il sourit d'un air gêné.

— Salut, Sienna.

— Salut.

Elle agite la main.

Heath part dans la cuisine et ouvre le réfrigérateur. Quant à Ginny, elle se joint à nous dans le salon.

— Ravie de te revoir, lui dit-elle en s'asseyant dans le fauteuil en face de nous.

— Ginny, c'est ça ? demande Sienna.

Le sourire de Ginny ne pourrait pas être plus grand.

— C'est ça. À quoi jouez-vous ?

— *Mario Kart*. Tu veux jouer ? propose Sienna.

Ginny attrape d'autres manettes.

— Oui ! Heath, tu veux jouer aussi ?

— Euh...

Mon colocataire me regarde. Comme je ne sais pas comment leur faire comprendre poliment que je préférerais qu'ils ne s'incrustent pas, je hoche la tête.

— Bien sûr.

— Je suis trop nulle, prévient Sienna. Je ne l'ai battu qu'une seule fois.

— Tu l'as battu ? répète Ginny, les yeux écarquillés de stupeur. Personne ne bat jamais Rhett.

J'évite le regard de Sienna et hausse les épaules.

— J'ai des jours comme ça.

Nous jouons à plusieurs jeux avant que Sienna abandonne.

— Je ne peux pas encaisser d'autres défaites. Continuez à jouer, je vous regarderai.

— Pareil, dit Ginny. Jouez, les garçons. J'ai envie de parler à Sienna de toute façon.

Elle s'installe à côté de Sienna sur le canapé, la forçant à se rapprocher de moi. Sa jambe effleure la mienne. Je ne savais pas qu'un si petit contact pouvait envoyer une telle dose d'adrénaline dans mes veines.

Pas de sexe aujourd'hui. Pas de sexe aujourd'hui.

Un putain de mantra que j'espère ne jamais répéter.

— *Call of Duty* ? propose Heath.

— Oui. Une seule partie, dis-je.

Ginny s'attaque à Sienna et la mitraille déjà de questions.

Je détends les jambes à côté des siennes. Elle me jette un bref coup d'œil, me sourit et retourne à Ginny.

En écoutant leur conversation tout en jouant, j'apprends que Sienna vient du Wisconsin, d'une ville à six heures de là où vit ma famille, dans le Minnesota – détail que j'ajoute à la discussion et qui me fait perdre face à Heath.

— Oui ! Enfin !

Heath tient la manette au-dessus de sa tête en signe de victoire. Je le tuerai plus tard. Pour l'instant, les jeux vidéo sont une distraction à ce que j'ai réellement envie de faire.

— Merci pour la partie, dis-je.

— Revanche ?

Il me connaît bien.

— Plus tard. Je vais rester un peu avec Sienna.

Il se lève.

— D'accord. Ma poupée ?

— Quoi ? demande Ginny en levant brièvement les yeux vers lui.

Je suppose que je ne suis pas le seul à m'être entiché de Sienna.

Il incline la tête en direction de sa chambre.

— Ooooh. D'accord.

Ginny serre la main de Sienna.

— Rhett est génial. Je suis trop contente que vous sortiez ensemble. Sérieux, c'est le meilleur. Il...

— Ça suffit, la coupé-je. S'il te plaît, ne me fous pas la honte.

— Quel modeste ! Encore une super qualité ! dit-elle en se levant. À bientôt ? demande-t-elle à Sienna.

— Oui, peut-être.

— J'espère !

Ginny bondit vers Heath et grimpe sur lui. Ils disparaissent ensuite dans le couloir.

— Désolé pour ça.

— Ce n'est rien. Ils ont l'air sympas.

— Tu veux regarder un film ou autre chose ?

Je n'ai jamais invité une fille à passer du temps à l'appartement. Enfin, si l'on ne compte pas Carrie et les deux fois où elle est venue. Mais c'était différent. Nous étions déjà ensemble.

— Ça marche.

Pendant que je parcours les chaînes, elle se recule dans le canapé jusqu'à ce que son épaule touche mon torse. Je me recule et en profite pour me rapprocher d'elle.

Nous choisissons de regarder *Aquaman* et sommes en train de nous installer quand la porte d'entrée s'ouvre. Mav entre en portant sa chienne, Charli, sous un bras et un sac de courses à l'autre.

— Salut ! lance-t-il en fermant la porte avec le pied. Sienna ! Comment ça va ?

— On glande. Tu vis aussi ici ?

— Non, en bas.

La porte s'ouvre à nouveau et cette fois-ci, c'est Dakota.

— Tout ce que j'ai, c'est du vinaigre de cidre, dit-elle à Mav.

Elle parcourt alors la pièce du regard et salue Sienna et moi.

— Reagan et elle vivent en face, expliqué-je. Vous faites quoi, les gars ?

— Un barbecue, dit Mav, comme si j'étais stupide.

— Eh bien, vous pouvez le faire plus discrètement ? On regarde un film.

Le regard de Dakota s'illumine.

— Oooh, j'adore ce film.

Elle pose le vinaigre sur le plan de travail et vient s'asseoir avec nous.

— Rhett, ce tee-shirt te va super bien.

Elle me reluque, ce qui est très bizarre. Je crois bien que Dakota ne m'a jamais fait de compliments auparavant. Je baisse les yeux sur mon tee-shirt noir uni.

— Euh... Merci, je suppose.

— Il fait vraiment ressortir le gris de tes yeux.

— Tu as de très beaux yeux, ajoute Mav depuis la cuisine.

Qu'est-ce qui se passe ? Je comprends maintenant pourquoi mes colocataires passent autant de temps dans leur chambre quand leurs petites amies sont là. On se croirait à un arrêt de bus avec des gens qui montent et descendent, nous interrompant en étant très étranges.

Mav attrape des assiettes, de la viande et des sauces.

— La bouffe sera prête dans quarante minutes. Tu restes manger, Sienna ?

Elle me regarde.

— Maverick cuisine super bien, lui dis-je.

— Super bien ? raille-t-il.

Charli aboie à ses pieds.

— Je suppose que maintenant, je vais devoir rester pour le découvrir.

Dakota se lève et passe ses cheveux roux sur son épaule.

— Je ferais mieux de superviser.

— Tu t'inquiètes pour moi ? lui demande Mav.

— Je m'inquiète que tu fasses tout brûler, mon appartement avec !

La baie vitrée s'ouvre et se referme et leurs voix s'éloignent.

Malheureusement, seulement dix minutes plus tard, Adam et Reagan débarquent. Tout le monde est là maintenant, je peux au moins arrêter de me demander qui va entrer.

J'adore ces gars, les filles aussi, mais ils n'arrêtent pas de me sourire comme si j'étais leur petit frère qui sortait pour la première fois avec une fille. J'en ai marre. Je suis le seul du groupe à avoir vécu une longue relation. Ginny et Heath sont ensemble depuis un moment, mais ce n'est rien comparé à mon couple avec Carrie.

J'abandonne l'idée de la garder pour moi toute seule. Ça n'a pas l'air de gêner Sienna quand nous partons tous dîner ensemble dehors. Les gars n'arrêtent pas de parler de choses qui me sont arrivées : ma passe décisive lors du dernier match ou la fois où je me suis interposé entre une passante et un cycliste sur le campus. Ça m'a fait bien mal d'ailleurs. Curieusement, Adam se souvient même qu'en première année à la cité universitaire, j'ai aidé une fille à chercher sa gerbille qui lui servait de soutien émotionnel.

Qu'est-ce qu'il y a chez moi qui crie tellement au désespoir que mes amis ressentent l'obligation de me vendre à Sienna ? Bon, je sais pourquoi, mais je ne suis pas un cas désespéré. Je ne suis pas eux et je n'ai certainement pas besoin qu'ils persuadent une fille que je suis un mec bien.

Les filles semblent beaucoup s'attacher à Sienna, elle a dû leur promettre de revenir passer du temps avec elles, avant que je l'accapare après le dîner.

Je ferme la porte de ma chambre et passe une main dans mes cheveux.

— Désolé, c'était une torture, mes potes essayaient de me vendre.

Elle rit.

— Eh bien, c'est eux qu'ils ont vendus. Ils sont super.

— Oui, la plupart du temps, reconnais-je.

Nous nous asseyons sur le lit, le dos contre la tête de lit. Je glisse une main sur la sienne et entrelace nos doigts.

— Tu vas faire quoi après ton diplôme ? demandé-je. Tu retournes dans le Wisconsin ?

Elle hausse les épaules.

— Je ne sais pas encore. J'ai un entretien demain, en fait. Tu as déjà trouvé du travail ?

J'acquiesce.

— Oui, ma famille possède et gère une patinoire. Nous donnons des cours de patinage, nous entraînons et nous la louons. Je vais aider à la gérer et à agrandir la partie hockey. En plus, je serai plus près pour voir mon frère grandir.

— Avoue, tu préfères que ce soit toi son héros plutôt que Spider-Man.

Elle appuie son épaule contre la mienne.

— J'ai juste envie de le connaître, tu vois ?

Elle soupire.

— Oui. Je comprends très bien. Allison, ma sœur, partira à l'université dans quelques années et ensuite, qui sait où elle atterrira. Ça me manque de ne pas la voir, mais on s'envoie des messages et on s'appelle. Ma famille organise ces appels visio super ringards tous les lundis soirs.

— Ça a l'air cool.

— Oui, je suppose.

Je caresse son pouce avec le mien. Un simple mouvement qui compresse mon sexe contre ma braguette.

Elle incline le bras pour regarder sa montre, bougeant le mien en même temps.

— Tu as besoin de rentrer à une heure précise ? Je me suis dit qu'on pourrait regarder un film ou faire un truc tranquille sans que mes colocs nous interrompent toutes les deux minutes. Le bus part demain à six heures.

Elle laisse son bras retomber.

— Non, je vérifiais mon pouls. Ça va, ajoute-t-elle. Parfois, quand je suis avec toi, ma poitrine se serre, comme si je poussais trop mon corps dans ses retranchements.

— Traîner avec moi te fait mal physiquement. Compris.

Son rire résonne dans la pièce et je me penche pour m'emparer de ses lèvres.

Ma poitrine est également comprimée. Merde. Tout mon corps est contracté.

— Les bisous, c'est considéré comme une activité relaxante ?

Les mots étouffés pénètrent ma bouche. Au lieu de répondre, je la prends par la nuque et approfondis le baiser. Sa main se pose sur mon torse. Elle empoigne légèrement mon tee-shirt.

Non, il n'y a absolument rien de relaxant à embrasser Sienna.

DIX
SIENNA

Depuis presque une heure, nous n'arrêtons pas de nous embrasser, seulement de nous embrasser. Oh, mon Dieu, embrasser Rhett ne signifie pas seulement l'embrasser. Il joue avec une mèche de cheveux dans mon cou tout en mordillant ma lèvre inférieure.

— Je devrais sûrement y aller, dis-je.

Partir est la dernière chose que j'ai envie de faire, mais, plus nous continuons, plus ce sera difficile de partir. Et je dois y aller. Je me détesterai demain si je couche avec lui et qu'il s'avère que c'est la seule chose qu'il voulait de moi.

— D'accord.

Il m'attrape doucement par le cou et m'attire pour un autre baiser fougueux.

Je suis très rapidement happée par lui, jetant toutes mes bonnes intentions par la fenêtre pour continuer à lui rouler des pelles. Il est vraiment, vraiment doué.

Il s'écarte avant moi en grognant doucement.

— As-tu besoin que je te ramène à ta chambre ?

— Non, j'ai pris la voiture de Josie.

— Laisse-moi te raccompagner.

Il se lève et me tire avec lui. L'appartement est plongé dans le silence et aucun de ses colocataires sympas ou leurs petites amies sont dans le salon lorsque nous le traversons.

La nuit est claire et une brise fait voler mes cheveux sur mes épaules et en pleine face.

— On peut se revoir ? demande-t-il en balançant nos mains jointes.

— Euh...

Je me mets à fixer le sol devant moi. Je sais que je vais dire oui, mais j'ai besoin de quelques secondes pour me débarrasser de toutes les peurs qui assaillent mon esprit.

— Quand ça ?

— Quand tu es libre, dit-il de façon très décontractée, semblant prêt à réorganiser tout son emploi du temps pour me revoir.

— Super. Pourquoi pas demain soir ?

Je réprime un sourire en le regardant.

Il se frotte la mâchoire.

— Je vais avoir un petit empêchement demain soir.

Nous rions tous les deux.

— Tu stresses pour le match ?

Je m'arrête devant la portière conducteur de la voiture de Josie.

— Oui, avoue-t-il avant de changer de sujet. Tu veux qu'on sorte mardi soir ?

J'hésite à faire des plans avec lui. J'aime que nous passions du temps ensemble. J'aime beaucoup l'embrasser, mais je ne suis pas encore certaine de croire que ce n'est pas un dragueur. De plus, il ne reste que deux mois de cours. Qu'est-ce que nous pourrions devenir ? J'ai l'impression que passer du temps avec lui équivaut à m'inscrire à un cours sur les désastres amoureux.

— Envoie-moi un message quand tu es sur le campus.

Je me penche en avant et l'embrasse, puis je me tourne pour

ouvrir la portière et m'en prends à sa bouche en envoyant valser les conséquences.

Il se tient au toit pendant que je m'installe sur le siège, il ferme ensuite la porte.

Je baisse la vitre et enclenche la marche arrière.

— Bonne chance pour demain soir.

— Bonne chance pour ton entretien.

— Tu t'en souviens.

— Je sais qu'on dirait que mon cerveau ne fonctionne pas quand tu es dans les parages, mais je me souviens des choses que tu dis.

Il se recule et j'enlève le frein à main, laissant la voiture reculer lentement.

— Merci pour ce soir, je me suis bien amusée.

— Moi aussi.

Il sourit et ne bouge pas, il m'observe m'éloigner de l'appartement.

Malgré toutes mes réserves, je souris comme une idiote tout le long du trajet jusqu'à ma chambre.

***

Le lundi après-midi, je réserve une salle à la bibliothèque pour mon entretien en visio avec *Dalton Technologies*. Kelsie, la RH qui s'occupe de l'entretien, me fait un grand sourire quand je rejoins le groupe.

— Salut, Sienna !

— Bonjour.

Je salue de la main et gigote dans ma robe chemise. Je ne suis pas nerveuse, mais je déteste vraiment passer des entretiens. Quelqu'un aime-t-il ça ? Kelsie semble les adorer.

Elle est douée. En deux minutes, elle a réussi à faire disparaître toute gêne et m'a mise à l'aise. Elle me dit tout sur la société, puis sur le travail. C'est un poste de niveau débutant qui produit du matériel de vente pour le logiciel de santé que l'entreprise vend. C'est une grosse compagnie, située à deux emplacements différents qu'ils appellent campus. Chaque campus possède des infrastructures comme une cafétéria, une salle de jeux, un espace de méditation et une salle de sport qui rivalise avec celle de Valley.

Je savais déjà tout ça. Mon père travaille pour *Dalton* depuis vingt-cinq ans. En vérité, le poste auquel je postule est celui qu'il a occupé au début de sa carrière. Il a gravi les échelons pour devenir cadre dans le département de formation des clients. Cependant, au fil des ans, il a occupé plusieurs postes chez *Dalton*. Grâce à cela, ce que Kelsie me dit a du sens.

— Tu as des questions à propos du campus ou du poste ?

— Non, je ne crois pas. J'ai visité les deux emplacements avec mon père, donc je sais où ils se trouvent et leurs fonctions.

Elle sourit à nouveau jusqu'aux oreilles. Je me demande si l'on apprend ça en cours de ressources humaines. J'essaie de l'imiter. Je ne suis pas sûre de vouloir ce travail, mais je sais que je dois faire semblant d'en avoir envie.

— Ton père est le meilleur. Tout le monde l'adore ici.

Encore un grand sourire.

— Eh bien, devrions-nous parler des prochaines étapes ?

— Euh, oui.

— Je vais t'envoyer un e-mail où tu auras un récapitulatif de ce que je t'ai expliqué au téléphone. Lis tout et envoie-moi un message si tu as des questions. La mutuelle est incroyable, je crois qu'elle te plaira beaucoup. Je sais qu'avoir des problèmes de santé peut être difficile.

Je cligne plusieurs fois des yeux en essayant de trouver une réponse. Kelsie ne remarque pas mon hésitation et je parviens à me ressaisir.

— Merci. Je regarderai tout ça.

— Si tu as envie de parler à l'un de nos chefs de vente, je peux t'organiser ça, mais j'ai déjà donné mon feu vert pour te faire une offre d'emploi, donc je t'enverrai également ça.

— Ouah, vraiment ?

Elle hoche la tête avec enthousiasme. Grand sourire.

— Félicitations.

— Merci.

Je suppose ?

— J'étais vraiment ravie de te rencontrer, Sienna. N'hésite pas à me contacter si tu as des questions, et encore félicitations.

Nous nous disons au revoir et Kelsie met fin à l'entretien. Je me recule dans ma chaise en soupirant. Qu'est-ce qui vient de se passer ? J'ai eu le boulot !

Je fais mes affaires et retourne à ma chambre.

— Salut, lance Josie depuis son bureau sans lever les yeux. Comment s'est passé l'entretien ?

Ses cheveux sont attachés au-dessus de sa tête grâce à deux crayons. Josie étudie l'art, le nombre de crayons de couleur dans ses cheveux m'indique son niveau de créativité. Pour l'instant, elle est encore capable de communiquer. Quatre crayons ou plus et impossible de lui parler. Elle pourrait répondre, mais elle ne s'en souviendrait pas ensuite.

— Bien. J'ai obtenu le job.

Elle pivote sur sa chaise.

— Oh, punaise, Sienna. Félicitations !

— Merci.

Elle se lève pour me prendre dans ses bras.

— Quoi ? Tu n'as pas l'air très enjouée.

— Je suis stupéfaite. Ils m'ont juste donné le poste. Je pensais que j'allais devoir répondre à des questions sur mes qualités et mes défauts, leur dire toutes les caractéristiques vraiment incroyables qui font de moi la candidate parfaite.

Elle ricane.

— Tu râlais à propos de ces questions hier soir.

— Je sais, mais j'ai passé deux heures à me préparer. Quel gâchis.

— Quelle est votre plus grande force, Sienna Hale ? demande-t-elle en croisant les bras.

— Je suis disciplinée, concentrée et active, dis-je, comme je l'ai répété.

— Ça fait trois, waouh.

— Pas vrai ? Et je peux fournir des exemples pour chaque argument, principalement autour du patinage.

— Ce qui serait génial si tu passais des entretiens pour des postes de patineurs.

Elle me lance ce regard, celui qui montre qu'elle désapprouve que j'abandonne le patinage après l'université.

Le truc, c'est que très peu de gens finissent patineurs professionnels comme Elias et Taylor, encore moins obtiennent des rôles dans des spectacles sur glace. J'adore ces représentations. Josie en fait tous les étés et prévoit de continuer après son diplôme l'année prochaine. Ces spectacles sont impressionnants. Il y a des projecteurs, de la musique forte, c'est très théâtral et élégant. C'est ce qui les rend très divertissants et excitants pour le public, et aussi dangereux pour moi. Même si mon médecin donnait son aval, la plupart des compagnies ne me recruteraient pas, elles connaissent les risques.

Si j'avouais cela à Josie, elle cesserait de me jeter ce regard. J'imagine que je n'ai pas envie qu'elle arrête. Une part de moi souhaite qu'elle continue à croire que j'en suis capable. Avec ma maladie cardiaque, je dois souvent empêcher qu'on se sente désolé pour moi ou qu'on me traite différemment.

Ça ne me gêne pas que le patinage reste un loisir que je pratique de temps en temps. J'adore ça et j'accepte le fait que ce n'est pas mon destin. Le problème, c'est que rien ne m'intéresse assez pour que j'envisage de le faire toute ma vie. J'aime les cours d'économie et je suis certaine qu'une fois que j'aurai trouvé du travail, tout ira bien. C'est juste que tout le monde a l'air si excité de ce qu'ils vont faire après leur diplôme, et moi, pas vraiment.

Je cherche un point positif.

— Ils ont une excellente salle de fitness avec des cours de yoga.

Elle rit.

— L'argument de vente est le yoga ? Tu peux faire du yoga partout.

— Merci de gâcher mon plaisir.

Elle s'assied sur son lit.

— Eh bien, quels sont les autres points positifs alors ? Hormis le yoga.

— C'est près de ma famille, la mutuelle est avantageuse, j'épargne pour ma retraite et je sais que c'est une bonne société qui a bien traité mon père. Je pensais juste que je me sentirais un peu plus excitée.

— Je crois que personne ne se réjouit d'un poste débutant. Mais tu pourrais gravir les échelons. Ça prendra du temps.

Je ne souligne pas le fait qu'elle est ravie de partir à son travail tous les étés. L'année dernière, elle donnait des spectacles sur une croisière, donc son boulot a bien plus d'aspects positifs que celui qu'on vient de m'offrir.

— Merci, papa, dis-je en lui tirant la langue. Il m'a dit la même chose quand il m'a recommandé ce poste.

— Tu vas accepter ?

— Je ne sais pas.

Je m'écroule sur le lit et pose la tête sur ses genoux.

— Je crois que je ne suis pas faite pour le monde réel. Peut-être que je passerai d'autres diplômes. C'est quoi l'étude des femmes de toute façon ?

Elle ricane et passe la main dans mes cheveux.

— Tu découvriras ce que tu veux faire et tu seras géniale, peu importe ce que tu fais.

Mon téléphone sonne dans mon sac à dos.

— Quel est ton point faible ? demande Josie alors que je me lève pour le récupérer.

Ce doit être l'appel vidéo avec ma famille.

Je souris.

— Mon manque d'expérience.

Elle lève les yeux au ciel.

— C'est le cas de tout le monde pour leur premier boulot.

— Pas vrai ? Question stupide, réponse stupide.

ONZE

SIENNA

— Salut !

Je réponds au téléphone et salue de la main pendant que Josie retourne à son dessin sur son bureau. Mes parents sont collés sur le canapé du salon.

Quelques secondes plus tard, maman déplace le téléphone pour me montrer qu'Allison est assise sur le fauteuil en face d'eux.

— Félicitations, Al.

Elle joue dans l'équipe junior du lycée, mais elle a été promue pour la première fois parce que l'une des joueuses phares s'est blessée.

— Merci, dit-elle.

Elle fait comme si elle le prenait à la légère, mais, quelques secondes plus tard, elle craque.

— C'était tellement génial, Sié. Ils ont éteint toutes les lumières et la musique était si forte que le commentateur devait hurler nos noms. Je ne me suis jamais sentie aussi importante de toute ma vie.

Elle continue à parler de son match de hockey de la veille.

— Maman m'a envoyé la vidéo, dis-je quand elle reprend

son souffle. La seule personne qui criait plus fort que le commentateur, c'était papa.

Elle ricane.

— Maman l'a menacé d'aller s'asseoir de l'autre côté de la patinoire la prochaine fois.

— Je vais au moins devoir investir dans des boules quies, dit maman.

Cependant, elle sourit, elle est tout aussi fière d'Allison.

Mon cœur se serre, ça me manque de la regarder jouer. Ça fait un point positif en plus à *Dalton Technologies* : je pourrai assister à quelques matchs de ma sœur.

— Ton coach t'a-t-il dit si tu allais rester de façon permanente ?

— J'espère. Chelsea ne pourra pas jouer de toute la saison.

— Je suis si fière. Ma petite sœur détruit les rêves des autres pour réaliser les siens, plaisanté-je en posant une main sur mon cœur.

— Hé, ce n'est pas comme si je l'avais blessée. Je suis navrée qu'elle ne joue pas, ça craint vraiment, mais il faut saisir les opportunités qu'on nous tend.

Quelle détermination impétueuse ! Nous nous ressemblons beaucoup. Nous avons les mêmes cheveux noirs et les mêmes yeux verts. Toutefois, avec son mètre quatre-vingts, elle fait plus que ses quinze ans. En fait, à dix ans, elle était déjà plus grande que moi. Ma détermination est plus discrète, mais Allison n'a pas honte d'être obstinée dans tout ce qu'elle entreprend.

— Tu n'as pas tort. Quand est ton prochain match ?

— Ce week-end. Ça va être dur.

Son expression se fait sérieuse et elle se tait, s'inquiétant probablement pour le prochain match.

Mes parents en profitent pour me poser des questions sur le patinage et l'école. Papa me mitraille de questions au sujet de l'entretien et me félicite quand je lui dis qu'ils m'ont déjà envoyé une offre d'emploi.

— C'est une super entreprise, ajoute-t-il. De bons avantages, des bureaux agréables.

— Ce serait tellement bien que tu habites plus près, dit maman.

— Vous savez que je viendrai plus vous voir, quoi qu'il arrive. Kelsie a parlé de la bonne mutuelle, dis-je en levant les yeux au ciel. Ce n'est pas un peu louche qu'il m'offre le poste sans un véritable entretien ? Je n'ai même pas d'expérience !

Je ne veux pas dire aux gens comment faire leur travail, mais Kelsie devrait peut-être se faire licencier pour avoir embauché quelqu'un sans vraiment l'interroger.

Papa agite la main.

— Personne ne débarque avec une expérience utile. Tout est dans le caractère, et Bob sait que tu es quelqu'un de bien.

— Bob ?

— J'ai travaillé avec lui quand je supervisais les gestionnaires de programme, tu te souviens ?

— Non.

— Une moustache en guidon de vélo, il portait de la flanelle avant que ce soit à la mode.

Je lâche un petit rire.

— Ça me dit vite fait quelque chose.

— Ce sera ton chef. Il est génial et l'équipe est top. Ils sont au sud et la cafétéria est bonne.

— Encore un point positif, marmonné-je.

Mon père semble encore sur le point de me faire la leçon sur la façon de gravir les échelons quand Olivia entre dans la chambre.

— Le match commence dans cinq minutes. On le regarde ici ou en bas ? demande-t-elle.

Il y a une télévision plus grande dans la salle commune, mais Josie a déjà ouvert son ordinateur pour mettre le match.

— Vous regardez le hockey ? questionne Allison en haussant les sourcils.

— Évidemment. Valley est en demi-finale.

En plus, le type pour qui je craque joue. Je passe deux doigts sur ma lèvre inférieure en pensant à Rhett. Je me demande si je devrais continuer à l'embrasser.

— S'ils gagnent, la finale aura lieu à Valley ! s'exclame Allison.

— Je sais.

Avant, je ne l'aurais probablement pas su, mais grâce à Rhett, j'en suis très consciente.

— On est surexcitées, dis-je en déplaçant le téléphone pour qu'ils voient Josie et Olivia.

— Salut, les filles, dit ma mère.

Sauf qu'elles ne peuvent pas l'entendre vu que j'ai mes écouteurs.

— Ma mère vous passe le bonjour, leur dis-je.

Elles saluent et disent bonjour.

— C'est parti, dit Josie.

Je jette un coup d'œil, pile quand la caméra zoome sur l'équipe de Valley qui s'échauffe. S'ils gagnent, ils iront en finale ce week-end. S'ils perdent, la saison sera terminée.

Alors que le match commence, Josie et Olivia s'installent par terre pour faire leurs devoirs. J'écoute mes parents qui me racontent tout ce qui se passe chez eux et regarde de temps en temps l'écran pour vérifier le score. Bon, aussi pour voir Rhett sur la glace.

Allison et mon père parlent à nouveau de son match de la veille, ils m'ont déjà tout dit, mais ils ont l'air si excités que je les laisse discuter. En tout cas, je les ignore en regardant le match. Le numéro vingt-trois entre sur la glace et je n'arrive pas à détacher mes yeux de lui. Valley a le palet et il accélère. Plusieurs joueurs tirent en direction des buts, mais personne ne marque. Finalement, après trois tentatives ou plus, Rhett bloque une passe et envoie le palet à Adam de l'autre côté du filet. Celui-ci marque leur premier point du match.

— Bon sang ! crié-je.

Josie et Olivia lèvent la tête pour voir les joueurs de Valley s'attrouper, félicitant Adam et Rhett pour ce but.

Ma famille arrête de parler pour savoir d'où vient tout ce vacarme.

— On a marqué.

Je me sens rougir. Je crois que je n'ai jamais été aussi excitée pour un but au hockey.

— Valley mène d'un point après trois minutes dans le second tiers-temps.

— Il ne reste plus beaucoup de temps, dit ma sœur. C'est Luke Ketcham le gardien ?

— Euh...

Je regarde l'écran. Je ne vais pas leur dire que je ne connais le numéro et le nom que d'un seul joueur de Valley. L'équipe est en train de célébrer, mais ensuite, la caméra passe au gardien. Celui-ci se tourne et je parviens à lire le dos de son maillot.

— Oui.

— C'est l'un des meilleurs. C'est lui qui a gagné le plus de matchs et qui a effectué le plus d'arrêts en un seul match. Je crois qu'il a déjà été recruté.

Elle me regarde comme si je savais. Oui... non, mon obsession pour le hockey ne se limite qu'à un seul joueur.

Durant le deuxième tiers-temps, aucune équipe ne marque, mais quand le troisième commence, Josie et Olivia abandonnent leurs devoirs et je dis au revoir à ma famille pour aller m'asseoir et regarder le match avec mes amies.

— Tu as eu des nouvelles de Rhett depuis qu'ils sont partis ? demande Josie.

— On a échangé par message ce matin, mais juste à propos du match.

— J'espère qu'ils vont gagner. Vous imaginez ? Ça va être dingue.

Josie gémit de bonheur.

— On pourra dire au revoir à la patinoire, râle Olivia.

Josie rit.

— Hé, je pense qu'on devrait continuer à partager. On a très envie de réussir un saut quand des joueurs de hockey sexy nous regardent, c'est motivant. C'est la meilleure semaine d'entraînement que j'aie jamais passée.

Je ricane.

— Je doute que la coach trouve ton raisonnement solide.

Épaule contre épaule, nous regardons la dernière minute devant l'ordinateur de Josie en nous tenant les mains. S'ils gagnent, j'aurai une excellente excuse pour écrire à Rhett.

Prescott a le palet. L'équipe adverse se fait des passes à la recherche d'occasions pour marquer. Les uniformes de Valley sont partout, essayant de bloquer tous les endroits où on pourrait tirer. Quand bien même, Prescott parvient au filet. Il y a trop de joueurs devant le gardien pour savoir où va le palet. Ils se le passent, à la recherche d'une ouverture.

Je retiens mon souffle lorsqu'on tire à nouveau. Le palet fend la foule de joueurs sauf le gardien de Valley. Celui-ci le tient au sol avec ses protections jusqu'à ce que le sifflet final retentisse.

— Ils ont gagné ! crie Josie en sautillant et en tenant toujours ma main. Ils ont réussi. Oh mon Dieu !

Nous sautons de joie dans la chambre et crions. J'envoie un message à Rhett avant de m'en dissuader. *Félicitations !!!*

— C'est fou, dit Olivia. Je crois que j'entends des gens hurler dehors.

Elle s'approche de la fenêtre et nous la suivons.

Effectivement, des gens crient et dansent sur la pelouse devant notre cité universitaire.

— Descendons !

Josie se précipite à la porte. Le couloir est rempli de gens qui ont eu la même idée.

Dehors, de la musique joue et un type a même le visage peint en bleu et jaune. Tout le monde s'embrasse et se tape dans les mains, comme si c'étaient eux qui avaient gagné ce soir. C'est fou et absolument incroyable.

Je prends quelques selfies au milieu du chaos et les envoie également à Rhett. Les réjouissances se calment, mais les gens restent. Olivia finit par partir pour étudier et Josie et moi nous asseyons dans l'herbe avec une centaine de gens qui souhaitent profiter de ce moment dément ensemble.

— C'est incroyable, dis-je en contemplant le campus plongé dans la pénombre.

La seule lumière provient des lampadaires.

— Dommage que l'équipe de hockey ait manqué ça.

— Je suis sûre qu'ils sont partis boire un coup ou un truc comme ça. Leur bus ne revient pas avant demain matin.

Mon estomac sombre en imaginant Rhett éméché, en train d'attirer des femmes dans les toilettes sales d'un bar pour fêter ça.

— Tout de même, ce n'est pas pareil.

— Ah non ? Les filles et l'alcool vont de pair.

Je regarde mon téléphone pour voir s'il m'a répondu. Rien.

— Tu crois vraiment que Rhett est comme ça ?

— Je ne sais pas, avoué-je. Ce serait plus simple si je le croyais.

Elle s'attache les cheveux en une queue de cheval basse.

— Et bien moins amusant. Je ne crois pas qu'il soit aussi joueur que tu le dépeins. Rien de ce que j'ai entendu sur lui ne le confirme. Sérieux, je ne connais personne qui a couché avec lui et pourtant, j'ai demandé.

— Tu as fait ça ?

Je souris, à la fois soulagée, mais aussi parce que ça ressemble bien à Josie de mener une enquête sans que je le lui demande.

— Je l'ai peut-être fait dans un but personnel. Il y a vraiment des garçons mignons dans l'équipe sur lesquels je devais faire des recherches. Mais oui, je me suis renseignée, affirme-t-elle en haussant les épaules. S'il couche avec tout un tas de nanas, personne n'en parle.

Mon téléphone bipe et je tombe sur un selfie de Rhett avec Maverick, les deux en sueur. Ils ont dû le prendre juste après le match parce que je distingue des casiers derrière et ils ont l'air torse nus. Ils sourient cependant jusqu'aux oreilles et je me sens à nouveau excitée pour eux. En riant, je tends l'écran à Josie pour qu'elle les voie.

— Ton sourire est aussi grand que le sien, mon amie. Quelles que soient tes réserves, il te plaît.

— Tu as raison. Il me plaît. Je l'aime bien.

— Mais ?

— J'espère juste qu'il ne va pas me briser le cœur.

— Je pense que tu dois foncer. Si tu le fais et qu'il te brise le cœur, je serai là pour caresser tes cheveux et te dire combien tu es merveilleuse.

Je ricane.

— Je vais le faire ! insiste-t-elle. Je ferai tout ce qu'il faut pour que tu l'oublies. Si tu ne fonces pas pour savoir où votre relation peut vous mener, tu le regretteras, et je ne peux pas réparer ça si facilement.

DOUZE
SIENNA

Après mon cours de yoga du mardi après-midi, je mets ma propre musique pour faire des positions amusantes et simplement m'amuser un peu avant de retourner à ma chambre. Je pose les mains au sol et fais le poirier. Je suis à l'envers quand Rhett entre dans le studio.

Je chancelle et descends une jambe, puis l'autre, et me redresse.

— Salut.

— Ça a l'air facile quand tu le fais.

Mon estomac se contracte en voyant Rhett. Il porte un tee-shirt bleu de l'équipe de hockey et un jean, avec une casquette blanche des Bruins de Boston juste au-dessus de ses yeux.

— Tu es de retour.

— Je suis rentré il y a environ vingt minutes.

— Tu viens de manquer le cours de yoga.

Il rit doucement.

— Dieu merci. Tu en donnes un autre cet après-midi ?

— Non, je m'amusais juste un peu.

— Ne t'occupe pas de moi.

Il se laisse tomber par terre contre le mur.

— Oh non, tu dois participer ou je vais me sentir mal à l'aise.

Il retire ses chaussures et fait le poirier. Son tee-shirt remonte et me laisse entrevoir son torse et ses abdominaux. Il fait tout le tour de la pièce en marchant sur les mains avant de retomber sur ses pieds devant moi.

— Pas mal.

Je réfléchis une seconde.

— Et celle-ci ?

Je fais la posture du corbeau et tiens en équilibre quelques secondes.

Il a l'air d'appréhender, je me redresse alors.

— Ce n'est pas si difficile.

— Oh non, je ne vais pas commettre à nouveau cette erreur. J'ai bien regretté d'avoir dit ça sur le yoga la dernière fois.

— Accroupis-toi sur le tapis.

À contrecœur, il s'installe sur le tapis et fait ce que je lui demande.

— Un peu plus bas.

Ses lèvres se tordent en un rictus, mais il obéit.

— Maintenant, mets tes mains sur le tapis devant toi, sous tes épaules, et écarte les doigts.

Je tourne autour de lui pour vérifier sa posture.

— Tes genoux doivent reposer sur tes bras. Bien.

Je m'accroupis à côté de lui.

— Monte sur tes orteils et déplace ton poids.

Ses avant-bras et ses biceps se contractent.

— Et maintenant ?

— Si tu peux, déplace ton poids vers l'avant jusqu'à ce que tes pieds quittent le sol. Évite de sauter ou de prendre de l'élan. Ça te déséquilibrerait.

Je me place devant lui et pose les mains à l'avant de ses épaules au cas où il tomberait.

Il se lève et tient une seconde. Il lâche un cri de victoire, puis perd l'équilibre et revient accroupi.

— C'était bien pour ta première tentative. Réessaie.

Il s'assied sur le tapis.

— Je crois que je ferais mieux de m'en tenir au hockey. En parlant de travail, comment s'est passé ton entretien ?

Je m'assieds en face de lui et croise les jambes.

— Bien. Vraiment bien, en fait. Ils m'ont envoyé une offre d'emploi ce matin.

Sa bouche se recourbe en un large sourire.

— Pas possible ! Félicitations. J'ai raté tellement de choses en un jour. Dis-moi tout.

Je glousse.

— Euh, eh bien, c'est la même entreprise pour laquelle mon père travaille à Appleton. Elle conçoit des logiciels pour le secteur de la santé.

— Sympa.

— Je rédigerai et éditerai des documents de vente, je crois. L'entretien était un peu flou. Mais c'est une bonne société.

— C'est vraiment génial. Félicitations.

— Merci. Je ne sais pas encore si je vais accepter. Je vais probablement dire oui. Je ne sais pas. Je n'ai pas prévu d'autres entretiens, donc je devrais probablement signer.

— Tu n'as pas l'air très enthousiaste. Tu préférerais faire autre chose ?

— Non, c'est un peu mon problème. J'attends toujours que quelque chose se présente qui me rende aussi enthousiaste que je pensais l'être lorsque je passerai des entretiens d'embauche. Tous les postes sont bien et je crois que je serai heureuse où que j'aille, mais je ne ressens pas cette joie que les autres semblent éprouver quand ils parlent de leur emploi après la fac. Tu es excité à l'idée de travailler pour tes parents ?

Il hausse les épaules et s'appuie sur ses mains en arrière.

— Oui. Je travaille avec eux tous les étés depuis que j'ai seize ans.

Nous restons silencieux un instant. Je prends conscience que je ne l'ai pas félicité en personne pour le match.

— Oh, mon Dieu, je suis la pire fan de Valley. Félicitations pour votre victoire et ton match.

Je m'avance pour le prendre dans mes bras. Il est chaud et sent la lessive, mon pouls s'accélère en étant si proche de lui.

Il sourit.

— Merci. Je n'arrive toujours pas à y croire. C'est complètement surréaliste.

— Le campus était en liesse hier soir. Tout le monde est tellement excité que la finale ait lieu ici.

— Nous aussi. Adam et moi sommes restés debout la moitié de la nuit pour en parler. On est tellement excités.

— Vous êtes sortis hier soir pour fêter ça ?

— Le coach nous a emmenés dîner et je crois que quelques gars sont allés au bar de l'hôtel quand on est rentrés, mais la plupart d'entre nous étaient trop occupés à penser au prochain match.

— J'avais cette vision de toi dans un bar, torse nu, en train d'arroser de bière des femmes crédules et qui t'attiraient ensuite dans les toilettes.

Il arque un sourcil et s'avance ensuite jusqu'à ce que son visage soit à quelques centimètres du mien.

— Tu es la seule fille sur laquelle j'ai envie de renverser de la bière, répond-il d'un ton taquin en me faisant un clin d'œil.

— Waouh, je me sens si spéciale, dis-je avec ironie.

Cependant, j'ai des papillons dans le ventre.

— Que fais-tu plus tard ?

— Je ne sais pas trop. Pourquoi ?

— On revisionne le match à dix-sept heures, mais j'espérais qu'on pourrait se voir après.

— Qu'est-ce que tu avais en tête ?

— Tout ce que tu veux ? Tu pourrais venir chez moi ou… n'importe.

Aller chez lui. Traduction : passer la nuit à s'embrasser, voire plus.

— N'importe, hein ?

— Oh oh. Pourquoi j'ai l'impression d'avoir accepté sans le vouloir un cours de yoga plus brutal ou quelque chose d'aussi humiliant ?

— Tout dépend. Comment est ta voix ?

— Pourquoi tu le tortures, le pauvre ? me demande Josie alors que nous tournons dans *La Figue de Barbarie*, à la recherche d'une table.

Dès que nous sommes entrés, Rhett est parti nous chercher à boire. Il se retourne et me sourit depuis le bar. J'en ai des picotements partout.

— Je ne le torture pas. Ça fait un bail qu'on n'a pas fait ça. Ce sera amusant.

Nous nous frayons un passage au milieu d'un grand groupe qui cherche un endroit où s'asseoir.

— Je ne me souviens pas qu'il y aurait autant de monde aux soirées karaoké.

— Euh, Sienna.

Josie me donne un coup de coude et pointe une pancarte où il y a écrit : « Soirée speed dating. Inscrivez-vous au bar. »

— Oh non !

Rhett nous rejoint avec les boissons et un sourire amusé.

— C'est ta façon de me dire que tu veux qu'on fréquente d'autres personnes ?

— Je croyais que c'était soirée karaoké. Je suis vraiment désolée. On n'est pas obligés de rester.

— Si, dit Josie. Regarde-les.

Elle désigne un large groupe de garçons qui ont leurs prénoms inscrits sur leurs tee-shirts.

— L'un de ces gars pourrait devenir mon prochain mec.

Josie et moi prenons nos verres dans les mains de Rhett et le remercions.

— J'ai les étiquettes avec nos prénoms dans ma poche arrière.

Il se retourne afin que je puisse les voir dépasser de son jean.

Il nous les distribue et j'admire sa petite écriture soignée en enlevant le plastique et en la collant à mon tee-shirt.

— Ça ne t'embête vraiment pas ?

Je m'approche de lui et le prends par l'avant-bras.

— Non, ça va être drôle ! dit-il avant d'incliner la tête. Ou horrible, mais au moins, ça fera des souvenirs.

Il y a plus de garçons que de filles à l'événement. Ils font asseoir les femmes sur des chaises alignées, à un mètre les unes des autres, en face de sièges où les hommes passeront tour à tour tous les quarts d'heure. Quand le temps sera écoulé, ils se décaleront sur la chaise à leur gauche. Comme nous sommes dans un bar, ils ont ajouté des options. Si un gars souhaite continuer à parler à une fille, il peut lui offrir un verre et gagner ainsi quinze minutes de plus avec elle. Il y a aussi un quiz où chaque réponse correcte sur l'autre personne vous fait gagner du temps.

Je suis aussi nerveuse que je le serais lors d'un premier rendez-vous lorsque le premier garçon s'assied devant moi. Je jette un œil à la queue et trouve Rhett à quelques chaises de moi. Je prends conscience pour la première fois que, même si ça ne m'intéresse pas de discuter avec d'autres hommes, lui pourrait avoir envie d'apprendre à connaître plusieurs filles. Des femmes qui ne l'entraînent pas dans une soirée karaoké qui se transforme en speed dating parce qu'elles sont terrifiées à l'idée de coucher avec lui et d'avoir le cœur brisé en mille morceaux.

C'est le garçon le plus sexy dans un rayon de deux kilomètres. Il n'a pas mis sa casquette ce soir, mais porte tout de même son jean et son tee-shirt gris habituels. Il sourit dans ma direction et ensuite, le premier rendez-vous commence.

Will, le premier homme à qui je parle, m'explique son travail dans une petite boîte de Com. Il est sympa et plutôt mignon, mais je ne l'écoute qu'à moitié. Je n'arrête pas d'être distraite par Rhett sur la gauche. Il est en compagnie d'une jolie blonde. Elle est assise au bord de sa chaise, donc leurs genoux se touchent et elle a la main posée sur sa cuisse.

— Pardon ? demandé-je à Will.

Je suis presque sûre qu'il m'a posé une question.

Il se tourne dans la direction où je regardais.

— Je t'ai demandé si tu voyais quelqu'un, mais je crois que j'ai ma réponse.

— C'est récent. Et toi ?

— Quelques filles. Rien de sérieux.

Comme c'est charmant.

— Tu penses quoi des plans à trois ?

Je glousse parce que je crois qu'il plaisante. Ce n'est pas le cas. Après ça, j'arrête de faire semblant d'être intéressée par Will et j'observe Rhett pour voir ce qu'il se passe avec son rencard. Ils sont en train de rire et de parler, j'imagine alors que ça se passe mieux que le mien.

Inutile de préciser que Will ne m'offre pas à boire ni ne me propose de jouer au quiz pour que nous passions plus de temps ensemble.

Mon prétendant suivant, Chad, est un étudiant de troisième année à Valley. Il est sympa et ne me demande pas mon avis sur les plans à trois. Qui aurait cru que le niveau serait aussi bas ? Je ne ressens aucune étincelle entre nous, mais nous arrivons à parler des cours et des professeurs pour tuer le temps.

Je trépigne de parler à Rhett. Si discuter avec d'autres types et le voir avec d'autres filles m'a prouvé quelque chose, c'est que j'ai envie de passer du temps avec lui. Je ne sais pas jusqu'où je suis prête à m'engager, mais je n'ai pas envie de prendre mes distances.

Le couple entre Rhett et moi décide de passer plus de temps ensemble et le type avec qui je suis venue s'installe enfin en face de moi. Ses joues ressemblent à celles d'un écureuil lorsqu'il les gonfle pour souffler.

— Tu t'amuses bien ?

Il se penche en avant.

— Je ne veux pas t'alarmer, mais la fille à deux chaises de toi est assignée à résidence, elle attend son procès pour un crime dont elle ne peut pas parler. Elle habite à côté.

— Et celle qui tenait tendrement ta main ?

— Elle lit les lignes de la main. Je vais vivre longtemps et en bonne santé.

— Alors, on a à peu près eu la même chance.

Il sort de sa poche deux serviettes en papier qui s'effritent.

— Tu as eu leurs numéros ? demandé-je trop fort.

Quelques têtes se tournent vers nous.

— Ce ne sont pas des gagnantes, mais moi, oui.

Je secoue la tête. Bien sûr qu'elles lui ont donné leurs numéros.

— C'est un rencard amusant.

Il se penche en arrière et étire une jambe, passant le pied sous ma chaise.

— Tu dis ça juste parce que tu as ta poche remplie de numéros si tu as besoin d'une roue de secours.

— Attends, tu crois vraiment que je vais appeler la fille qui a lu mon avenir ou celle qui ne peut pas être à plus de cinquante mètres de chez elle pendant trois mois ?

— Si ce n'est pas elles, alors ce sera peut-être l'une des autres qui attendent de te donner leurs numéros.

— Tu es mignonne quand tu es jalouse.

Du pied, il approche ma chaise de la sienne.

— Qu'aimes-tu chanter quoi quand tu fais un karaoké ?

— « Like a Prayer ».

Il ferme un œil et lève la tête, comme s'il réfléchissait.

— De Madonna, précisé-je. Et toi, as-tu une chanson en particulier ?

— Non. Quand je chante, les chiens hurlent.

— Pourtant, tu es venu.

— Je chanterai mal pour toi quand tu veux. Qu'est-ce que tu veux entendre ?

— J'avais hâte de t'entendre beugler une chanson d'amour. Peut-être du Bryan Adams.

Il me fait un fabuleux sourire jusqu'aux oreilles. Le genre de sourire qui donne envie à une fille de lui donner son numéro de téléphone.

— Bryan Adams ? D'accord. C'est bon à savoir. Je vais peut-être devoir revoir mes ballades des années 90. Tu as déjà emmené un de tes rencards à un karaoké ?

— Non. Et toi ?

— Je suis allé à un rendez-vous qui impliquait un karaoké, mais je suis presque certain que c'était une pure coïncidence.

Il lève la main pour attirer l'attention de la modératrice.

— Tout se passe bien ? demande-t-elle avec hésitation.

Elle dit cela si prudemment que je m'interroge sur les histoires intéressantes qu'elle a pu entendre lors de ces événements de speed dating.

— J'aimerais lui offrir un verre. Tout ce qu'elle voudra.

Quand elle me regarde, je souris.

— Je peux avoir une vodka Sprite ?

— Bien sûr.

— On peut faire le jeu des questions aussi ? demande Rhett.

À nouveau, la modératrice attend ma confirmation, je hoche donc la tête.

Elle m'apporte mon verre et tend ensuite à chacun un bout de papier et un crayon.

— Je vais vous poser trois questions sur l'autre. J'espère que vous vous êtes posé beaucoup de bonnes questions et que vous avez appris à vous connaître parce qu'elles sont difficiles. Après chacune d'entre elles, je vais vous demander de montrer à l'autre ce que vous avez répondu. Toutes les bonnes réponses vous font gagner une minute, ce qui fait qu'à vous deux, vous pouvez accumuler jusqu'à un total de six minutes.

Rhett rit doucement.

— Prêts ?

Elle nous regarde tous les deux.

Je me tiens bien droite sur ma chaise, telle une bonne élève.

— Prêts.

— Quelle est la couleur préférée de votre partenaire ?

Je ris.

— La couleur préférée, sérieux ?

— C'est la question qui est le plus posée lors d'un premier rendez-vous, m'assure-t-elle. Devinez.

Rhett lève le papier et gribouille quelque chose. Je réponds au hasard bleu et nous montrons nos réponses.

— L'un d'entre vous a-t-il bien répondu ?

Rhett hoche la tête avec enthousiasme.

— Oui, j'adore le bleu. C'est ma couleur préférée de tous les temps.

— Et le rose... est aussi ma couleur préférée.

Nous échangeons un sourire complice.

— Deux minutes, dit-elle sans nous regarder. Question

suivante, combien de partenaires sexuels a eu votre prétendant/e ?

— Impossible qu'on pose cette question à un premier rencard, dis-je.

Elle me regarde de haut.

— C'est vrai, mais ça fait une très bonne discussion à un bar.

J'hésite, mais me décide finalement pour un chiffre. Rhett semble deviner beaucoup plus facilement quoi écrire.

— OK, voyons vos réponses.

L'estomac noué, je ne suis pas sûre d'avoir envie de savoir.

Avant que nous puissions partager nos réponses, quelqu'un appelle notre modératrice.

— Je reviens, dit-elle avant de partir précipitamment.

— Voyons ? dit Rhett en se penchant en avant.

Je retourne le papier et étudie son expression lorsqu'il découvre le nombre. J'ai opté pour dix parce que ça avait l'air d'un bon chiffre, mais je n'en ai aucune idée.

— Je chauffe ? Je n'ai pas besoin de savoir exactement combien, fais-moi juste savoir si j'ai vu juste pour les dizaines.

Il éclate de rire.

— Tu crois que je pourrais en avoir eu des *centaines* ? Genre, plus de cent ?

Mon visage et mon cou s'embrasent.

— Oui ? Combien as-tu deviné ?

— Cinq.

Il me montre.

La fin du temps imparti sonne et les gens se déplacent. Sauf nous deux.

— Tu veux qu'on aille s'asseoir au bar ?

— Et le speed dating ?

— Je crois que quand tu trouves la personne avec qui tu as envie de passer le reste de la soirée, tu es censée t'arrêter.

Il se lève et me tend la main.

Quand nous arrivons au bar, je pose mon verre et Rhett se commande une autre bière.

— Je peux avoir une feuille et un stylo aussi ?

— Bien sûr.

Le barman lui tend d'abord le papier et le stylo.

Rhett écrit quelque chose, plie la feuille et la glisse dans ma direction.

— Voilà le vrai chiffre. Regarde si tu en as envie ou pas, mais je n'arrive pas à croire que tu penses que j'ai couché avec des centaines de nanas, dit-il en secouant la tête. Où trouverais-je le temps ?

Je me prépare à ce que je m'apprête à découvrir, puis je déplie la feuille et pousse un cri.

— Sérieux ?

Il sourit.

— Sérieux.

— Je... Ouah. Sérieusement ? Tu ne te fous pas de moi ?

Il s'écroule de rire.

— Je suis sérieux à cent pour cent.

— Mais qu'une seule ?

Je suis choquée. Comment est-ce possible ?

— Et toi ? J'ai vu juste ?

Je déchire un morceau de papier et écris un nombre dessus. Comme lui, je le lui glisse, mais, quand ses doigts s'en emparent, je ne lâche pas.

— Je m'en fiche du nombre, mon ange.

Je lâche et me ronge l'ongle de pouce pendant qu'il regarde.

— Je n'étais pas loin.

Il attrape mon poignet et l'éloigne de ma bouche.

— Détends-toi. Trois, ce n'est pas gênant.

— Je ne suis pas gênée. Pas de mon nombre de mecs en tout cas.

Il sirote sa bière en attendant que je continue.

— C'est juste que pendant tout ce temps, je m'inquiétais que tu sois un joueur et j'avais complètement tort.

— C'est qui le joueur maintenant ? plaisante-t-il.

— Désolée.

— Tu es pardonné.

— Juste comme ça ?

— Devrais-je te faire chanter une chanson d'amour pour moi ?

Je me détends réellement, peut-être pour la première fois en sa compagnie. Ensuite, sa grande main se pose sur ma cuisse et tous les papillons et ma nervosité reviennent au galop. Car s'il n'est pas un séducteur, il n'y a rien qui m'empêche de le laisser m'embrasser.

Voire plus.

TREIZE

RHETT

ADAM FRAPPE à la porte ouverte de ma chambre.

— Réunion entre colocs à cinq heures.

Je lève les yeux de mon téléphone.

— D'accord, mais je ne prends pas un shooter chaque fois que je veux prendre la parole.

Nos réunions de colocation ont tendance à ne pas résoudre grand-chose, mais plutôt à nous rendre ivres.

Adam ricane.

— J'ai déjà prévenu Maverick qu'on ne boira qu'après le match de vendredi.

Il s'attarde, appuyé contre le chambranle.

— C'est Carrie ?

— Non, dis-je, bien qu'elle m'ait envoyé une tonne de messages. J'écris à Sienna.

— Qu'est-ce qu'elle fait ?

— Je ne sais pas. Je n'ai encore rien envoyé.

Depuis notre sortie mardi soir, j'ai du mal à savoir quelle est la prochaine étape.

Adam fait claquer sa langue.

— Dis quelque chose comme : Salut, ça va ?

— Et si elle me répond non ? Alors quoi ? Ça fait plusieurs jours, je crois que j'ai peut-être attendu trop longtemps.

— Prends ton portable, dit-il en se redressant de toute sa hauteur. On s'occupera de ça après la réunion.

Nous nous réunissons dans le salon. Maverick participe toujours aux réunions, même s'il ne vit pas ici. Il passe autant de temps ici que nous, donc c'est logique même si ça ne l'est pas. Il est assis sur le canapé avec Charli à côté de lui et une bouteille d'eau en inox sur ses genoux.

— Ça a intérêt à être de l'eau, prévient Adam en s'asseyant sur le vieux fauteuil en cuir.

J'attrape une chaise à la table à manger et l'apporte dans le salon.

— Quel est le programme, capitaine ? demande Heath.

Mav et lui se saluent en se tapant les poings. Lors des réunions, ils en font bien baver à Adam, mais nous les faisons généralement à cause d'eux – non, toujours en fait.

— Je veux m'assurer que vous filez droit jusqu'au match de demain. Je sais que tout le monde a envie de faire la fête et de célébrer, mais personne ne doit causer de problèmes, se blesser ou se pointer à l'entraînement avec la gueule de bois.

— Je suis quasiment sûr que Ketch était encore bourré ce matin, rétorque Heath.

Les plus jeunes de l'équipe sont encore sortis hier soir et l'entraînement de ce matin a été pourri. À croire que c'est très compliqué de rester sobre pendant trois jours. Cependant, la situation est excitante et, contrairement à nous, les jeunes ne se rendent pas compte à quel point c'est rare d'arriver jusque-là dans le championnat.

La veine sur le front d'Adam palpite, signe qu'il est stressé.

— Exactement. Ce merdeux.

— Il a quand même réussi à arrêter la plupart de nos tirs, intervient Mav.

— La plupart, réplique Adam.

— Il vit en chambre universitaire. Comment on est censés nous assurer qu'il ne boive pas ? demandé-je.

— Content que tu aies posé la question, dit Adam. J'ai invité toute l'équipe à venir dormir ici ce soir.

— Ici ?

Heath pointe des deux index le sol.

— Hmm hmm.

— Tu veux faire une putain de soirée-pyjama ? s'esclaffe Mav. Désolé du langage. Veuillez rayer le mot commençant pas un P du procès-verbal.

Heath fait semblant de rayer quelque chose sur une feuille imaginaire.

— C'est noté.

— T'es sérieux ? demandé-je en essayant de revenir sur le sujet.

Imaginer que l'équipe, ne serait-ce que la moitié, dort chez nous me donne mal à la tête.

— Certains gars ne vont pas aimer que tu perturbes leur routine, dit Heath. Et on ne peut pas vraiment l'imposer.

— Tu crois que je ne peux pas ? Rien ne nous empêchera de gagner la finale du championnat. Rien.

Aucun de nous n'a prononcé les termes « finale du championnat » depuis que nous avons gagné les demi-finales lundi soir. Remporter le championnat est le but ultime vers lequel nous nous dirigeons, mais nous n'en parlons pas parce que nous ne voulons pas nous porter malheur.

— D'accord.

Je suis le premier à accepter. Je fais confiance aux instincts de capitaine d'Adam. S'il croit que c'est la meilleure chose à faire, je le soutiendrai.

— Où est-ce qu'on va caler tout le monde ?

— On a trois apparts si l'on inclut les filles.

Il lève le menton en direction de l'appartement de Dakota et Reagan de l'autre côté de la passerelle.

— Je dormirai là-bas avec d'autres gars. Elles ont dit qu'on pouvait utiliser leur salon. Le reste dormira ici et chez Maverick, dit-il en haussant les épaules. On sera serrés, mais ça ira pour une nuit.

— D'accord, mais Ginny reste dormir. C'est ma routine quand on joue à domicile.

— C'est ta routine tous les soirs, ajouté-je.

Nos chambres ont un mur en commun, je sais très bien qu'il se tape sa petite amie tous les jours. Elle est sa patte de lapin et il s'y frotte toutes les nuits.

Adam soupire.

— Juste... Fais-la entrer discrètement avant que les gars arrivent. Je ne veux pas les entendre se plaindre que toi, tu peux passer du temps avec ta copine, et qu'eux non.

Heath recourbe les lèvres, réprimant un grand sourire.

— Vous aussi vous trouvez ça drôle que ce type me dise de faire entrer en douce sa sœur dans ma chambre ? demande-t-il en nous regardant. Personne ? Eh bien moi, je trouve ça hyper hilarant.

— Ou elle pourrait rester à sa chambre universitaire si tu préfères.

Adam lui jette un regard noir.

— Non, non. Elle se faufilera, s'esclaffe-t-il. Ça va être plus drôle que je le pensais.

— Autre chose ? demande Mav.

— Euh oui.

Adam me regarde.

— Rhett a besoin de notre aide pour envoyer un message à Sienna. Il réfléchit trop.

Je le fusille du regard. Quand il a dit que nous nous en occuperions, je croyais qu'il parlait de nous deux.

— Tu n'es pas censé avoir une grande expérience dans l'art d'envoyer des sextos, après six ans de relation avec Carrie et la majorité à distance ?

— C'est différent, répond Adam avant moi. C'est tout nouveau.

— Une photo de ta queue alors ? propose Heath.

Je fourre mon visage dans mes mains. Ça craint.

— Non, pas de photo de queue. Je veux juste lui dire salut et prévoir un truc avec elle.

— Moi, j'enverrais ma queue. Ça dit tout ce qu'il y a à savoir. Fais-moi confiance.

Heath sourit. Je crois qu'il aime bien dire ce genre de bêtises pour énerver Adam. Cependant, je ne serais pas surpris d'apprendre que Heath envoie régulièrement des photos de sa queue à Ginny.

Ce n'était pas le truc de Carrie. Heureusement, je n'ai jamais eu à essayer de prendre une photo convaincante de mon sexe pour une fille.

— Non, non, écoute-moi, frérot.

Maverick se lève en portant Charli. Il pose sa chienne sur mes genoux.

— Donne-moi ton téléphone.

Charli est un bon chien. Très calme et aussi très mignon, mais je ne sais pas trop où il veut en venir quand il dit :

— Dis : « Charli est la meilleure chienne du monde entier ».

— Charli est la meilleure chienne du monde entier, répété-je en grattant son bouledogue français derrière les oreilles.

— Bon, laisse tomber. Ça n'a pas marché. Contente-toi de sourire.

Maverick reste devant moi une bonne minute à prendre des photos, jusqu'à ce que je n'arrive plus à sourire.

— Bon, qu'est-ce qu'on fabrique ?

Son pouce s'agite sur l'écran.

— Non, non, non, peut-être, non. Ah ! Charli a l'air d'avoir peur de toi sur celle-là. Non, non, non. Ooooh. T'en penses quoi ?

Il montre le portable à Adam.

Mon pote hausse les épaules.

— T'as prévu quoi ?

— Envoie ça à Sienna. Les photos de chien, c'est bien mieux que les photos de queue.

Bon, j'avais espoir qu'il aurait un super plan, mais, sérieusement ?

— Ce n'est même pas mon chien.

— Et alors ?

Il prend Charli et me jette mon téléphone.

— J'ai testé. Tu as trois fois plus de chance de baiser en envoyant cette photo plutôt que ta queue. Enfin, c'est mon cas.

— Peut-être que ton engin est moche, dit Heath.

— Va te faire foutre, ma queue est magnifique, et ne fais pas genre que tu ne l'as jamais vue.

— Eh bien, non, donc, s'il te plaît, ne nous la montre pas.

Adam lève la main avant de me regarder.

— Ça vaut le coup d'essayer. Charli est vraiment super mignonne.

— J'envoie juste la photo ? Sans explication ?

Mav râle, prend mon téléphone, tape quelque chose et me le rend.

— Je ne pensais pas que tu avais besoin que je fasse tout pour toi, Rauthruss. Y'a pas de quoi.

Oh, bon sang. Mon estomac se creuse en lisant le message qu'il a envoyé. *Je te présente Charli (la chienne de Mav). Elle aime me faire des câlins.*

Il a joint une photo au message.

— C'est tout ? C'est ça la technique ? Tu n'as pas dit que j'avais envie qu'on se voie.

Mon portable bipe et les gars attendent que je lise.

— *Oooh ! Elle est adorable. Tu fais quoi plus tard ?*

Mav lève le poing en l'air.

— Voilà comment on fait, les mecs.

L'équipe est moins récalcitrante que je pensais à l'idée de passer la nuit sur le sol de notre salon. Adam et Maverick partent faire des courses. Ginny se pointe peu après notre réunion et Heath et elle ne sont pas sortis de la chambre depuis.

Je me dirige vers la porte d'entrée, le téléphone à l'oreille.

— Je suis là, dit-elle. Je crois. Tous ces appartements se ressemblent.

J'ouvre la porte quand Sienna arrive en haut des escaliers.

— La voie est encore libre ? murmure-t-elle.

— L'équipe devrait arriver dans une demi-heure environ.

J'écarte les bras et elle vient se blottir contre moi. Elle porte toujours sa tenue de yoga.

— Tu m'as manqué.

Elle rit doucement contre mon torse.

— Bien. Toi aussi, tu m'as un peu manqué.

Sans pouvoir m'en empêcher, j'affiche un grand sourire.

— Tu es sûre de vouloir faire ça ?

— Tu plaisantes ? Une nuit avec toute l'équipe de hockey. Ce serait stupide de refuser.

Elle me fait un clin d'œil et entre dans l'appartement.

Qui aurait cru que faire entrer discrètement une fille pouvait être aussi amusant ? Nous n'avons pas vraiment besoin de nous faufiler puisque l'équipe n'est pas encore là, mais nous allons tout de suite dans ma chambre.

Quelque chose dans le fait d'être discrets nous fait glousser tandis que je ferme la porte et l'embrasse.

— Je croyais que tu devais étudier. J'ai apporté mes bouquins.

— Plus tard, promets-je.

Je prends son visage dans mes mains et l'attire sur le lit. Elle tombe sur le matelas et je me mets sur elle.

Jusqu'ici, nous avons passé des heures à nous embrasser, et c'était génial, mais j'espère que ce soir, elle est prête à aller plus loin. Ma queue cogne contre mon jean. Chaque mouvement qu'elle fait sous moi me rend plus dur.

Ses mains se glissent sous mon tee-shirt et s'aventurent dans mon dos, me plaquant encore plus contre elle. On dirait que nous avons les mêmes idées : retirer nos vêtements et nous coller l'un à l'autre.

Je me recule pour enlever mon tee-shirt. Ses yeux verts s'assombrissent en me reluquant. En prenant ses mains, je la fais s'asseoir, m'empare à nouveau de sa bouche et remonte son débardeur. Elle lève les bras et me laisse l'enlever. Elle sourit timidement quand je baisse les yeux.

Elle porte un soutien-gorge rose bonbon avec un petit nœud délicat entre les bonnets. Je l'effleure.

— J'aime bien.

Je me penche et l'embrasse sur le ventre, puis je détache le fermoir dans son dos. Elle s'en débarrasse et le jette par terre.

— J'aime encore plus maintenant.

J'attaque sa bouche, avalant son petit rire, et je nous rallonge. J'essaie de ne pas me précipiter, de savourer le haut de son corps avant de passer à l'étape supérieure. Cependant, Sienna se frotte à moi en m'embrassant, comme si elle n'avait eu que ça en tête depuis la dernière fois. Nous sommes deux, alors.

Il faut profiter de l'instant présent. Je m'accroupis pour déposer des baisers sur son ventre. Son legging est plaqué contre ses fines hanches et son bas-ventre. Je le baisse un peu et l'embrasse un peu plus juste au-dessus de sa culotte.

Ses hanches s'arquent lorsque je m'installe entre ses jambes. Je glisse un doigt sous le tissu, laissant une traînée de poils hérissés dans mon sillage.

Bordel, je crois que je n'ai jamais été aussi excité de toute ma vie. Elle emmêle ses doigts dans mes cheveux en m'encourageant à descendre davantage.

— Salut, lance la voix rauque d'Adam lorsqu'il entre dans ma chambre.

Sienna pousse un cri. Je bondis sur elle pour la protéger avec mon corps. Adam prend conscience de la scène qui se déroule sous ses yeux et se tourne alors rapidement de l'autre côté. Il ferme la porte, mais reste dans la chambre.

— Ne vous inquiétez pas, je n'ai rien vu.

— Sors d'ici !

— Ravi de te revoir, Sienna.

Il se cache les yeux d'une main, même s'il ne regarde pas dans notre direction.

— Salut, Adam, dit-elle d'une voix gênée, mais amusée.

— Mec, répété-je.

— Je vois que tu as pris l'initiative de ramener discrètement une fille toi aussi.

— Pas tant que ça apparemment, si l'on entre dans ma chambre sans frapper.

— Oui, crois-moi, je regrette autant que toi, mais, euh, il faut que tu viennes. Réunion imminente avec l'équipe.

La main toujours sur les yeux, il cherche la poignée et sort.

Sienna glousse, puis plaque une main sur sa bouche.

— Content que tu trouves ça drôle, dis-je. Mon coloc a peut-être vu tes seins.

Elle hausse une épaule et l'abaisse.

— C'était *ton* plan génial. Tout un appart rempli de joueurs de hockey et moi, dit-elle en souriant. Est-ce qu'on devrait débarquer dans le salon comme ça ?

— Oui oui, c'est ça, répliqué-je en me redressant sur elle. Ce soir, tu es rien qu'à moi.

QUATORZE
SIENNA

— L'ÉQUIPE ne va pas soupçonner quelque chose si tu ne passes pas du temps avec eux ? demandé-je plus tard à Rhett.

Il était revenu juste après la réunion et n'était pas reparti depuis. Nous avons fait un petit pique-nique par terre avec la nourriture qu'il a réussi à voler dans la cuisine et les snacks que je garde en cas de fringales dans mon sac.

— Non, je ne vais même pas leur manquer.

Nous ne prenons même plus la peine de chuchoter. Les garçons dans le salon sont si bruyants que c'est inutile.

— C'est un jeudi habituel pour toi ? demandé-je en croisant les jambes et en me penchant en avant.

— Ce n'est pas si différent.

— Des filles à moitié nues qui pique-niquent par terre dans ta chambre, c'est normal ?

— Oh oui.

Il sourit en jetant une amande dans sa bouche.

— Mais en général, elles apportent de la meilleure bouffe, continue-t-il en mâchant.

— Eh, si tu n'aimes pas mes en-cas, ne les mange pas.

J'attrape le sachet d'amandes au milieu et le tiens contre ma poitrine.

Ses yeux bleus pétillent en me souriant.

— C'est quoi un jeudi habituel pour toi ?

— Ce n'est pas si différent, me moqué-je. Je pique-nique à moitié nue avec des joueurs de hockey.

Mon téléphone est posé devant moi, suffisamment près de Rhett pour qu'il voie l'écran quand il sonne. Le nom et le visage d'Elias s'affichent.

J'agite une main en direction du portable d'un air de dire : *Tu vois ? Les hommes me courent après.*

Rhett rit.

— Je t'en prie, ne reporte pas tes projets pour demain à cause de moi.

Je suis sûre qu'il ne s'attend pas à ce que je réponde, mais c'est ce que je fais. J'approche le téléphone de mon visage et souris tendrement.

— Salut, chéri.

Le visage d'Elias se tord, confus.

— Chéri ? D'accord, petit cul.

— Quoi ? m'exclamé-je en éclatant de rire. Je t'en prie, ne me dis pas que tu appelles les filles comme ça ?

— Ce n'est pas pire que chéri, répond-il en faisant la grimace. Quoi de neuf ? Où es-tu ?

— Je suis avec un garçon.

Je tourne le téléphone afin qu'Elias puisse voir Rhett. Ce dernier le salue de la main d'un air incertain.

— Rhett, je te présente mon ami Elias.

— Ooooh, s'extasie Elias en le saluant. Salut, mec, fait-il avant de baisser la voix. Pourquoi as-tu décroché ? Va baiser.

Il me chasse de la main.

Rhett rit. Mon visage s'empourpre.

— On traîne juste ensemble, on s'est fait un pique-nique.

Il hausse les sourcils de manière suggestive.

— Un genre de buffet à volonté ?

— Quoi ? Beurk. Dégueu, Elias. Non, de la vraie nourriture.

Je pointe le téléphone en direction des snacks.

— Mon idée a l'air bien plus cool.

— Bon, maintenant je regrette beaucoup d'avoir décroché, merci bien.

Je secoue la tête et surprends Rhett qui sourit.

— Quoi de neuf ? Tu as une minute.

— Rien, j'appelais juste pour prendre des nouvelles.

Ce qui signifiait qu'il m'appelait pour me raconter ses derniers déboires amoureux.

— Ça roule. Et toi ?

— Ça va, ça va. Amuse-toi bien et envoie-moi un message demain matin pour que je sache que ça va.

— D'accord.

— Maintenant, donne le téléphone à Rick.

— Elias, l'avertis-je.

— Donne-lui le téléphone, petit cul, ou je t'appellerai tout la nuit.

J'obéis à contrecœur parce que je sais qu'Elias ne fait pas de menaces en l'air.

— Salut, mec, dit Rhett avec nonchalance, comme si c'était tout à fait normal.

— Salut, ça va ? dit Elias d'une voix onctueuse et charmante. Écoute, il va falloir que tu me files ton adresse et ton numéro. Vois ça comme une caution pour pouvoir sortir avec ma copine.

Rhett hausse les sourcils et me regarde. Je cache mon visage dans mes mains.

— Pas ma copine dans ce sens-là, précise Elias. Elle aime les trucs tordus.

Oh mon Dieu.

— Mais c'est la personne que j'aime le plus au monde, alors

s'il te plaît, ne te braque pas si je te dis que si tu lui fais du mal, je te ferai la peau.

Je m'empêche de rire tandis que Rhett hoche lentement la tête. Elias a beau faire un mètre quatre-vingts et être assez fort pour porter Taylor, Rhett doit sûrement faire dix kilos de plus que lui. Néanmoins, par téléphone, je doute que Rhett le remarque.

— Compris, dit Rhett. Sienna t'enverra mon numéro et mon adresse par message.

— Super. Merci beaucoup, Ron.

Rhett me tend le téléphone, un grand sourire narquois aux lèvres.

— T'es sérieux ? dis-je à Elias.

— Absolument, petit cul. Maintenant, va t'amuser et surveille ton pouls.

Il dessine un X sur son cœur, me fait un clin d'œil, puis disparaît en raccrochant.

— Il a l'air sympa, dit Rhett en riant.

— Il ne l'est pas, mais je l'aime quand même.

— Est-ce qu'il va à Valley ?

— Non.

J'envoie l'adresse de Rhett à Elias parce que je sais qu'il va me harceler si je ne le fais pas. En revanche, je ne lui donne pas son numéro de téléphone. Il pourra me réprimander, mais il n'a pas besoin de l'avoir. Bon sang, je n'imagine même pas ce qu'il ferait avec.

— Il vit en ce moment à Toronto pour s'entraîner. Lui aussi, il patine. En fait, je ne l'ai jamais rencontré en personne, mais c'est mon meilleur ami.

— Sérieux ? Tu ne l'as jamais vu ?

Je fais non de la tête.

— Alors, tu le connais juste grâce à des vidéos de patinage ?

— Oui. Ça fait cinq ans qu'on se connaît, je crois.

Ce n'était pas tout à fait vrai, mais je n'ai pas envie de parler à nouveau de mes problèmes de cœur.

— Il est très doué et vraiment casse-couilles.

Je lève le téléphone.

— Maintenant, il a ton adresse. Désolée, mais il aurait vraiment continué à appeler.

— Ce n'est rien. J'ai des renforts.

Il pointe le mur où, de l'autre côté, toute une équipe de hockey rit et crie. Ils sont affreusement bruyants et pourtant, ils n'ont pas bu.

Son téléphone sonne et nous rions face à cette nouvelle interruption. Il ne prend pas la peine d'aller le chercher.

— Tu peux répondre s'il le faut.

— Non, celle à qui j'ai envie de parler est là. Qu'est-ce qu'il entendait par « elle aime les trucs tordus » ?

Je ris.

— J'aime regarder des documentaires criminels. Elias est un gros froussard.

Rhett esquisse un sourire en coin.

— J'ai une question, dis-je en me mettant en tailleur.

— Je t'écoute.

— Comment est-ce possible que tu n'aies couché qu'avec une seule fille ?

— Tu ne me crois toujours pas ?

— Si, je te crois, mais sérieusement, tu es sexy et j'ai vu comment les filles gravitent autour de toi.

Et sa manière d'embrasser... J'en ai la chair de poule rien que d'y penser.

— J'étais en couple. Et le hockey et les cours m'occupent beaucoup. Et toi ? Des copains ?

— Deux, dis-je en levant deux doigts de ma main droite. Ça n'a duré que quelques mois et comme toi, j'étais concentrée sur le patinage et la fac.

— T'as vu, on a un truc en commun.

Il sourit et tend les jambes devant lui.

— Je ne sens plus mon pied.

Je me lève et lui tends mes deux mains. En tirant, je parviens à le relever.

— J'ai une mauvaise nouvelle.

— Quoi ?

Il s'approche, pose les mains au-dessus de mes hanches et m'attire contre lui.

— Il faut que j'aille faire pipi.

Pendant que Rhett fait le guet dans le couloir, je le traverse pour me rendre dans la salle de bain. Je me dépêche et ensuite, j'ouvre à peine la porte pour signaler à Rhett que j'ai terminé et que je suis prête à retourner dans la chambre.

Malheureusement, quelqu'un d'autre a besoin d'aller aux toilettes à ce moment-là.

— Tu ne peux pas y aller, lui dit Rhett.

— Pourquoi ? Je dois pisser, dit le gars. Je serai rapide.

— Désolé, c'est un ordre.

Rhett entre dans la salle de bain et referme derrière lui.

— Et maintenant ? chuchoté-je.

Il hausse les épaules.

— Il va laisser tomber et aller aux autres.

— Mec, t'as pas intérêt à chier, lance le type de l'autre côté de la porte.

— Tu es sûr de ça ?

Rhett glousse, son rire chatouille mon cou alors qu'il m'embrasse.

— Ça va prendre un moment. Utilise les autres.

— C'est quoi ton problème avec les salles de bain ? demandé-je alors qu'il me soulève sur le meuble du lavabo et se place entre mes jambes.

— C'est toi qui y es allée en courant.

Je décide de riposter, mais quand sa bouche recouvre la mienne, les mots meurent sur mes lèvres. Ses mains s'agrippent à mes jambes et son sexe dur appuie contre mon entrejambe sensible. Il baisse mon legging et le jette par terre.

Je romps le baiser et gémis lorsqu'il se frotte à moi lentement. Je me fiche alors d'où nous sommes.

— Tu as fermé à clé cette fois-ci ?

Je n'ouvre pas les yeux, mais j'entends le verrou de la porte.

— Rien ne m'empêchera de te faire jouir.

Ses longs doigts se glissent sous le satin de ma culotte et l'un s'insère en moi pendant qu'il effectue des cercles sur mon clitoris avec son pouce. Il s'arrête, mais, avant que je puisse protester, il me tire au bord du lavabo, enlève ma culotte et se baisse entre mes jambes.

Le meuble en pierre est froid sous mes fesses, mais la chaleur de sa bouche allume une mèche en moi.

Quelqu'un frappe et, au lieu de répondre, Rhett cogne la porte et râle. Je pose une main sur le miroir derrière moi et passe l'autre dans ses cheveux emmêlés pendant que sa bouche me dévore. Je pousse un gémissement lorsque l'orgasme s'approche.

— Tu es si serrée. Si parfaite, si parfaite, dit-il d'un ton rauque lorsque je jouis.

QUINZE
RHETT

Sienna tient mon bras tandis que je passe la tête hors de la salle de bain pour vérifier que personne n'est dans le couloir. En la traînant derrière moi, je me rue vers ma chambre.

Nous nous écroulons sur le lit. Elle a les cheveux qui pendent sur ses épaules et les joues roses après l'orgasme que je viens de lui donner. J'ai encore son goût sur ma langue.

— C'était marrant, lance-t-elle.

Un peu, mon neveu.

Elle grimpe sur moi et je crois voir Jésus.

— Il semble y avoir un problème ici.

Elle trémousse son petit cul en frottant le bas de son corps au mien.

Ma gorge émet un bruit étranglé. Elle se décale et défait mon jean. Ses doigts passent sous mon caleçon et effleurent mon gland.

Je ne vais pas tenir plus qu'une nanoseconde. Elle humidifie ses lèvres, semblant se demander si elle devrait utiliser sa bouche pulpeuse. Rien que d'y penser, c'est trop. Je l'encourage à utiliser sa main en frottant mon sexe dessus.

Un sourire satisfait atteint ses lèvres. Elle enroule la main à la base de ma queue. Je me penche et m'empare de sa bouche pendant qu'elle me caresse.

D'habitude... je ne suis pas fan des branlettes. Loin de moi l'idée de vexer les femmes qui en proposent, mais, si j'en ai envie, je peux le faire moi-même. Évidemment, je n'en refuserais pas une, je ne suis pas idiot. Mais personne ne le fait mieux que moi. J'ai des années d'expérience à ce niveau-là.

Du moins, c'est ce que je pensais. Sienna tient fermement ma queue et se frotte à moi tout en me laissant l'embrasser langoureusement. Bordel, elle fait appel à tout son corps pour me branler et je m'avoue vaincu lorsqu'un feu d'artifice éclate dans mon esprit et que j'éjacule sur tout mon ventre.

Je contemple le plafond, la poitrine comprimée.

— En général, je ne finis pas aussi vite.

— Hmm hmm, c'est ce qu'ils disent tous.

Je me redresse et passe une main dans mes cheveux.

— Donne-moi cinq minutes et ensuite, je te le prouverai.

Elle me sourit. Ses parfaites lèvres roses se recourbent pour découvrir ses dents.

— Oh non. Tu m'as dit que tu devais étudier et il se fait tard.

Je râle.

— J'ai dit ça ?

Elle se lève et part chercher son sac à dos. Ses fesses m'allument dans ce legging serré. Je me nettoie et la rejoins. Avec tous ces voyages pour le hockey, ce semestre n'a pas été évident. Et ça ne va pas en s'améliorant.

Réviser semble inutile puisque j'ai déjà un emploi qui m'attend.

— Tu veux que je t'interroge ou autre chose ? propose-t-elle quand j'ouvre mon manuel.

— Peut-être. Qu'est-ce que j'y gagne ?

— Une bonne note.

— Ah.

Je passe la main le long de la courbe délicate de son cou.

— Et si à chaque question à laquelle je réponds correctement, tu enlevais un vêtement ?

Son pouls tambourine sous mes doigts et elle hoche la tête.

— D'accord.

Ça m'a l'air beaucoup moins inutile maintenant.

Le lendemain matin, je me réveille dans les bras d'un ange et les cloches de l'Enfer qui tentent de m'arracher à mon sommeil.

Sienna me donne un coup de coude.

— Ton réveil va s'éteindre.

Je la serre davantage contre moi.

— Je sais. Chut... encore cinq minutes.

En riant, elle essaie de s'échapper, mais je la tiens bien. Hier soir, c'était incroyable et je n'ai pas envie que ça se termine. Le short de basket que je porte ne cache en rien cela.

— On a combien de temps ?

Elle plaque ses seins contre mon torse. Elle aime beaucoup se frotter à moi et j'adore ça.

— Pas assez, malheureusement.

J'entends déjà les gars se réveiller et s'activer dans le salon. Nous avons un petit entraînement ce matin et Sienna aussi. Nous devons tous les deux y aller.

À contrecœur, je prends mon téléphone et éteins le réveil.

Nous nous remettons encore de notre soirée géniale quand l'écran s'allume et montre que j'ai treize appels manqués de Carrie. Treize ? Bordel !

Sienna ne dit rien, elle blottit son visage contre mon torse, mais je sais qu'elle l'a vu.

— Tout va bien ? demande-t-elle avec hésitation.

Je jette le téléphone au fond du lit.

— Génial.

Nous nous levons et nous habillons sans un mot. Putain. Je ne sais pas quoi faire pour Carrie, mais, plus important encore, je n'ai vraiment pas envie que Sienna et moi nous quittons sur ce silence gênant.

Une fois que nous sommes prêts à y aller, je la tiens, la plaque contre le mur et l'embrasse, jusqu'à ce qu'elle en ait le souffle coupé, qu'elle glousse et qu'il n'y ait plus de tensions bizarres entre nous.

— C'était pour quoi ça ?

— Pour me porter chance. Tu viens au match ce soir ?

— Évidemment.

— On se voit après notre victoire ?

Elle acquiesce.

— Cool.

Je prends mon sac et le sien.

— Prête ?

— Je ne dois pas attendre que tout le monde parte ?

— Non, aucune raison de sortir en douce. C'est trop tard pour qu'ils puissent faire quelque chose maintenant.

Heath avait raison, c'est amusant de faire entrer discrètement une fille, mais constater le regard noir et jaloux de mes coéquipiers... c'est vraiment génial.

La foule est déchaînée dans la patinoire. Avec autant de spectateurs, ça ajoute du piment à chacun de mes mouvements. Ça, mais aussi apercevoir Sienna dans la tribune des étudiants, habillée en jaune et bleu avec un petit coucou peint sur un côté de son visage.

Je lui fais un clin d'œil en passant devant. Elle affiche un grand sourire et n'arrête pas d'applaudir avec la foule.

Adam fait sa ronde pendant l'échauffement pour nous mettre dans le bon état d'esprit. Quand il s'assied à côté de moi, je suis déjà remonté à bloc.

— Ça a déjà été aussi bruyant ici ?

Je scrute la patinoire et tous les sièges occupés. Je n'arrive pas à croire que nous sommes arrivés jusque-là. Cette finale. Nous sommes si proches de participer au championnat régional que je le sens dans l'air.

— Je ne pense pas.

Nous marquons tous les deux un but et retournons nous asseoir sur le banc.

— Ça va ? demande-t-il.

Je savais qu'il allait y venir. Il m'a posé tellement de fois la question ce mois-ci que ça en frise le ridicule. Cette fois-ci, avant que je puisse répondre, il ajoute :

— Tu as l'air en forme.

— Je me sens super bien.

Je jette à nouveau un œil à Sienna avant de partir sur la glace.

— Allons-y.

Le fait de jouer devant une foule de fans nous procure une adrénaline qui nous permet de mener le match. Mais même avec deux points d'avance, la menace de nous faire éliminer nous empêche de nous relâcher et de laisser l'autre équipe marquer.

Au début du troisième tiers-temps, la fatigue se fait sentir, mais tous les spectateurs se lèvent et c'est facile de mettre l'épuisement de côté quand autant de gens nous encouragent. Nous sommes si près du but.

Je regarde Adam avant que le palet tombe. Comme moi, c'est la dernière ligne droite pour lui. Si nous perdons alors que nous allons arrêter le hockey ensuite... Sa mâchoire crispée m'indique qu'il ne compte pas y mettre fin comme ça. Surtout ici, devant notre public.

L'équipe de l'université du Sud la joue physique au dernier tiers-temps. Le désespoir les rend plus violents et méchants.

— Je crois que ce connard m'a mordu, dit Heath après qu'un joueur de l'équipe adverse prend une pénalité pour avoir tenu sa crosse.

— Ils savent qu'ils sont foutus. Donnons-leur le coup de grâce, dit Maverick tandis que nous nous préparons pour le coup de force.

Tout le monde dans la patinoire est à nouveau debout. Il y a tellement de bruit que je n'entends pas le coach crier sur le banc. Peu importe. On va y arriver.

Nous jouons au jeu du chat et de la souris en nous passant le palet. Nous le tirons, le faisons rebondir et nous nous relayons pour attaquer le gardien adverse.

L'équipe adverse ne lâche pas l'affaire, il faut bien l'admettre. Cependant, ils s'inquiètent que Heath profite d'une occasion et à cause de ça, ils me laissent de la place pour me démarquer. Maverick s'approche de Heath, ce à quoi ils s'attendent. Celui-ci ne quitte pas Heath du regard tandis qu'il feinte et me jette le palet. Le gardien se repositionne et me laisse voir une ouverture à ses jambes.

Le tableau des buts s'illumine quelques secondes avant le coup de sifflet qui annonce la fin du match.

— Pas plus de trois bières, les gars, dit Adam en sortant des cannettes fraîches d'une glacière à l'arrière de sa Jeep.

Dans deux jours, nous nous rendons aux régionales, mais nous ne pouvions pas ne pas fêter notre victoire ce soir.

Le sous-sol de la fraternité *Sigma* est bondé. On dirait que toute la patinoire nous a suivis. Sienna est censée me retrouver ici, mais je n'y vois rien avec tous ces gens.

Ginny, Reagan et Dakota sont avec nous alors que nous nous frayons un chemin dans la pièce sombre. Il y a aussi d'autres filles qui sont venues avec Jordan et Liam. Je n'ai pas retenu leurs noms, mais pour une raison inconnue, elles ont toutes très envie de m'aider à trouver Sienna.

— C'est elle ? demande l'une d'entre elles en se tenant sur la pointe des pieds et en montrant une fille qui ne ressemble pas du tout à Sienna.

Je lui réponds exactement cela.

— Brune aux yeux verts, ça n'aide pas trop.

Elle se tient au bras de Jordan et tente de se grandir.

— Tu as oublié magnifique, dit Maverick en me donnant un coup de coude et en se moquant de ma description.

Je m'en fiche bien. Je m'en tiens à ma description.

— La voilà.

Adam, le plus grand du groupe, pointe du doigt l'autre bout du sous-sol, là où se tient un groupe de personnes qui jouent au flip cup. Sienna et Josie se tiennent en retrait.

Je m'avance vers elle, contournant les gens qui dansent au centre de la pièce.

Elle ne m'aperçoit que lorsque je m'approche d'elle.

— Salut !

Avec un grand sourire, elle s'avance et se jette à mon cou.

— Vous avez gagné ! Félicitations !

— Merci.

Elle se recule et je passe un doigt dans une boucle de son short en jean. Il est vraiment court et ses jambes musclées vont bien me distraire, ce qui ne me déplaît pas du tout.

Elle tient une boisson alcoolisée dans sa main et la sirote en souriant. Je crois que c'est la première fois que je vois son verre à moitié vide.

— Tu comptes te bourrer ce soir ?

— Tu as marqué le but de la victoire. On doit fêter ça !

— Je sais. J'étais là.

Josie s'avance pour parler par-dessus la musique.

— Félicitations !

— Merci.

Derrière moi, mes amis s'approchent après avoir enfin réussi à fendre la foule. Je présente tout le monde et nous formons un grand cercle.

Mmm, je crois que c'est la première fois que je fais la fête avec mes amis et une fille. Quand Carrie venait, nous ne restions généralement que tous les deux. C'est agréable.

Vu que nous sommes sages ce soir, nous restons tous principalement dans notre bulle, à parler, traîner et profiter de la soirée.

Les petites amies de mes potes adorent Sienna et ses amies. Deux autres patineuses nous ont rejoints et elles sont toutes en train de parler et de rire.

— On te la vole, me dit Dakota. On a plus besoin d'elle que toi.

Ça, j'en doute grandement.

Sienna me fait un clin d'œil alors qu'elles l'éloignent de moi.

— J'ai trouvé le mauvais côté de vos copines, dis-je une fois que nous ne sommes qu'entre mecs.

— Oui, elles ont tendance à se déplacer en meute. T'inquiète, elles reviendront, dit Adam en passant un bras sur mes épaules.

En effet, un quart d'heure plus tard, Sienna revient en riant avec les joues rouges, bras dessous bras dessus avec Dakota et Josie. Moi, j'en suis encore à ma première bière.

En gloussant, elle se trémousse devant moi. Son téléphone dans la poche avant de son short tombe par terre.

Je le ramasse et regarde s'il n'a pas été abîmé avant de le lui rendre.

— Tu ne tiens vraiment pas l'alcool.

— Mes poches sont si petites. Il n'arrête pas de tomber.

— Je te le prends.

Je le fourre dans ma poche.

— Merci.

Elle m'embrasse sur la bouche. Elle sent la bière et le chewing-gum à la menthe forte.

Je ne pense pas qu'elle est ivre, mais elle en a certainement l'air.

Une nouvelle chanson démarre et elle lève les bras en l'air.

— Oh, mon Dieu, j'adore cette chanson.

Maverick sautille sur place.

— Oh oui !

— Viens, on va danser.

Sienna me tire par la main.

Ginny et Heath se dirigent déjà vers la piste et Adam et Reagan sont collés l'un à l'autre et se balancent au rythme de la musique.

Je ne bouge pas d'un iota.

— Je ne danse pas.

— Menteur ! Tu dansais la dernière fois.

— Tu appelles ça danser ? lance Mav en souriant.

Pas vraiment, en fait. Je me tenais là et des filles dansaient autour de moi, ce n'est pas exactement la même chose. C'est ce que je réponds.

Elle réduit l'espace entre nous et se presse contre moi.

— Tout ce que tu as à faire, c'est de tenir là. Je ferai en sorte que tu aies de l'allure.

SEIZE
SIENNA

Il y a une longue liste de choses que je ne fais pas à cause de mes problèmes cardiaques. Ce n'est pas que je ne peux pas boire ou ne pas faire les autres activités de la liste, mais il y a tellement de choses que je ne contrôle pas que je fais attention.

Rhett a donc raison quand il répète que je ne tiens pas l'alcool alors que nous nous dirigeons vers la piste de danse et que mes pieds s'emmêlent. J'ai bu trois bières et j'en ressens bien les effets. Il me redresse tandis que nous rejoignons ses amis au centre du sous-sol de *Sigma*. L'air peu sûr de lui, il garde les mains sur ma taille pendant que je danse. Il est juste debout, mais il est beau. Son jean déchiré et son tee-shirt noir uni font ressortir sa blondeur et ses yeux bleu métallique.

J'ai suivi beaucoup de cours de danse en grandissant, mais ça se remarque surtout sur la glace. Sans mes patins, je ne me suis jamais sentie aussi confiante. Mais vu comme il regarde, comme s'il n'arrivait pas à croire qu'il est avec une incroyable et magnifique créature, ça me donne l'assurance dont j'ai besoin pour me lâcher. L'alcool aide sûrement aussi.

Olivia et Josie sont toujours avec nous, poussant des cris en arrivant dans le cercle que nous avons formé. Les amis de Rhett sont sympas et ils se sont montrés accueillants avec mes amies et moi.

En parlant de ses amis, Ginny danse derrière moi, frottant ses fesses contre moi pour plaisanter. Je tourne le dos à Rhett pour danser avec elle.

— Tu bouges bien, crie-t-elle par-dessus la musique.

Les mains de Rhett se posent bien bas sur mes hanches.

— Merci ! Toi aussi.

Je lui souris. J'aime bien Ginny. Elle est gentille. Ses cheveux blonds balayent ses épaules pendant qu'elle danse. Son petit ami Heath est comme Rhett, il se tient derrière elle sans vraiment danser.

Dakota, la seule célibataire, je crois, tourne autour de nous tous en dansant, les mains au-dessus de la tête. Elle possède ce genre d'assurance qui fait qu'elle est amusante à regarder quand elle danse, qu'elle soit douée pour ça ou non. Cependant, elle danse bien. Son crop top se lève à chaque mouvement, laissant apercevoir le bas de son soutien-gorge. Rouge, comme ses cheveux.

Josie se joint à elle et elles deviennent le centre de l'attention. C'est normal, Josie danse super bien et elle est magnifique avec ses cheveux bleu clair. Leur capacité à se lâcher et à profiter du moment encourage mon audace.

Je pivote et souris à Rhett, puis je pars à reculons en direction de Josie et Dakota. Elles m'accueillent en ouvrant les bas pour que je me place entre elles. Elles sourient et m'encouragent pendant que je danse au milieu du cercle. Je donne tout ce que j'ai et m'éclate, tout simplement.

Quand la musique change et que je jette un œil à Rhett, son regard brûlant fait accélérer les battements de mon cœur déjà élevés et ma poitrine se comprime.

— Bordel, Sienna. Tu es incroyable.

Dakota se place devant moi et me bloque la vue de Rhett.

— Merci.

J'aspire de l'air. Il fait chaud dans le sous-sol et l'alcool et la danse rendent ma peau moite. Je lève mes cheveux et évente mon cou.

— Je vais passer mon tour pour la prochaine.

— Elle va passer son tour tout court.

Rhett apparaît à côté de moi, ses bras puissants autour de ma taille. Il me soulève et m'éloigne du groupe.

— Qu'est-ce que tu fais ? crié-je en gloussant de surprise alors qu'il s'approche des escaliers du sous-sol.

Il ne répond pas et ne me repose qu'une fois que nous sommes au rez-de-chaussée. Il me plaque contre le mur, une main à ma taille et l'autre sur le mur au-dessus de ma tête. Il s'empare de ma bouche et m'embrasse avec fougue. J'oublie que je lui ai posé une question jusqu'à ce qu'il se recule et dise :

— J'avais besoin de faire ça. Tu es prête à partir ? Bien sûr, on peut rester plus longtemps si tu veux continuer à danser, mais il y a beaucoup de choses que j'ai envie de te faire là.

À ces mots, mon sexe se contracte.

— Comme ? demandé-je essoufflée.

Il ouvre la bouche, fait une pause, puis secoue la tête.

— Je ne trouve pas une jolie façon de te dire que j'ai envie de te baiser jusqu'à plus soif. T'en penses quoi, mon ange ?

Il me tend la main.

Qui a besoin de jolies manières ?

— Je crois que j'ai assez dansé.

***

Nous prenons un taxi pour aller chez Rhett. L'appartement est calme, tout le monde est encore à la fête. Cependant, nous n'allumons aucune lumière. Tout en nous embrassant, nous traversons le salon et le couloir et arrivons enfin à sa chambre.

Son téléphone sonne. Dans le noir, l'écran s'allume dans sa poche.

— Tu sonnes, dis-je sans détacher mes lèvres des siennes.

— Non, c'est toi.

Il sort mon téléphone de sa poche et me le donne.

— C'est Elias.

Merde, je sais qu'il veut savoir comment je vais. Je lui ai envoyé une photo de moi buvant avec les filles et, tel le pseudo frère hyper protecteur qu'il est, il va s'inquiéter tant que je ne lui assure pas que je vais bien.

— Laisse-moi une seconde.

Je réponds sans m'éloigner de Rhett.

— Salut.

— Salut, je vais me coucher. Tout va bien ?

— Oui, ça va.

— Avec Roy ?

— Mhmm.

Je pose les lèvres sur l'homme en face de moi.

— Ça marche. Sois sage. Appelle-moi demain.

— Bye.

Je glisse le téléphone dans ma poche.

— Désolée. Il s'inquiète.

Les sourcils de Rhett se froncent.

— Que tu sois avec moi ?

Je secoue la tête.

— Non, ce n'est pas ça. Il savait que j'étais sortie boire.

Il attend que je développe.

— Elias a le même problème cardiaque que moi, alors quand l'un de nous fait quelque chose qui nous met en danger, nous devenons un peu protecteurs.

Il hoche lentement la tête en comprenant enfin. Ses mains se glissent sous mon tee-shirt et caressent tranquillement ma peau.

Maintenant que nous ne nous embrassons plus passionnément, je suis nerveuse. Rhett me plaît. Il n'est pas comme je pensais. Il est gentil, drôle et si sexy que c'en est idiot. En parlant de ça, coucher avec lui pourrait être très idiot. Je ne le vois plus comme un séducteur, mais ça ne veut pas dire qu'il ne me brisera pas le cœur.

Nous nous sommes un peu amusés la veille, mais ce soir, c'est différent. Nous allons faire l'amour et je me connais suffisamment bien pour savoir que passer à l'étape supérieure ne fera qu'accentuer mes sentiments pour lui.

— Et ça va ? demande-t-il en remontant une main dans mon dos.

Un frisson me parcourt.

— Parfaitement.

Accrochée à son cou, je me jette dans ses bras musclés et l'embrasse pour lui montrer que tout va bien. Josie a raison. Je regretterais bien plus de ne pas savoir où irait notre relation que subir n'importe quelle catastrophe qui se dirige vers moi.

Il m'allonge sur le lit et retire ses chaussures et son tee-shirt. Je viens m'agenouiller devant lui sur le matelas pour défaire son jean. Bon sang, quel corps incroyable !

Devant mon impatience et mon excitation, mes doigts s'activent, mais enlever un jean à Rhett requiert vraiment du défi.

Il rit et m'aide, je me retrouve alors à la hauteur d'une sacrée érection, recouverte seulement d'un caleçon noir. Il se tient là, immobile, tandis que je le baisse, libérant sa queue.

J'hésite en déglutissant. Elle est longue et épaisse. Une goutte sort de son gland.

— Elle est si jolie.

Sa poitrine se comprime avant que son éclat de rire emplisse la pièce.

— Jolie ?

— Hmm hmm.

J'effleure le pli de sa hanche.

— Tu vas me sortir un adjectif plus viril comme belle ?

— Bordel, non, répond-il d'une voix rauque.

Ses abdominaux se contractent lorsque je remonte la main dessus.

— Continue à la regarder comme ça et tu pourras utiliser tous les adjectifs que tu veux. En plus, les filles aiment les jolies choses.

C'est vrai.

En approchant la bouche de son gland, je regrette tout à coup de ne pas boire beaucoup. Si j'avais bu pour me donner un peu plus de courage, ça m'aurait bien aidée. J'ai dessaoulé entièrement et j'anticipe tous mes mouvements.

— Ah putain.

Ses mots sont étouffés et éraillés. Ses doigts s'emmêlent dans mes cheveux, puis une main agrippe mon cou, m'éloigne de son sexe et relève mon visage. Sa bouche s'écrase contre la mienne dans un autre baiser brûlant.

Avec sa main dans mon cou et une autre autour de ma taille, il m'oblige à me rallonger.

Il est musclé, mais mince. Observer son corps bouger au-dessus de moi, c'est si sexy. Sa main reste au niveau de mon cou pendant qu'il m'embrasse le ventre et s'arrête pour mordiller mes tétons. Ensuite, contre toute attente, il effleure ma bouche avec la sienne de la plus tendre des manières.

Je contracte les hanches sous lui et me plaque contre son membre. Il grogne et resserre sa poigne autour de mon cou.

— Une seconde.

Il se décale pour ouvrir un tiroir de son chevet, attrape un préservatif et l'enfile.

Au début, je crois que quelque chose dehors éclaire le lit, mais, quand il se positionne à l'entrée de mon intimité, je glousse devant sa queue jaune fluo.

— On dirait une banane.

— C'est phosphorescent, bébé.

— T'avais peur que je ne sois pas capable de la trouver, le taquiné-je.

Son gland épais me pénètre d'un centimètre et je reprends mon souffle.

Un sourire malicieux s'étire sur ses lèvres en retirant ce délicieux centimètre. Assis sur le lit, il me redresse et me place sur ses genoux. Il m'empale lentement sur lui. Son regard perçant est à quelques millimètres du mien. Il remarque chacun de mes gémissements tout en me prenant.

Ses doigts s'emmêlent dans mes cheveux, tirant ma tête en arrière afin qu'il puisse m'embrasser dans le cou. Tout ça en abaissant encore et encore mon corps sur le sien.

Quand ma respiration s'accélère, il attrape mes hanches pour accélérer la cadence et incline mon corps en arrière pour embrasser et lécher mes seins. J'explose dans ses bras. Comme que je suis incapable de faire quoi que ce soit, il continue à bouger la poupée de chiffon que je suis pendant que mon orgasme continue, si longtemps qu'il se mêle ensuite au sien.

Mon cœur chavire. Je me penche en avant et pose la tête sur son épaule. Toujours en moi, il me prend par la taille et dégage mon visage pour pouvoir m'embrasser sur le front. Son cœur tambourine contre moi dans un rythme parfait.

Je réprime un bâillement alors que nous nous apprêtons à nous coucher. Je démêle les cheveux de Rhett avec mes doigts et il me prête un tee-shirt pour dormir.

— Vert, dit-il en se blottissant derrière moi.

— Quoi ?

Je lutte pour garder les yeux ouverts.

— Au bar, tu as cru que ma couleur préférée était le bleu, mais c'est le vert.

— Moi, c'est le bleu.

— Je me demande quelle était la troisième question.

— Je ne sais pas.

— J'ai envie de te connaître, dit-il doucement. De tout savoir.

Je souris en m'endormant. Il ne me faut pas longtemps. L'épuisement me fait sombrer. Je ne me rappelle pas avoir été un jour aussi satisfaite. Je suis réveillée par la sonnerie d'un téléphone. Mon premier instinct est de me dire qu'Elias ne va pas bien, mais, cette fois-ci, c'est le portable de Rhett.

Je lui donne un coup de coude.

— Ton téléphone sonne.

— Hmm ?

Je lui donne à nouveau un coup de coude.

Sans ouvrir les yeux, il tâtonne pour trouver son téléphone et le porte ensuite à son oreille.

— Allô ?

Une voix de femme répond, me sortant de ma joyeuse bulle endormie. Il ouvre les yeux et se redresse. Il éloigne le téléphone pour regarder l'écran, puis le plaque à nouveau sur son oreille.

— Bordel, Carrie ? Il est trois heures du matin.

Je roule sur le dos pendant qu'il continue à parler à *Carrie* à l'autre bout du fil. Mon cerveau fait toutes les suppositions… aucune d'elles n'est bonne. Treize appels manqués hier soir et maintenant ça ? Je décroche de la discussion, perdue dans mes affreuses pensées, quand sa voix grave, encore pleine de sommeil, marmonne une série de jurons.

— Je suis vraiment désolé. J'étais à moitié endormi et je ne me suis pas rendu compte de qui c'était.

— Tout va bien ?

— Oui, ce n'était rien.

J'attends qu'il développe, mais, comme ce matin, il n'a pas l'air de vouloir en parler. Il me prend dans ses bras en soupirant fortement, et aucun de nous ne reprend la parole.

Je dors mal le reste de la nuit. Quand il fait enfin jour dehors, je me glisse hors de lit et m'habille, puis j'appelle un Uber.

— Tu t'en vas ?

Il se redresse et passe une main dans ses cheveux ébouriffés.

— Oui. J'ai un entraînement ce matin.

Il regarde le ciel matinal par la fenêtre et hausse un sourcil.

En enfilant mon tee-shirt, je m'agenouille au bout du lit.

— Je n'ai pas dormi, avoué-je. C'est quoi tous ces appels ?

— C'est mon ex, Carrie. Elle n'arrête pas de m'appeler.

J'ai un millier de questions.

— Pourquoi ? Qu'est-ce qu'elle veut ?

— Je ne sais même plus. Ça fait presque un mois qu'on a rompu et elle me harcèle aux pires moments.

— Oh.

Je ne sais pas pourquoi j'ai supposé qu'il était célibataire depuis plus longtemps que ça. Cependant, savoir qu'il était en couple il y a seulement un mois... avec une fille qui tient tant à lui qu'elle l'appelle encore en pleine nuit... ça me rend mal à l'aise.

— C'est terminé, assure-t-il. Désolé d'avoir répondu. Je n'ai pas réfléchi.

Il me prend par la taille.

— Ne pars pas.

— Il faut vraiment que je parte à l'entraînement.
Il hoche lentement la tête.
— D'accord. On se voit plus tard ?
J'hésite.
— Je t'enverrai un message.

DIX-SEPT
RHETT

— Regardez qui voilà !

Depuis la cuisine, Adam arbore un sourire narquois quand je sors enfin du lit. Sienna a dû partir s'entraîner, mais je me suis recouché après son départ pour rattraper ma nuit.

J'attrape un Powerade dans le réfrigérateur et m'affale sur un tabouret de l'îlot central.

— J'ai entendu que tu as passé une bonne soirée.

— Oui, dis-je avant de boire une longue gorgée. Attends, qui t'a dit ça ?

— Tout. J'ai littéralement tout entendu. On a tous tout entendu.

Il agite la cuillère pour désigner tout l'appartement et pointe ensuite une énorme boîte de préservatifs que, curieusement, je n'ai pas remarquée en m'asseyant.

— Mav a déposé ça pour toi.

Ces putains de curieux. Je secoue la tête et ris en prenant la boîte de préservatifs phosphorescents.

— Mav en a en lot ? Peu importe, je ne veux pas savoir. En revanche, pas sûr que je vais en avoir besoin.

Je passe une main dans mes cheveux, repoussant les longues mèches de mon visage.

— Qu'est-ce qui s'est passé ?

— Carrie, grommelé-je. Elle a appelé une douzaine de fois la nuit dernière.

Rien ne gâche aussi bien les choses qu'une ex qui te harcèle à trois heures du matin.

— Cette fille est acharnée.

— Sans blague. Je ne sais pas quoi faire. Parler n'a pas fonctionné. L'ignorer ne marche manifestement pas non plus. Sienna est partie dès que le jour s'est levé.

— Ça craint. Je suis désolé. Toujours pas d'accord pour bloquer son numéro ?

— Ça me semble juste... mal.

— Tu peux toujours changer de numéro.

Il sourit et retourne remuer ses flocons d'avoine.

— Oui, peut-être.

Je me lève, prends mon Powerade ainsi que les préservatifs et retourne dans ma chambre.

Nous n'avons pas entraînement aujourd'hui, mais une réunion avec le coach pour discuter du prochain match. Nous jouons contre les Ice Bombers aux régionales. Encore un match éliminatoire.

Le samedi soir, quand nous retournons à l'appartement et que Sienna ne m'a toujours pas écrit, je sais qu'elle m'évite.

Bordel. Comment les choses ont-elles pu partir autant en vrille avec Carrie ? Nous avons tellement de fois parlé de la rupture qu'aborder à nouveau le sujet semble inutile.

J'appelle Carrie et, pendant que j'attends qu'elle décroche, je fais les cent pas. Une part de moi espère qu'elle ne réponde pas. Mais si elle ne le fait pas, alors ça ne ferait que reporter la discussion. Quelque chose doit changer. Je ne peux pas continuer comme ça. J'ai envie d'avancer. J'ai envie qu'*elle* avance.

— Rhett !

Elle répond au bout de la troisième sonnerie avec un ton joyeux que je n'ai pas beaucoup entendu lors des derniers mois de notre relation.

— Salut, Carrie. Tu as une minute ?

Elle rit doucement.

— J'ai décroché, non ? Félicitations pour le match ! Désolée d'avoir appelé si tard. Je suis sortie avec des amis et je ne me suis pas rendu compte de l'heure qu'il était quand on est rentrés.

— Ce n'est pas juste le fait que tu m'aies appelé aussi tard, dis-je en fermant les yeux. C'est que tu n'arrêtes pas d'appeler.

Elle ne dit rien et j'ai l'impression d'être un salaud.

— On a rompu, ajouté-je. Ce n'est sain ni pour toi ni pour moi.

— Tu me manques.

Sa voix s'adoucit.

— Je ne te manque pas ?

La routine que nous avions me manque parfois, mais si elle, elle me manque ? Non, du moins, pas comme je lui manque à elle. Ça ne me procure aucun plaisir de la repousser.

— On ne peut pas continuer à faire ça. On s'est mis d'accord pour en rester là, c'est la meilleure chose à faire.

— Eh bien, je ne suis plus d'accord. J'ai envie de te parler et de te raconter ma journée. Tu étais mon meilleur ami.

Elle pleure et bordel, ça me fait mal.

— Je crois qu'on devrait se remettre ensemble.

— Tu ne le penses pas. Tu étais malheureuse. On l'était tous les deux.

— C'était compliqué. J'ai été submergée. Je t'ai pris pour acquis. Je ne le referai plus.

— Carrie, je me soucierai toujours de toi, mais ce n'est pas ce que je veux. Je ne pense pas que ce soit vraiment ce que tu veux non plus.

Elle renifle.

— Aucun de nous ne peut avancer si l'on s'accroche au passé.

— Je sais.

Je m'assieds sur le lit et incline la tête.

— C'est réglé ?

— Je vais essayer de moins appeler, mais je ne renonce pas à nous.

Loin du téléphone, je lâche un soupir exaspéré. Nous parlons encore un peu et je raccroche sans avoir l'impression que la situation s'est améliorée. Au moins, j'ai dit ce que je désirais.

———

Je laisse Sienna tranquille le reste du samedi, mais elle ne m'écrit pas. À mon réveil le dimanche matin, je pars tout de suite à la patinoire. D'après ce que je sais de Sienna, elle s'y trouve déjà, même si leur entraînement ne commencera que dans quelques heures. Je ne suis pas le moins du monde surpris de l'apercevoir sur ses patins, gracieuse et forte. J'enfile les miens et m'attarde ensuite sur le côté pour la regarder effectuer sa routine.

Le menton levé et les joues rougies par le froid de la glace, la résolution et l'assurance émanent d'elle. Elle est époustouflante. Ça ne peut pas être terminé.

Je mets un pied sur la glace alors qu'elle s'approche. Elle ralentit et s'arrête devant moi.

— Qu'est-ce que tu fais là ? demande-t-elle en souriant.

Elle est tout essoufflée et tente de se calmer. Elle jette un œil à sa montre, geste qu'elle fait beaucoup pour vérifier son pouls, j'ai remarqué.

Je hausse une épaule.

— Il se peut que tu me manques.

— Après vingt-quatre heures sans se voir ?

— Absolument.

Elle rit légèrement et va chercher de l'eau.

— Je suis désolé pour hier.

— Rhett, je ne suis pas en colère contre toi. J'ai compris.

— Mais tu t'es enfuie à l'aube en promettant vaguement de m'écrire plus tard. Puis tu ne l'as pas fait. Tu veux qu'on arrête de se voir ?

— Tu me plais. Je me suis tellement amusée cette dernière semaine, mais je ne pense pas que je suis capable d'être un simple pansement.

Je prends de l'élan et m'approche d'elle.

— Tu n'es pas un pansement. Carrie et moi, c'est fini. C'est fini entre nous. Ça fait longtemps que je n'ai pas ressenti ce que je ressens en ce moment.

— Et qu'est-ce que tu ressens ?

Elle arbore un sourire narquois. Elle me tend une perche, mais ce n'est pas grave. Je vais aller te pêcher une baleine, ma petite.

Je remonte son menton et me penche en baissant la voix.

— Tu me plais. Beaucoup.

Elle me laisse effleurer ses lèvres, puis repousse mon torse en patinant en arrière.

— Prouve-le.

J'arque un sourcil et la suis jusqu'au centre de la glace.

— Ici ?

— Ouaip. Je vais te faire patiner pour ça.

— Comment ça va prouver que je t'aime bien exactement ?

— Ne me dis pas que tu as peur ?

Elle est sérieuse ?

— Peut-être que tu n'as pas fait attention au match l'autre soir, mais je suis plutôt rapide.

— Oh, j'ai remarqué.

Elle remonte une main sur ma poitrine d'un air aguicheur et tourne ensuite autour de moi.

— Tu es partant ?

— Absolument, mon ange.

Il y a peu de choses que je refuserais en cet instant.

Nous nous positionnons sur la ligne qui délimite le terrain de hockey. Je bâille pour l'encourager. En vérité, mon sang bouillonne. J'adore relever des défis et si ça veut dire passer plus de temps avec elle en guise de récompense ? Je suis votre homme.

— Tu es sûr de ne pas vouloir t'échauffer ?

— Ça ira.

Je détends mon cou en roulant la tête sur les côtés et me penche légèrement en avant.

— Quand tu veux, mon ange.

Elle lâche un petit rire, ajuste son bandeau et se concentre.

— Maintenant !

Je la laisse partir en premier. Je n'ai pas l'intention de la laisser gagner, mais quelle vue de la voir s'éloigner de moi à cette vitesse ! Elle regarde par-dessus son épaule, sa queue de cheval brune volant devant son visage. Elle doit se demander pourquoi je n'ai pas encore bougé. C'est mon signal.

Elle est rapide, mais je le suis encore plus. Je la rattrape en un éclair, puis je ralentis pour que nous patinions côte à côte. Elle me tire la langue et accélère encore. Je passe devant elle en arrivant à la ligne d'arrivée de l'autre côté. Je m'arrête en projetant de la glace.

— Encore, dit-elle avant même de s'être arrêtée.

— Tu crois que c'était la chance du débutant ?

— En arrière cette fois.

Elle se tourne et arque un sourcil, me défiant silencieusement.

— J'ai une meilleure idée.

Je croise les bras sur ma poitrine.

— Je t'écoute.

Elle se tient bien droite. Bon sang, elle est belle avec sa détermination et sa compétitivité.

— Je vais faire ta routine.

Elle rit. Quand je ne l'imite pas, elle ajoute :

— Tu es sérieux ?

— Absolument.

— Tu ne connais pas ma routine.

— Si tu es si sûre de ça, alors ça devrait être un pari facile à prendre pour toi.

Elle penche la tête sur le côté et plisse les yeux.

— Si j'arrive à faire toute ta petite routine, alors tu dois nous laisser une vraie chance. Marché conclu ?

Je distingue bien sa réflexion et le moment où elle cède.

— Ça marche.

Je souris.

— Mais si tu rates un des sauts, tu es automatiquement disqualifié.

— Je ne tomberai pas.

— Quelle assurance ! Ça devrait être amusant.

Elle s'éloigne de moi, quitte la glace et s'appuie contre le mur.

— Tu veux de la musique ?

— Oui, monte le son.

Comme ça, elle n'entendra pas les jurons que je vais sûrement pousser en faisant des sauts et des figures que je n'ai pas pratiqués depuis des années. Maintenant que je suis sur le point de m'élancer, le stress s'empare de moi. Je l'ai beaucoup observée patiner. De petits coups d'œil pendant l'entraînement et de temps en temps quand nous arrivions tôt et qu'elle me laissait l'encourager.

Je suis parfaitement capable d'effectuer sa routine. Pas bien, bien sûr, mais je suis sûr à quatre-vingt-quinze pour cent que je ne tomberai pas. On ne grandit pas avec des parents qui enseignent le patinage sans se dire : *eh, je vais essayer cette chose.* Du moins, ce n'est pas mon cas. Parfois, c'était par ennui et d'autres fois, pour essayer d'impressionner les filles. Cela n'a pas fonctionné à l'époque, en tout cas pour les filles, mais j'espère changer ça aujourd'hui.

Sa routine commence par un regard fixe sur la glace et un mouvement de la tête quand la musique commence. Je jette un œil à son air suffisant quand la musique démarre. Il est alors temps de se lancer. Elle est gracieuse, pas moi. De plus, sa routine comprend beaucoup de gestes des bras et de jeux de jambes complexes qui, j'en suis certain, ont l'air ridicules avec mes mouvements agités. Cependant, je me concentre seulement sur la chorégraphie, je n'essaie pas d'être parfait. Je me redresse et manque de tomber au premier saut. Je me rattrape au dernier moment.

Le saut suivant est celui qui m'inquiète le plus, et il arrive vite. Je prie silencieusement n'importe qui qui pourrait m'entendre et je fais de mon mieux. Je ris quand j'atterris miraculeusement sur mes pieds. Je lève les mains au-dessus de ma tête et effectue une pirouette.

Après ça, c'est du gâteau. La seule chose que je n'arrive pas à faire, c'est attraper mon patin derrière ma tête. Mais je lève le pied et imite la figure du mieux que je peux. Ensuite, je lève le poing et m'attends à un tonnerre d'applaudissements.

Quand je me retourne vers Sienna, elle n'est pas seule.

Mes potes, en tenue de hockey, m'observent avec des expressions qui oscillent entre l'amusement et la confusion.

— C'était quoi ça ? lance Jordan en haussant les sourcils.

— Ça va faire le buzz, dit Maverick en levant son téléphone. Il m'a sûrement filmé.

Je les ignore tous et me concentre sur Sienna. Son visage ne trahit rien en s'approchant de moi.

— Tu as foiré toute la chorégraphie et tes sauts étaient pourris, mais c'était vachement impressionnant.

Ma victoire répand de l'adrénaline dans tout mon corps.

— Mes parents ont une patinoire, tu te rappelles ?

— Mmh mmh.

Elle m'étudie toujours, les yeux plissés.

— Comment connais-tu aussi bien ma routine ?

— Aussi bien que je suis sûr que tu n'es pas un pansement.

— Tu délires ?

Un petit sourire apparaît et je sais que je l'ai persuadée. Ce n'est pas terminé, c'est sûr.

— Oui, probablement. Je t'ai dans la peau.

Je l'attrape suffisamment fort par la taille pour qu'elle ne s'éloigne pas comme elle pourrait le faire.

Elle ne réplique pas, mais cède en s'appuyant contre moi.

— Rauthruss, prêt à regarder du hockey ou tu changes de sport ? lance Heath.

— J'arrive, crié-je sans détourner les yeux de Sienna. Bon, à quelle heure viens-tu aujourd'hui ?

Je lui fais un clin d'œil, dépose un baiser sur sa bouche et m'éloigne d'elle en patinant lentement, dans l'attente d'une réponse.

— Sept heures. Je dois finir un diaporama pour un oral la semaine prochaine et faire une sieste.

— Génial.

Un sourire étire les commissures de mes lèvres. Je souris bêtement et je m'en fiche que les gars me charrient avec ça.

DIX-HUIT
SIENNA

Le jeudi soir, je pars chez Rhett. La semaine a été chargée
pour tous les deux entre les cours, l'entraînement et passer
chaque seconde de notre temps libre ensemble. Ce soir, c'est le
dernier que nous pourrons passer ensemble avant quelques
jours.

Demain, je pars pour une compétition à Phoenix et, avant
que je rentre, lui sera parti pour les régionales.

— Au fait, dis-je pendant que nous faisons nos devoirs.

Il est allongé sur le côté en train d'étudier des politiques de
gestion. Je suis assise au milieu du lit avec mon ordinateur
portable, en train de relire l'e-mail de confirmation que je viens
d'envoyer.

— J'ai accepté le poste chez Dalton.

— Vraiment ? Félicitations ! Donc tu seras à Appleton ?

— Oui.

Ça a l'air irréel. Je ne suis pas aussi excitée que je l'aurais
cru, mais je sais que c'est un bon travail et que c'est le meilleur
salaire de départ qu'on m'ait proposé, et de loin.

— Génial. On n'est qu'à quelques heures de distance.

Cinq. Oui, j'ai déjà vérifié.

La porte de sa chambre est ouverte et Maverick entre.

— Sardines ?

Je fais une grimace de dégoût. Beurk.

— Non merci.

— Pas le poisson, le jeu, précise Rhett. C'est comme un cache-cache, mais on doit tous se cacher au même endroit une fois qu'on a trouvé les autres.

— Ah oui. J'ai déjà joué.

— On le fait sur le campus et c'est gé-nial, dit Mav en insistant sur le dernier mot.

— On n'est pas obligés de jouer, dit Rhett.

Cependant, son genou trépigne et il a déjà un pied à terre.

— Ça me va. J'ai besoin de prendre l'air de toute façon.

Sur le chemin du campus, Dakota me prend par le bras et me tire vers elle.

— On te la vole, dit-elle.

— Trouve-toi quelqu'un.

Rhett essaie de me tirer en arrière, mais Dakota est plus rapide et elle est forte aussi.

Elle m'éloigne rapidement, laissant Rhett bouche bée derrière nous.

— Non. Hors de question, insiste Rhett. Vous m'avez forcé à traîner avec vous et vos copains/copines. Bordel, j'ai même dû me mettre avec ces deux-là, dit-il en montrant Adam et Reagan. J'ai enfin ramené une fille et je veux me cacher avec elle.

— Correction. Il veut l'embrasser dans le noir, dit Heath.

— Aussi.

Rhett me fait des yeux de chien battu.

Dakota lui sourit d'un air suffisant.

— Tu l'as gardée dans ta chambre toute la soirée, maintenant, c'est notre tour. Les garçons contre les filles. Allez vous cacher. On va même vous donner quelques minutes supplémentaires. Elle se retient de sourire et murmure :

— Vous allez en avoir besoin.

Les gars percutent à ce moment-là.

— On va se cacher ? demande Rhett.

— À moins que tu ne sois inquiet ? le défie Dakota.

Mav se moque. Rhett se frotte les mains. Ils se mettent en route, cherchant déjà où se cacher.

— Rappelez-vous les règles, leur lance Ginny. Ne pas aller à l'intérieur ou sur le toit des bâtiments.

Ils ne répondent pas, mais elle rit et secoue la tête.

— Quelles sont les chances que quelqu'un finisse blessé ?

— Adam s'assurera que ça n'arrive pas, dit Reagan. Il n'a fait que stresser toute la semaine.

Ginny incline la tête et tripote le bout de sa tresse blonde.

— C'est bien mon frère. Tu sais, c'est un humain plutôt normal parfois.

— Combien de temps avant qu'on aille les trouver ? demandé-je.

Ils sont suffisamment loin pour que je ne les entende plus parler.

— D'habitude, on attend environ cinq minutes, dit Reagan.

Elle est sympa, belle aussi. Elle a ces fossettes que je ne peux m'empêcher de regarder.

— Je n'ai pas l'intention de les trouver.

Dakota se baisse et s'assied par terre en tailleur.

— Quoi ?

Le rire de Ginny résonne dans la nuit, mais elle s'assied à côté de son amie.

Reagan hausse les épaules et nous nous joignons à elles, assises dans l'herbe au milieu du campus.

Dakota sort son téléphone et met de la musique avant de répondre.

— C'était le seul moyen pour vous éloigner toutes les trois de vos mecs. Ils n'ont pas arrêté de vous coller cette semaine.

Reagan fait une mine triste et pose la tête sur l'épaule de Dakota.

— C'est vrai, reconnaît Ginny. Heath s'est assis dans la salle de bain aujourd'hui pendant que je me rasais les jambes parce qu'il voulait... « passer plus de temps » avec moi.

Elle lève les mains et mime des guillemets.

— Tout ça pour ne pas penser au match, dit Dakota.

— Pas Adam. C'est tout ce à quoi il pense, réplique Reagan. Il a regardé des matchs toute la nuit. *Toute* la nuit. Quand je me suis réveillée pour aller en cours ce matin, il dormait avec son ordinateur portable posé sur son ventre.

Dakota ricane.

— Ils agissent tous comme des fous. Le seul qui semble normal cette semaine, c'est Maverick. Il est toujours aussi ridicule.

Reagan se tourne vers moi.

— Comment Rhett le vit-il ?

— Oh...

Je jette un coup d'œil au cercle que nous formons.

— Il a l'air d'aller bien. Je crois que je ne le connais pas encore assez pour faire la différence.

— C'est le plus compétitif d'entre eux, dit Ginny. Donc ça ne me surprend pas qu'il gère bien la pression.

— Et il est distrait par celle-ci, dit Dakota en poussant mon pied du sien. Je ne l'ai jamais vu sourire autant.

Je sens mon visage s'enflammer.

— Quoi ? Non. Ça ne peut pas être vrai.

Ginny acquiesce.

— C'est vrai.

— Je veux dire, c'est génial entre nous et nous passons beaucoup de temps ensemble, mais c'est encore récent.

— Je suis heureuse pour lui, ajoute Reagan. Après la façon dont Carrie l'a traité, il mérite quelqu'un de super comme toi.

— Pourquoi ? Comment Carrie l'a-t-elle traité ? À part qu'elle appelle constamment Rhett, je ne sais pas grand-chose sur elle.

Aucune d'entre elles ne répond au début.

— On ne sait pas grand-chose d'elle non plus, dit Reagan. Elle n'est venue que quelques fois et n'a pas cherché à nous connaître. C'était plutôt la façon dont il était avec elle. Rhett passait quatre-vingt-dix-neuf pour cent de son temps au téléphone. Il devait toujours prendre des nouvelles, même si nous étions occupés dehors. Je n'ai jamais eu de relation à distance, alors c'est peut-être normal.

— C'était un très bon petit ami, intervient Ginny avec un sourire rassurant, comme si elle essayait de me convaincre.

— Tu n'as pas besoin de me persuader. Il est génial.

Essayant de détourner l'attention de Rhett et moi, je me tourne vers la seule célibataire du groupe, Dakota.

— Donc, Ginny et Heath, Reagan et Adam, et toi et Maverick ?

— Non.

Les cheveux roux de Dakota accrochent le clair de lune alors qu'elle secoue la tête.

— Je serai à jamais célibataire.

— Pourquoi à jamais ?

Reagan se penche en avant, porte une main à sa bouche, puis chuchote assez fort pour que tout le monde entende :

— Celle-ci est hyper difficile.

Dakota lui tape gentiment sur le bras.

— On appelle ça avoir des critères.

Reagan rit et se redresse.

— Et toi ? Tu es sortie avec beaucoup de garçons avant Rhett ?

— Non, pas vraiment. Quelques-uns, mais rien de sérieux.

— Pourquoi ? demande Ginny en fronçant les sourcils de manière incrédule.

— Ce qu'elle veut dire, c'est que tu es sexy et incroyable. Comment ça se fait que tu sois toujours célibataire ? dit Dakota. La peur de l'engagement ? Tu n'as pas tourné la page avec quelqu'un ?

Je ris.

— Non, aucun des deux.

Elles me regardent toutes en attendant que je développe.

— Je suppose qu'entre mes problèmes cardiaques qui effraient les gens et le patinage qui me prend beaucoup de temps, ça ne s'est jamais produit. Je ne suis pas une grande buveuse, donc je quitte généralement la fête avant que les couples se forment et partent ensemble.

— Tu attendais Rhett.

Quand Ginny me sourit comme elle le fait maintenant, j'ai l'impression d'avoir une centaine d'années de plus qu'elle et d'être blasée. En règle générale, je répondrais par un commentaire sarcastique, mais à la place, je lui rends son sourire. Peut-être qu'elle a raison.

Le téléphone de Ginny s'allume dans sa main, rompant l'instant.

— Heath ? demande Reagan.

— Oui, il m'a dit où ils étaient et nous dit de nous dépêcher.

— Pot de colle, ricane Dakota.

— Adorable, réplique Ginny en prenant la défense de son chéri.

Nous nous levons toutes les quatre pour retrouver les garçons. Même si nous n'avions pas su où ils se cachaient, ils sont bruyants. Je devine qu'ils essaient de chuchoter, mais le rire de baryton de Maverick est trop caractéristique.

Lorsque nous arrivons, tous sauf Heath grommellent.

— Je savais que cette cachette était trop simple, dit Rhett.

Il est plutôt mignon quand il est frustré d'avoir perdu.

— Bon, c'était amusant.

Heath se relève et se dirige vers Ginny. Il lui prend la main et dépose un baiser sur sa bouche.

— On s'en va. Ginny a cours à huit heures demain.

— Ah oui, c'est la faute de Ginny, lance Maverick derrière lui, mais Heath et Ginny sont déjà sur le chemin du retour.

— Il vous a dit où on était, n'est-ce pas ? me demande Rhett une fois que nous marchons tous vers l'appartement.

Les lèvres serrées, je le regarde en me demandant si je dois lui dire.

— Je le savais !

— Je n'ai rien dit !

— Tu n'avais pas à le faire. Je lis sur ton visage comme dans un livre ouvert, mon ange.

J'arque un sourcil.

— Ah oui ? À quoi je pense maintenant ?

Ses yeux s'assombrissent et balayent tout mon corps.

— Qu'il faut qu'on se dépêche de rentrer.

———

Plus tard, nous sommes sur le point d'aller nous coucher quand je remarque que Rhett éteint son téléphone.

— Tu n'as pas à faire ça.

— Comment ça ?

Il le pose face contre terre sur la table de nuit et se met sous la couverture.

Je fais un geste vers son téléphone.

— Non, c'est bon. Ce n'est pas juste envers toi.

Assise sur son lit, je me tourne pour lui faire face.

— Qu'est-ce qu'elle veut ?

— Tu veux vraiment parler de ça ? demande-t-il avec un

sourire penaud. Je te promets, c'est fini. On a rompu il y a plus d'un mois. Je lui ai seulement parlé pour lui demander d'arrêter d'appeler.

— C'est comme ça tous les jours depuis un mois ?

— Pas tous les jours, mais presque.

— Si tu dis que c'est fini, je te crois, mais aide-moi à comprendre. Tu dois avoir une idée de ce qu'elle veut.

— Moi, je suppose.

Il pose une main sur mon genou, le pouce caressant distraitement ma peau nue pendant qu'il parle.

— Nous sommes sortis ensemble pendant un long moment.

— C'est combien, un long moment ?

— Six ans.

— Six ans ?

Il hoche la tête.

— On a grandi ensemble dans le Minnesota. Je la connais depuis la maternelle et on a commencé à sortir ensemble au lycée. Elle est partie à la fac dans le Nebraska et je suis venu ici. On est restés ensemble, mais c'était difficile. On a bâti une vie chacun de notre côté et au fil des ans, on avait de moins en moins de choses en commun. Petit à petit, notre relation s'est détériorée. On n'avait presque jamais l'occasion de se voir.

— Ouah. Alors pendant toute la fac, tu es sorti avec quelqu'un qui vivait à l'autre bout du pays ?

Je comprends mieux pourquoi il n'a couché qu'avec une seule personne.

— J'aurais dû y mettre un terme plus tôt. Honnêtement, les derniers mois, peut-être plus, ont été assez horribles. Mais nous étions amis avant et je voulais que ça marche parce que je tenais à elle. Je me soucierai toujours d'elle, mais je ne veux pas être avec elle.

Il se penche en avant et dépose un baiser sur mes lèvres.

— Je veux être avec toi, mon ange.

— Je ne sais pas quoi dire.

Je ne sais vraiment pas.

— Carrie a du mal à accepter ce que j'ai déjà accepté, mais elle y arrivera. Je veux dire, je sais que je suis canon, mais elle trouvera quelqu'un d'autre.

L'après-midi suivant, je rejoins Rhett et ses amis à la cafétéria pour déjeuner.

— Ça passe à la télé ? demande Rhett pour ma compétition de demain.

Nous partons cet après-midi, Phoenix est à deux heures de trajet.

— Non. Parfois, les gens la regardent en ligne, ça dépend.

— C'est nul qu'on ne puisse pas venir, râle Mav en posant un coude sur la table.

Les garçons vont jouer contre Icarus State pour les régionales. Après une semaine sans se quitter, Rhett va extrêmement me manquer ce week-end. Je reviendrai pile quand il partira.

Il trouve ma jambe sous la table et la serre. Je crois qu'il ressent la même chose.

— Tu as le temps de passer à l'appart avant notre entraînement ?

Son pouce caresse ma cuisse nue et des picotements se répandent dans mon corps.

— Non, je dois aller voir mon médecin avant notre départ.

— Tout va bien ?

Ses yeux bleus scrutent les miens.

— Oui, c'est juste une précaution avant chaque compétition.

Je consulte ma montre.

— D'ailleurs, je devrais y aller.

Il se lève avec moi et m'attire contre lui.

— Bonne chance pour ce week-end.

— Toi aussi.

Je jette un coup d'œil à ses amis. Ils nous regardent avec de grands sourires aux lèvres. En riant, je l'embrasse.

— Je t'envoie un message plus tard. Salut, les gars ! Prenez soin de lui.

DIX-NEUF

RHETT

— Tu as trouvé ? demande Adam en s'installant à côté de moi dans le salon.

— Non, rien.

J'ai cherché la compétition de Sienna toute la matinée. Quelqu'un, quelque part, doit bien la diffuser en ligne.

— À quelle heure passe-t-elle ?

— À deux heures.

Mav s'assied sur le canapé.

— Regarde ça. L'Université d'Arizona du Nord est en direct.

Je m'installe à côté de lui et regarde son écran.

— Ils montrent leurs propres joueuses. C'est logique.

— Ils vont peut-être filmer toute la journée, dit Adam.

— Hmm.

Je doute qu'ils continuent à filmer toute la journée de compétition et à la partager.

— Ça craint que tu ne puisses pas y aller, dit Mav. Tu flippes ?

— Flipper ? Pourquoi je flipperais ?

— Ben, tu sais, son problème cardiaque.

— Ah, oui, elle va bien. Elle a vu le docteur hier avant de

partir, comme elle le fait chaque fois. Non, j'ai juste vraiment envie de regarder. Elle a été si gentille pour l'histoire avec Carrie et elle est venue à notre match.

En plus de ça, je l'aime vraiment beaucoup.

Mav laisse tomber son téléphone entre ses jambes.

— Qu'est-ce que tu veux dire par elle va bien ?

— Comme je l'ai dit, le docteur l'a autorisée à patiner.

— Rhett, mon pote, il l'a peut-être autorisée, mais elle ne va pas *bien*. Tu as vu la vidéo de sa chute l'année dernière ?

— Non. Quelle chute ?

Mav souffle et hausse ses sourcils sombres. Il lève son téléphone pour que je le voie à nouveau. Cette fois-ci, il affiche une vidéo de Sienna à une compétition de la saison dernière. Elle porte une tenue rouge qui scintille quand elle se meut sur la glace.

Ses mouvements sont si gracieux et fluides. Même si je ne craquais pas énormément pour elle, ce serait difficile de ne pas la regarder.

— Là, là, dit Mav en me rappelant que nous regardons cette vidéo dans un but précis.

Adam s'approche pour voir.

Je m'attends à ce qu'elle saute et qu'elle rate l'atterrissage, mais elle est simplement en train de patiner lorsqu'elle s'effondre. Elle s'écroule violemment sur la glace et le public lâche un « Ooooh » collectif.

Je m'arrête de respirer et mon pouls s'accélère en observant l'équipe médicale se précipiter. Puis, la vidéo se coupe.

Adam se lève.

— Putain de merde.

Mes oreilles bourdonnent.

— Je ne comprends pas. Sienna a dit qu'elle allait bien. C'était l'année dernière ?

— Oui, au début de la saison, je crois. Elle est restée quelques jours à l'hôpital.

— Comment sais-tu tout ça ?

Mon ton est accusateur. Ce que je veux vraiment dire, c'est : *pourquoi je ne le sais pas ?*

— Elle a arrêté le yoga pendant environ un mois. On a eu cet horrible prof à la place qui...

— Concentre-toi, dis-je en élevant la voix. Qu'est-ce que tu sais d'autres sur ses problèmes cardiaques ?

— Ouah, mec. Je crois que je ne t'ai jamais entendu prendre ce ton avant.

Il fait une grimace à Adam pour montrer sa surprise.

— C'est à peu près tout ce que je sais.

— Pourquoi ne m'as-tu rien dit ? Pourquoi ne m'a-t-elle rien dit ?

Je me lève et arpente le salon.

C'est calme. Trop calme. Je regarde Adam. Il est généralement raisonnable.

— Ce n'est peut-être pas le genre de sujet qui est très facile à aborder. Vous avez parlé de ses problèmes de cœur ? demande-t-il.

Je repense à toutes nos conversations.

— Oui. En quelque sorte. Bon sang. Je suppose que non. Elle m'a dit qu'elle était sous traitement et qu'elle devait faire attention et écouter son corps. Elle a dit qu'elle avait des crises, mais ça... dis-je en agitant la main vers le téléphone de Maverick. Elle ne m'a pas parlé de ça.

Je me rassieds. J'ai la tête qui tourne.

— Et maintenant ? C'est bientôt à son tour. Ça peut se reproduire ? Elle a un capteur de fréquence cardiaque maintenant, non ?

J'ai la nausée. La vidéo d'elle tombant sur la glace rejoue sans arrêt dans mon esprit. Bordel de merde.

— Je vais l'appeler.

C'est ce que je fais en me rendant dans ma chambre, claquant la porte derrière moi.

— Décroche. Décroche. Décroche, marmonné-je doucement.

Elle répond à la troisième sonnerie. Le vacarme de la compétition est si fort derrière elle que je l'entends à peine.

— Allô ?

— Salut, c'est moi. C'est Rhett.

— Je sais, patate.

— Oui.

Son ton joyeux et pétillant contraste tellement avec la vision de son corps inerte qui est désormais gravée dans mon esprit.

— Ça va alors ?

— De quoi ?

— Tu as vu le médecin et il t'a autorisée à patiner ?

Elle ne répond pas tout de suite, mais le bruit de fond diminue.

— Désolé. Je suis allée dans un endroit plus calme pour pouvoir t'entendre. Je n'ai qu'une minute. Olivia est la suivante. Qu'est-ce qu'il y a ?

— J'appelais juste pour m'assurer que tu allais bien.

— Oui, en fait je ne suis pas si stressée. En général, je ne le suis qu'avant d'entrer sur la glace. Puis BAM !

Je tressaille et ferme les yeux. Et voilà. L'image d'elle qui tombe sur la glace. *Putain*.

— Comment va ton cœur ? Le docteur a dit que ça irait, hein ?

— Oui, il m'a déclaré apte. Je vais bien.

— Tu es sûre ?

Elle rit.

— Aussi sûre que je peux l'être, je suppose.

Ce n'est pas très rassurant.

— Oh, ils viennent d'appeler Olivia. Je dois y aller. Je t'appelle plus tard.

Sa voix enjouée gazouille dans mon oreille. Je devrais me sentir mieux. Elle va bien. Le médecin a donné son aval. Il ne le ferait pas s'il y avait un risque, n'est-ce pas ?

— D'accord. Fais attention.

Oui, comme si ce n'était pas bizarre de dire ça en raccrochant.

Je contemple le mur.

— Fais attention ?

Bravo.

Le bus part le dimanche après-midi. J'ai parlé suffisamment longtemps à Sienna hier soir pour savoir comment s'était passée sa journée. Cependant, elle était fatiguée et je ne sais toujours pas quoi dire à propos de l'accident que je ne devrais plus jamais regarder. Même rassuré, la scène se rejoue dans mon esprit chaque fois que je crois que je n'y pense plus.

Mal à l'aise et inquiet, je rate le réveil et, dans la précipitation, j'oublie de prendre ma Nintendo Switch pour le trajet. Je ne peux même pas me distraire en jouant aux jeux vidéo, juste m'inquiéter pour Sienna. Ça va être à son tour à tout moment.

Agité, je ne suis pas d'humeur à faire la conversation. L'ambiance générale du bus est toutefois silencieuse et pensive, donc je me fonds dans la masse. Le championnat régional comprend quatre équipes et chaque match est éliminatoire. Aujourd'hui, nous jouons contre Icarus State et ensuite, si les Dieux du hockey le veulent, nous nous battrons contre les vainqueurs de Troy et Stonewell.

Heath est assis à côté de moi.

— Tu vas bouger ta jambe comme ça pendant tout le trajet ?

Je me fige.

— Désolé, mec.

— C'est rien. Tout va bien ?

Je fixe le téléphone dans ma main.

— J'attends de savoir comment s'est déroulé le dernier passage de Sienna aujourd'hui.

— J'ai des cartes. Tu veux jouer ?

— Oh oui.

Je m'en veux encore de ne pas avoir posé plus de questions sur sa maladie de cœur. Elle a résumé la chose comme si ce n'était pas très grave, mais j'aurais dû être plus avisé. Un médecin doit lui donner son accord à chaque compétition... ça aurait dû me mettre la puce à l'oreille. Sans oublier tous les autres signaux : chaque fois qu'elle vérifiait son pouls, Elias qui prenait des nouvelles tous les jours, etc.

Le bus s'arrête devant l'hôtel où nous séjournons. Nous nous enregistrons et déposons nos affaires pour la nuit.

— Bienvenue à la maison, lance Adam en jetant son sac par terre.

La porte attenante à notre chambre s'ouvre et Heath et Mav apparaissent.

— Salut, les voisins, dit Mav.

Mon téléphone vibre dans ma poche et pour la première fois depuis longtemps, je me dépêche de répondre. *Sienna*.

— Oh, merci, dis-je avant de décrocher. Salut, mon ange.

— Je te laisse...

Adam pointe de la tête l'autre chambre.

J'appuie sur l'appel vidéo. J'ai besoin de la voir.

— Je ne suis pas jolie, dit-elle quand son visage apparaît.

C'est faux. Ses yeux verts sont soulignés par plus de maquillage que d'habitude. Ses cils sont sombres et sa bouche est sacrément sexy.

— Je ne me suis pas encore changée. J'étais trop fatiguée.

— Tu es très belle. Comment ça s'est passé pour ton long passage ?

— Bien. Vraiment bien. Mon meilleur score de la saison. J'ai fini deuxième, mais il reste encore deux patineurs seniors.

— Waouh. C'est génial. Félicitations. Qu'est-ce que tu fais maintenant ?

— Je traîne dans le couloir pour essayer de me reposer. Josie est avec moi. Elle va nous chercher à manger de l'autre côté de la rue.

Elle incline l'écran et son amie me fait signe.

— Salut, Josie.

— Dinde, pas de fromage, mayo allégée ? demande-t-elle à Sienna.

— Et des chips. Oooh, et un cookie.

Je ne vois plus Josie, mais je l'entends rire.

— D'accord. Je reviens.

Quand elle part, Sienna rapproche le téléphone de son visage.

— Tu peux y aller avec elle et m'appeler plus tard. Je sais que l'ambiance est folle là-bas. Ici aussi. On vient d'arriver à l'hôtel. Le bus part pour la patinoire dans une demi-heure.

— Non, j'ai proposé de l'accompagner. Elle voulait être seule. Elle s'en veut d'avoir raté un saut aujourd'hui.

— Ça craint.

— Mmm, ça arrive. J'espère qu'on sera de retour à Valley avant le début de ton match. Le réseau sur la route était merdique.

— Oh, ça me fait penser que Dakota voulait que je t'invite à leur appartement pour regarder avec elles. Si tu es de retour à temps.

Elle étire son cou fin.

— C'est sympa. Je vais probablement m'écrouler dès que le

match sera terminé. Il vaut mieux que je sois dans mon lit quand ça arrivera.

— Ça va ?

L'inquiétude repointe le bout de son nez.

— Oui, je suis juste fatiguée. Je ne dors jamais bien à l'hôtel. J'ai hâte de dormir dans mon propre lit.

— J'arrive à dormir n'importe où.

Elle sourit.

— Oh, j'ai entendu ça…

Un rire secoue ma poitrine. Il y a deux minutes, je ne me serais pas cru capable de rire. Toute la journée, je me suis inquiété pour elle. Mais me voilà, tout sourire et apaisé. C'est comme ça avec Sienna. Elle embellit les mauvais jours. Elle rend tout plus beau.

VINGT
SIENNA

Je continue l'appel dans les vestiaires pour récupérer mon sac. On dirait qu'on va finir troisième et moi seconde de la catégoric senior. Pas mal pour une fin de carrière. Métaphoriquement, bien sûr. Nous avons encore le spectacle de Valley Classic, mais ce n'est qu'une performance avec une autre université. C'est la dernière compétition de la saison et je suis satisfaitc de moi.

— Tu l'as regardée ? demandé-je à Rhett.

Je lui ai envoyé une vidéo de mon petit passage que Josie a prise hier.

— Une centaine de fois, dit-il, me donnant du baume au cœur. Quelqu'un a pris une vidéo pour moi aujourd'hui ?

— Oui. Je te l'envoie.

Son sourire est aussi grand que si je lui envoyais des nudes[1]. Il baisse les yeux.

— J'ai hâte. Vert aujourd'hui, hein ? J'aime ça.

— Oh, merci.

Le costume est vert émeraude et Josie a dit qu'il faisait ressortir mes yeux. Je me regarde dans le grand miroir des vestiaires et tourne la caméra pour lui montrer toute la tenue sans les patins.

— J'aime beaucoup. J'aurais aimé être là pour te regarder patiner.

— Tu me vois tout le temps en faire.

— Oui, mais c'est différent.

Il s'assied sur le lit et s'appuie contre le mur.

— Au fait, j'ai une question pour toi.

— Je t'écoute.

Je renverse la caméra, puis attrape mes affaires et retourne à l'étage.

— Pourquoi ne m'as-tu pas parlé de ton accident l'année dernière ?

Je me fige avant même de saisir toute la question.

— Hier, quand on cherchait à regarder ta compétition en direct sur internet, Mav a trouvé d'anciennes vidéos de l'année dernière.

— Je t'ai prévenu pour mes problèmes cardiaques, dis-je sur la défensive.

— Oui, mais je ne m'étais pas rendu compte que c'était aussi grave. Et puis, entre le savoir et le voir...

Il incline la tête et me fait un sourire pincé.

— Je n'arrête pas de rejouer la scène dans mon esprit.

Je me calme et me sens prendre mes distances. Ce n'est pas le premier homme à paniquer et à se dire que c'est trop compliqué pour lui. Je sortais avec Mike, mon deuxième petit ami, quand je me suis évanouie sur la glace. Il a été génial pendant ma convalescence, mais ensuite, il m'a quittée dès que je me suis sentie mieux. Difficile de lui en vouloir. Qui aimerait sortir avec une fille qui pourrait mourir à tout instant ?

— Pourquoi tu ne m'en as pas dit plus ? demande-t-il.

— Parce que, répliqué-je en agitant une main devant l'écran. Ça arrive. Je vais bien. J'ai un problème cardiaque et parfois, ça me stoppe. Littéralement. Je ne voulais pas t'effrayer avec des détails qui ne sont pas importants.

— C'est très important.

— Je comprends. C'est beaucoup à gérer et tu as déjà assez à faire.

Mes yeux me brûlent, mais je ne veux absolument pas pleurer. Pas maintenant.

— Tu devrais aller te préparer pour ton match. Pas besoin de t'inquiéter pour moi.

— Tu essaies de me rejeter, mon ange ?

— Je te laisse tranquille. Je te promets que je ne dirai même pas du mal de toi à mes amis. Pas beaucoup en tout cas.

— Tu n'as rien compris, mon ange. Je ne vais pas arrêter de te voir.

— Ah bon ? Mais tu flippes, non ?

Je le vois sur son visage, même s'il ne l'a pas dit. Je n'ai pas fait le rapprochement hier quand il était bizarre, mais à présent, tout devient logique.

— Oui, bien sûr que je suis paniqué. J'ai l'impression de ne rien savoir sur ton état et j'ai été pris au dépourvu. Je veux savoir ce genre de choses. Je suis robuste. Je peux gérer ça.

Il affiche un sourire penaud.

— Qu'est-ce que tu veux savoir ?

— Tu dois consulter le médecin chaque fois que tu patines ? Il était là aujourd'hui ?

— Non. Il est à Valley. Je ne le vois que la semaine d'une compétition.

— Il t'a déjà interdit d'y aller ?

— J'ai dû faire une pause à l'automne dernier.

Il acquiesce et me regarde d'un air pensif.

— Tu es une source d'inspiration, mon ange.

— Une source d'inspiration ?

— Oui, c'est la seule chose que j'ai dite aujourd'hui que je maintiens. Le reste, c'est probablement des conneries et je suis désolé si je ne dis rien comme il faut. Tu me plais et je n'irai nulle part. Je l'ai déjà dit ?

— Oui.

— Bien. Ne l'oublie pas.

Il lève les yeux et j'entends des gars parler.

— Je dois aller me préparer pour le match. Je t'appelle plus tard ?

— Bien sûr.

Je sais qu'il a dit que ce n'était pas terminé, mais j'essaie de ne pas trop espérer au cas où.

— Bonne chance.

Il me fait un clin d'œil.

— À plus, mon ange.

Le lundi matin, je pars au studio de yoga. Je ne donne aucun cours de fitness aujourd'hui, mais la coach nous a accordé deux jours de repos. De plus, vu que Rhett n'est toujours pas rentré, que j'ai fait tous mes devoirs et que mes amies sont occupées, je m'ennuie.

L'équipe de hockey a gagné le premier match et rejoue ce soir. C'est le dernier match qui se dresse devant eux avant le Frozen Four, le grand championnat. J'ai parlé à Rhett alors qu'ils se rendaient à la patinoire pour s'entraîner ce matin et il était si excité qu'il parlait trop vite. C'était adorable.

Je fais une pause et m'assieds sur mon tapis quand la porte grince en s'ouvrant.

— Y'a quelqu'un ?

La porte s'ouvre en grand et Dakota et Reagan font leur apparition.

— Je me disais bien que c'était toi, dit Dakota. Qu'est-ce que tu fais ?

— Salut !

Je souris et elles entrent.

— Je traîne un peu. Qu'est-ce que vous faites là ?

— Elle m'a fait faire un cours de vélo en salle.

Reagan s'assied à côté de moi et boit dans sa bouteille.

— Faire est un grand mot, réplique Dakota en se joignant à nous. Tu nous as manqué hier soir. À quelle heure es-tu rentrée ?

— Après vingt heures. J'ai regardé la fin du match dans mon lit et je me suis endormie. Mais merci pour l'invitation. Josie et moi prévoyons de regarder le match *Au repaire* ce soir.

D'après ce que j'ai entendu, tout le monde y sera. Je regarde les filles.

— Vous voulez venir avec nous ?

Elles se regardent, puis se tournent vers moi.

— On va au match. Tu dois venir avec nous, déclare Dakota.

— À Troy ?

Reagan hoche la tête et sourit. Ses fossettes apparaissent.

— On va faire une surprise aux garçons.

Dakota se penche en avant.

— On part cet après-midi et on restera dormir. Tu dois venir. Rhett sera tellement content de te voir.

— Absolument, tu dois venir avec nous.

— Je ne sais pas. J'ai...

Je n'ai aucune excuse. Je n'ai aucun retard sur mes cours et je n'ai pas entraînement le lendemain.

— Vous savez quoi, j'en suis !

VINGT-ET-UN
RHETT

— Mec ! Mec !

Les bras écartés et le sourire jusqu'aux oreilles, Mav patine vers moi quand le coup de sifflet final retentit.

Mon pote est sans voix. Je suppose que moi aussi. Nous avons gagné. Nous allons participer au Frozen Four. J'en rêve depuis que je suis gosse. Ça a l'air irréel.

Le reste de l'équipe nous rejoint et nous formons un grand cercle sur la glace, tous poussant des hurlements de joie.

Le toit de la patinoire pourrait s'envoler avec tout ce vacarme. Il y a tellement de fans de Valley qui ont fait le déplacement. Y compris ma fan préférée.

En m'approchant du banc de touche, je l'aperçois. Habillée en bleu et jaune, elle sautille sur place avec Dakota, Reagan et Ginny. La victoire est plus douce en la sachant ici.

Le coach essaie de ne pas trop sourire, mais les rides au niveau de ses yeux et de sa bouche le trahissent.

— Beau boulot ce soir, les gars.

Il baisse la tête et la secoue.

— Je suis tellement fier de vous tous, mais ne nous emportons pas. On a encore du travail. Profitez de ce soir.

Quand on retournera à Valley demain après-midi, vos vies m'appartiendront toute la semaine.

Tout le monde acquiesce de concert. Il ne nous entendra pas nous plaindre que nous bossons trop dur. Pas cette semaine.

— Soirée dans notre suite, dit Mav. Fais passer.

Bon, pas après ce soir, en tout cas.

Sienna et les filles nous retrouvent à l'hôtel. Elles séjournent dans le même que nous. C'est génial, elle m'a tellement manqué.

— Félicitations !

Elle se jette à mon cou et crie dans mon oreille :

— Vous allez au Frozen Four !

Je la soulève et la fais tournoyer. Elle pousse un cri de joie.

Quand je la repose, elle arbore un sourire niais.

— Prêt à fêter ça ?

Je parcours son corps des yeux.

Elle rit et me frappe sur le torse.

— Je ne disais pas ça pour ça.

— Dommage. Parce que cela a l'air bien mieux de le fêter comme ça.

— Plus tard, promet-elle en empoignant mon tee-shirt.

La chambre de Maverick et Heath est attenante à celle d'Adam et moi, donc nous ouvrons la porte afin qu'il y ait assez de place pour tout le monde dans les deux.

— Tu veux boire quelque chose ? proposé-je à Sienna.

Nous sommes assis sur mon lit, ce qui me donne tout un tas d'idées mal placées. Malheureusement, les cinq autres personnes assises avec nous gâchent vraiment tout.

— Non, ça va. Je suis ivre de bonheur.

— Moi aussi.

Je lève la main pour attraper la bière qu'Adam me jette.

Elle regarde la cannette avec un sourire narquois.

— Je dois quand même fêter ça avec les garçons. T'inquiète,

juste deux bières et ensuite, on pourra partir en douce, murmuré-je à son oreille.

Sur mes genoux, elle se tourne pour mieux me voir.

— C'est ta soirée. Bois-en autant que tu veux. On pourra fêter ça après votre victoire des deux prochains matchs.

Ma queue se dresse brusquement. J'ignore si c'est parce qu'elle a mentionné du sexe ou le Frozen Four. Je m'empare de sa bouche. Voilà deux jours que je ne me suis pas retrouvé seul avec elle et j'en ressens soudain le besoin. Tout de suite, si ce n'est plus tôt.

— Je reviens.

Je m'écarte et dépose un baiser sur son épaule, puis je me lève du lit. Jordan et Liam se tiennent dans l'embrasure de la porte entre les deux chambres.

Je lève le menton en m'approchant.

— Hé, je peux emprunter votre chambre pendant vingt minutes ?

Jordan arque un sourcil sombre.

— Sérieux ?

— Non, répond Liam sans réfléchir.

— Ne faites pas comme si vous n'aviez jamais couché avec des filles sur mon canapé.

— Et dans ta chambre, marmonne Jordan au-dessus de son verre avant de boire.

— Je ne veux même pas savoir.

— D'accord, cède Jordan.

— Quoi ? Non.

Liam lui donne un coup de poing dans le bras.

— Pas sur les lits, m'ordonne Jordan en ignorant son colocataire.

Il me donne sa clé.

— Compris.

Je m'éloigne avant qu'ils changent d'avis.

Je prends la main de Sienna, la relève et fends la foule jusqu'au couloir.

— On va où ? demande-t-elle en gloussant alors que je la traîne vers la chambre en face de la mienne.

J'agite la clé magnétique devant le verrou et ouvre la porte.

— C'est la chambre à qui ?

— C'est important ?

Elle me sourit.

— Non. À moins que ton coach nous surprenne.

— Ne parlons plus de mon coach.

Je repousse ses cheveux de son cou et plaque ma bouche sur sa peau sensible.

Je la soulève et cherche un endroit où la poser qui n'est pas le lit de mon coéquipier. J'opte pour le bureau, la pose dessus et m'installe entre ses jambes.

Elle empoigne mes cheveux et presse ses seins contre mon torse tandis que je dévore sa bouche. Mon cœur martèle dans ma poitrine et, à en juger par ses halètements égaux aux miens, le sien aussi.

— Ça va ?

— Oh oui.

Elle m'attire vers elle et se concentre sur le bouton de mon jean. Elle le baisse ensuite jusqu'à libérer ma queue.

Je me fige en l'observant descendre et enlever sa jupe, vêtue seulement du plus petit morceau de tissu noir que j'ai jamais vu.

Elle se replace sur le bureau, mais la hauteur ne va pas.

— Lit ? suggère-t-elle.

— J'ai une meilleure idée.

Je la soulève et la porte jusqu'à la salle de bain. Le meuble vasque est recouvert de produits. Je balaye tout de la main et la pose sur le rebord en pierre.

— Qu'est-ce que tu as avec les salles de bain ?

Elle glousse en posant la question pendant que je décale sa

culotte sur le côté et que, du pouce, j'effectue des ronds sur son clitoris.

— C'est toi. Peu importe où l'on est, j'ai juste besoin d'être en toi.

Ses mains sont agrippées au bord du meuble, sa montre exposée. C'est une sorte de montre connectée qu'elle porte tout le temps pour consulter l'heure et son pouls. Je la regarde et remarque les nombres qui ne cessent d'augmenter. C'est normal, pas vrai ? Le mien bat indéniablement plus vite.

J'essaie de ralentir, mais après plusieurs jours sans la voir, j'ai besoin d'elle, dans tous les sens du terme. Aussi, mon ventre gargouille.

— C'était ton estomac ? demande-t-elle en riant.

Cependant, elle gémit ensuite lorsque j'insère deux doigts en elle.

— Je n'ai pas mangé depuis le match, avoué-je.

— Peut-être qu'on devrait arrêter et te nourrir.

— Je n'ai pas si faim que ça, protesté-je.

Mais mon estomac émet un autre gargouillis.

En riant, elle me repousse avec un soupir.

— J'ai vu un distributeur automatique près de l'ascenseur. Allons te chercher un truc à grignoter.

Elle descend du meuble et commence à se rhabiller.

— Mais, mais...

Je montre ma queue.

— On reviendra tout de suite après.

— Ou l'on pourrait continuer et manger après.

— Tu as faim ?

— Oui, je l'admets.

Elle me jette mon pantalon.

— Ce que mon bébé veut, mon bébé l'obtient.

Je l'enfile à contrecœur et elle m'ouvre la porte.

— Dans ce cas, on part dans la mauvaise direction, râlé-je dans ma barbe.

Elle rit.

— Viens, Rauthruss.

Nous trouvons le distributeur automatique au bout du long couloir.

— De quoi as-tu envie ?

— Je m'en fiche.

Je passe les mains sur ses hanches.

Elle met de l'argent dans la machine et appuie sur les boutons. Je n'y prête pas beaucoup attention. Surtout quand elle se penche pour ramasser sa sélection.

Je la suis lorsqu'elle opère un demi-tour vers la chambre.

— La clé ?

Elle tend la main.

— Oh, merde, je crois que je l'ai laissée à l'intérieur.

En riant, elle s'assied par terre, les jambes étirées devant elle et les chevilles croisées.

— Tu te joins à moi ?

Je m'installe à côté d'elle et elle me jette un paquet de chips. Les rires et les voix fortes provenant de la fête de l'autre côté du mur se font entendre.

— Tes parents n'ont pas pu venir ?

— Non, mais ils viendront à Kansas City pour le Frozen Four. Tu pourras les rencontrer si tu viens.

Je cogne mon épaule contre la sienne.

— Vraiment ?

Je hausse les épaules.

— Si tu veux. Tu y vas, non ?

— Oui, je veux les rencontrer. Ça a l'air sympa. Le père de Ginny a proposé de nous y conduire.

— Ça ne va pas interférer avec ton entraînement ?

— Non, je ne pense pas, mais je devrai vérifier auprès de la coach quand je rentrerai demain. Ma dernière compétition est la semaine d'après.

— Où est-ce qu'elle a lieu ?

— À Valley. C'est une petite compétition, avec juste une autre université, mais ce sera chouette de concourir une dernière fois.

— Oui, je comprends.

— Au moins, toi, tu pourras patiner tous les jours après l'université. Je ne sais pas à quoi ressemblera ma vie sans me lever tous les jours plus tôt pour aller sur la glace.

— Tu as déjà trouvé un appartement à Appleton ?

— Non. J'imagine que je devrais m'y mettre, sinon, je vais devoir dormir chez mes parents.

Mon téléphone vibre dans ma poche.

— En parlant de mes parents, c'est probablement eux.

Je le sors. Le nom de Carrie est affiché sur l'écran.

— Ou pas.

— Elle appelle toujours, hein ?

— C'est la première fois depuis quelques jours, en fait. Elle veut probablement me féliciter.

Sienna acquiesce.

— Tu peux répondre si tu veux.

Je range mon portable dans ma poche avant.

— Non. Elle peut me le dire sur mon répondeur.

— Qu'est-ce qui a été la goutte de trop entre vous deux ?

— Qu'est-ce que tu veux dire ?

— Tu as dit que les choses s'étaient lentement détériorées, mais visiblement pas pour elle. Qu'est-ce qui t'a poussé à y mettre un terme ?

Je prends mon temps en mâchant les Doritos bien plus longtemps que nécessaire.

— Elle m'a trompé.

— Quoi ?

Le dos de Sienna se détache du mur et ses yeux s'écarquillent.

— Elle a embrassé un mec à une fête. Elle a tout avoué immédiatement. J'étais énervé, bien sûr, mais surtout, je suppose, j'étais contrarié de ne pas m'en soucier plus que ça. Elle était catégorique sur le fait que nous pouvions arranger les choses entre nous, alors j'ai décidé qu'après six ans, quelques mois de plus à essayer d'arranger les choses, ce n'était pas la mer à boire. Inutile de dire que rien ne s'est amélioré. Donc, j'ai rompu.

— Ouah. Je ne m'attendais pas à ça.

Je froisse le paquet de chips vide dans ma main.

— Ne parlons plus de mon ex.

— Désolée.

Elle sort un bretzel de son paquet et je m'en empare avec ma bouche.

— Un peu rassis, dis-je en mâchant.

— De la grande cuisine, pas vrai...

— En revanche, la compagnie n'est pas trop mal, par contre.

— Tu veux qu'on retourne faire la fête ? Je ne veux pas que tu rates ça. Ce soir, ce n'est pas une petite victoire.

— C'est vrai. Mais je suis exactement là où j'aimerais être.

— Enfin, juste devant, en tout cas.

Elle hoche le menton en direction de la chambre de Jordan et Liam.

En riant, je l'attire sur mes genoux.

— Ce n'est pas si mal non plus.

Je glisse une main entre ses jambes et sous sa jupe. Sa culotte est trempée et ses yeux verts s'assombrissent quand mes doigts effleurent le tissu soyeux entre ses jambes.

Elle grimpe plus haut sur mes genoux en plaquant mon sexe sous ses fesses séduisantes. Je glisse deux doigts dans sa culotte et nous gémissons en même temps.

Ses cils papillonnent sur sa peau et ses lèvres s'entrouvrent.

De l'autre côté du mur, mes coéquipiers font la fête et célèbrent la victoire avec bruit. Tous ceux à portée de voix devinent qu'ils passent un bon moment. Toutefois, pour rien au monde je n'échangerais la sensation du sexe chaud et moite de Sienna qui se resserre sur mes doigts.

Elle pose son front contre le mien quand sa respiration s'accélère.

— Rhett, chuchote-t-elle.

— Oui, mon ange ?

Je passe le plat du pouce sur son clitoris.

Elle prononce à nouveau mon nom en gémissant et je l'embrasse tandis qu'elle jouit sur mes genoux.

VINGT-DEUX
SIENNA

— Merci d'être venus, tout le monde, dis-je à mes disciples
de yoga pendant qu'ils rangent leur tapis et partent.

Je suis si fatiguée. Nous sommes revenues il y a trois heures
et j'ai dû me dépêcher d'aller directement au cours.

Maverick s'avance, son tapis noir sous son bras tatoué.

— Bon cours, aujourd'hui.

— Tu dis ça tous les jours.

Il sourit.

— Et c'est toujours vrai. Tu vas à l'appart ?

— Oui. Suis-je si prévisible ?

Il rit.

— Tu veux que je te dépose ?

— Ce serait génial.

Maverick conduit un SUV noir rutilant avec des sièges en
cuir et une sonorisation qui fait vibrer mon être quand la
musique démarre.

Il l'éteint.

— Désolé. Je crois que j'ai gâché le moment zen. Mets ce
que tu veux.

— Je suis facile à satisfaire.

— C'est ce que Rhett a dit.

Il couvre sa bouche avec son poing.

— Désolé. C'est sorti tout seul.

— Hé ! dis-je en riant.

— Je plaisante, mais, sérieusement, tu es cool et je pense que c'est bien pour Rhett. Il a un grand cœur.

J'incline mes jambes vers lui.

— Merci. Qu'est-ce qu'il dit sur moi ?

— J'ai mis les pieds dans le plat, n'est-ce pas ?

— C'est un peu ça.

Maverick s'appuie contre son siège, une main sur le haut du volant.

— Pas grand-chose, honnêtement. Mais pour être franc, il a toujours été assez discret. Sérieux, tu ne peux pas réellement douter que mon pote te kiffe. Il était dans tous ses états quand il a vu la vidéo de ton accident.

— Ça t'a déjà fait ça, quand tu passes tout ton temps avec quelqu'un et que ça se passe bien, mais que tu ne sais pas si vous êtes sur la même longueur d'onde ?

— Tu as peur d'avoir plus de sentiments que lui ?

— Oui. Non. Je ne sais pas. Les sentiments ont tendance à faire flipper les mecs. Ça ne les gêne pas quand on se voit juste de temps en temps, mais dès que c'est plus sérieux... ça devient réel pour eux.

Plus je passe de temps avec Rhett, plus je craque pour lui. Je m'inquiète toujours qu'il ne soit pas prêt à s'engager sérieusement et pourtant, c'est exactement ce que notre relation est en train de devenir. Hier soir, j'ai rêvé que je l'appelais pour que nous nous voyions et il me disait qu'il avait un rencard avec Josie. Genre, ce n'est pas un souci qu'il sorte avec mon amie.

Josie m'a forcée à tout lui raconter ce matin parce que je n'arrivais pas à la regarder. Elle m'a ri au nez, m'a pris dans ses bras et m'a promis qu'elle ne me ferait jamais une chose pareille.

Je me suis sentie un peu mieux. Cependant, pas besoin d'un diplôme de psychologie pour comprendre que mon subconscient s'inquiète que je me fasse des idées.

— Je ne peux pas parler au nom de Rhett, mais je sais que je ne l'ai jamais vu aussi heureux que depuis que vous avez commencé à sortir ensemble. Je ne crois pas que ce soit une coïncidence.

Il gare le SUV sur le parking du lotissement et éteint le moteur.

— Je n'ai aucune expérience en couple et je comprends que tes problèmes cardiaques sont un souci en plus. Mon conseil ? Dis-lui ce que tu ressens. Au pire, vous n'êtes pas sur la même longueur d'onde, mais au moins tu sauras.

— Hmm, dis-je de façon évasive en sortant du SUV et en le contournant. Peut-être que je ne veux pas savoir si ce n'est pas la réponse que je désire.

Il pose un bras sur mes épaules.

— Tu ne veux pas affronter la réalité ? Nan, tu es plus forte que ça.

Je pose ma tête sur son épaule.

— Pourquoi n'as-tu jamais été en couple ?

— Oh non.

Il me devance pour ouvrir la porte de l'appartement.

— Je t'en ai dit suffisamment pour cet après-midi.

Son sourire malicieux et très mystérieux me rend encore plus curieuse, mais Rhett joue à la Xbox dans le salon quand je franchis le seuil.

— Salut !

Il appuie sur pause.

— Salut, Sienna ! lance Adam depuis la terrasse. La porte vitrée est ouverte et il est assis sur une chaise longue.

Je le salue de la main et reviens à Rhett.

Il se lève.

— Je pensais que tu allais envoyer un message avant de venir. Je ne me suis pas encore douché.

Mon regard se promène sur son torse nu.

— Désolée. Tu disais ?

Maverick glousse.

— Je vais dehors. À moins que vous ne vouliez tous les deux tenter un truc de fou. Je suis chaud pour une douche. Ou je pourrais juste divertir Sienna pendant que...

— Non, dit Rhett sans attendre que Maverick ait fini.

— Si possessif avec ta copine.

Il me fait un clin d'œil et se dirige en riant vers la terrasse.

— Je voulais peut-être entendre le reste de son offre, dis-je une fois qu'on est seuls.

— Eh bien, je t'en prie.

Je fais comme si j'allais aller le voir, Rhett m'attrape par la taille.

Je remonte les mains sur son torse.

— Je plaisante. Tu me suffis pleinement.

— Une douche, puis un film ? On devra peut-être le regarder dans le salon parce que tout le monde était très excité quand je leur ai dit que tu voulais regarder *Les petits champions*.

— Je ne veux pas. On me force.

— Tu ne peux pas ne pas le voir, dit-il sur le même ton qu'il a employé quand je lui ai dit que je ne l'avais jamais vu.

Je me moque de lui.

— En fait, je dois rappeler Elias. Il a une compétition demain et je ne veux pas oublier plus tard. J'ai tendance à perdre la notion du temps avec toi.

Un côté de sa bouche se recourbe.

— Je ne suis pas désolé de tout.

— Je peux utiliser ta chambre ?

— Bien sûr.

Pendant que Rhett se douche, je m'assieds sur le lit défait. Entourée de son odeur, je me sens enivrée et heureuse, mais je ne fais confiance à aucune de ces émotions.

Elias répond et son visage s'affiche.

— Elle est en vie !

— Désolée de rater tout le temps tes appels.

Il passe une main dans ses cheveux bruns.

— Ce n'est rien. Je me suis dit que tu te l'es coulée douce avec ton beau gosse de hockeyeur.

Son ton est trop sarcastique et amer pour mon ami.

— Oh oh, qu'est-ce qui se passe ?

— Rien.

— Elias Mason Hummer.

Il soupire.

— J'ai embrassé Taylor.

— Quoi ? Quand ?

Je ne m'attendais pas du tout à ce qu'il me sorte ça.

— Hier soir.

— Comment ?

— On travaillait tard. C'est arrivé comme ça. Et maintenant, elle m'évite. Elle n'est pas venue à l'entraînement ce matin.

— Oh mon Dieu, Elias. Vous ne partez pas en France demain ?

— Oui. Le timing ne pourrait pas être pire. Elle ne veut même pas me regarder et, dans trois jours, on doit se démener sur la glace pour les juges.

— Ouah. Qu'est-ce que tu vas faire ?

— Faire ? Rien. Agir est ce qui m'a mis dans cette situation.

— Tu dois la trouver et lui parler avant de partir.

— Je préfère rattraper mon retard avec ma meilleure amie. Comment vas-tu ?

Je sais qu'il évite le sujet, mais Dieu sait que j'ai fait pareil suffisamment de fois avec lui pour le laisser tranquille pour le moment.

— Je vais bien. J'ai enfin corrigé la séquence de jeu de jambes qui me posait problème et je pense que la coach va me laisser ajouter le double lutz pour ma dernière compétition.

— C'est génial. C'est quel jour ? Peut-être que je peux venir.

— Tu ne peux pas fuir ta partenaire.

— Quoi ? Je ne demande jamais de congé. Je suis sûr que Taylor pourra se passer de moi quelques jours à notre retour.

— Tu ne feras pas une telle chose. Vous êtes si proches. Parle avec Taylor et retourne travailler. Je suis seulement amie avec toi pour avoir une excuse valable afin d'aller aux jeux d'hiver l'année prochaine. Ne gâche pas ça pour moi.

Cela le fait sourire et je me sens mieux. À cause de l'emploi du temps chargé d'Elias et du fait qu'il soit éloigné de ses proches, il n'a pas beaucoup d'amis et je me sens mal d'avoir été occupée ces derniers temps.

— Elle te plaît ?

— Non, bien sûr que non. Tu sais très bien que non. Elle me tape tout le temps sur les nerfs. Elle fait ce truc bizarre quand elle embrasse, elle gémit doucement.

— Oui, ben, tu ne le saurais pas si tu ne l'avais pas embrassée.

— Touché.

Quand Rhett a fini de se doucher, nous repartons dans le salon pour regarder le film. Tout le monde est là. Heath et Ginny sont blottis à l'autre bout de Rhett et moi sur le canapé, et Mav est assis entre nous avec Charli.

Dakota est dans le fauteuil et Adam et Reagan ont étalé une couverture par terre. Elle est assise devant lui, le dos contre son torse.

— Je ne peux pas croire que tu ne l'aies jamais vu, dit Ginny. Ta sœur ne joue pas au hockey ?

— Oui, mais ce film est sorti genre... trente ans avant sa naissance. J'ai quand même vu *Miracle* un nombre insensé de fois.

Le regard de Mav s'illumine.

— Ooooh, il est bien celui-là aussi. On devrait le regarder également.

Rhett bâille, ce qui fait rire le groupe.

— Quoi ? proteste-t-il en riant. Vous avez insisté pour éteindre la lumière. Vous savez comment je suis.

— Parlons franchement, dit Heath en me regardant. Est-ce que ce type t'oblige à laisser les lumières allumées quand vous faites l'amour ?

Ginny lui donne un coup de coude.

— Tu ne peux pas demander ça aux gens.

— Tu voulais savoir aussi, réplique-t-il en lui chatouillant les côtes.

— Je ne me suis jamais endormi avec elle, se défend Rhett.

— Ça, il s'en souvient, plaisanté-je.

Le film commence et tout le monde se tait et se concentre sur la télévision. Rhett se penche pour me mordiller le lobe et me susurrer :

— Je ne pourrais jamais m'endormir en étant nu avec toi.

— Je vais peut-être te demander de me le prouver plus tard.

Il se penche.

— Ça marche. Quelqu'un veut un Monster ?

Il est encore tôt quand le film se termine, mais nous devons tous les deux nous lever tôt le lendemain pour l'entraînement, donc nous partons dans la chambre de Rhett.

Malgré la boisson énergisante, mon homme est fatigué.

Je me déshabille et attrape un tee-shirt dans son tiroir quand il se place derrière moi. Ses paumes remontent sur mes hanches et mon ventre et me donnent la chair de poule.

Je ne le vois pas abaisser son jogging, mais je sens sa queue sur mes fesses.

Je fais semblant de bâiller.

— Oh, je ne sais pas. Tu avais l'air plutôt fatigué tout à l'heure. Tu es sûr de pouvoir rester éveillé ?

— Je te parie ma vie.

Je me retourne et enroule les bras autour de son cou. Ses yeux bleus me transpercent avec une telle intensité que mon estomac fait un bond. Je fais un petit pas en arrière et descends les bras sur son torse, puis je le pousse gentiment.

Il tombe sur le lit et se redresse.

À genoux devant lui, je le fixe en embrassant son gland.

— Si tu t'endors, menacé-je.

— Mon ange, pas besoin d'avoir ma queue dans ta bouche pour que je me concentre, mais si tu le fais… il n'y a aucune chance pour que je sois capable de te quitter des yeux.

Son désir, ainsi que son assurance qu'il ne s'endormira pas ni ne nous embarrassera, me rend plus audacieuse. Sa main dans mes cheveux tient tendrement ma tête et m'abaisse lentement sur son membre épais.

— J'ai besoin d'être en toi, dit-il en m'attrapant par le cou et en m'attirant vers lui.

Nous nous débarrassons de nos vêtements et les jetons par terre, puis il n'y a plus que nous, nus dans les bras l'un de l'autre.

Ses doigts caressent ma peau avec tendresse, mais son baiser est possessif et exigeant. Il m'allonge et vénère mon corps, jusqu'à ce que je me tortille sous lui, haletante. Je n'arrive même pas à faire une blague sur le préservatif phosphorescent qu'il déroule sur lui.

J'ignore comment il parvient à bouger si lentement alors que mon cœur bat la chamade et en réclame encore. J'arque les hanches pour qu'il me pénètre davantage, mais il rit et se retire.

— Il n'y a pas le feu au lac ce soir, mon ange.

Toutefois, toutes les cellules de mon être souhaitent se précipiter. Je le veux, entièrement et maintenant.

Il fronce les sourcils en nous maintenant à un rythme lent, plongeant en moi et se retirant. Je gémis et en ai les larmes aux yeux. C'est émotionnellement et physiquement bouleversant d'être avec cet homme.

Finalement, il m'accorde ce que je désire. Il accélère, m'embrasse plus ardemment et gémit avec moi.

— Jouis pour moi, mon ange, murmure-t-il. Donne-moi ce que je veux.

J'obéis. J'explose sous lui.

— Mon cœur bat toujours la chamade, dis-je une fois que nous nous sommes nettoyés et sommes prêts à dormir.

Ses bras se resserrent autour de moi.

— Ça va ? Je peux faire quelque chose.

— Ça ira. Laisse-moi juste une minute.

— La semaine a été longue. Dors. Je vais aller chercher de l'eau et à manger au cas où tu te réveillerais dans la nuit et que tu as besoin de quelque chose.

— Merci.

Je m'assoupis en son absence, mais je change de position quand il se glisse derrière moi. Il me tient tendrement et m'embrasse sur l'épaule.

— Bonne nuit, Sienna.

Je suis si fatiguée que je ne réponds pas. Je me suis presque rendormie quand j'entends à nouveau sa voix rauque.

— Je crois que je suis amoureux de toi.

Par miracle, je garde un souffle régulier et ne dis rien.

———————

— Pourquoi tu n'as rien répondu ? me demande Josie le lendemain matin quand je lui raconte tout avant l'entraînement.

Nous entrons dans le tunnel après les vestiaires. Je ne comptais pas parler de la confession de Rhett hier soir, mais j'avais besoin de le dire à quelqu'un avant de paniquer.

— Il croyait que je dormais. Je ne voulais pas gâcher ce moment pour lui. En plus, il a dit « je crois ». Ce n'est pas pareil.

Ses yeux bleus s'illuminent.

— C'est si mignon. J'adore ça. Je l'adore.

— Ne nous emballons pas, marmonné-je, plus à moi-même qu'à elle.

L'équipe de hockey a entraînement durant toute la journée, en plus de jeux d'adresse, d'interviews et je ne sais quoi d'autre. Je n'ai pas de nouvelles de Rhett, avant qu'il m'appelle pendant que j'étudie dans ma chambre.

Allongé sur le dos, il soupire, le téléphone en suspens au-dessus de son visage. Il a l'air de sortir de la douche. Les pointes de ses cheveux sont mouillées et il les a coiffés sur le côté.

— Je croyais que ce serait un petit entraînement.

— Ça devait l'être, jusqu'à ce qu'on commence à se relâcher.

— Les nerfs, probablement.

— Oui, je suppose. J'espère qu'on arrivera à gérer le stress avant de partir.

Je ferme mon ordinateur portable.

— Tu y arriveras. Qu'est-ce que tu fais ce soir ?

— Euh.

Son ton me rend nerveuse. Cette seule syllabe sonne comme de la culpabilité.

— Les gars voulaient qu'on passe une soirée tranquille, juste tous les quatre, à *La figue de Barbarie*. Je pourrais sûrement leur faire faux bond.

Il affiche une expression que je n'arrive pas à décrypter.

— Pourquoi ferais-tu ça ? Va passer une soirée tranquille avec tes potes. J'ai un devoir demain de toute façon et je dois faire mes valises pour le week-end. Je devrais me coucher tôt et me reposer. Le week-end va être chargé.

Mon corps est fatigué de tous les voyages, les entraînements et les nuits tardives avec Rhett.

Il reste silencieux, les sourcils haussés.

— Quoi ? finis-je par demander.

— Désolé. Je viens de réaliser que c'est ça qu'on ressent.

— Quoi, donc ?

— Une seconde, dit-il en éloignant le téléphone avant de se redresser. Je dois y aller avant qu'ils partent sans moi. Je t'appelle plus tard, d'accord ?

— Oui. Amuse-toi bien.

Je lui envoie un baiser et il me fait un clin d'œil avant de raccrocher.

— C'est tout. Amuse-toi bien. On se voit demain, dis-je en agitant la main. Putain. J'étais sans voix.

— J'aime bien Sienna, dit Adam.

— On aime tous Sienna, ajoute Maverick. Ne fous pas tout en l'air.

— Vous savez ce qui est le plus préoccupant ?

— Quoi ? demande Heath.

Nous passons une soirée paisible à *La figue de Barbarie* avant de partir pour le Frozen Four dans deux jours. Juste deux bières pour nous éclaircir les idées et nous aider à dormir. L'endroit me fait maintenant penser à Sienna et à notre speed dating hasardeux. Cependant, ce soir, il n'y a personne, à part quelques locaux assis au bar.

— Maintenant, tout ce dont j'ai envie, c'est d'aller la voir. Est-ce qu'elle utilise une sorte de psychologie inversée sur moi ?

Ils se moquent de moi. Bon sang, ça fait du bien. Juste les gars, pas de téléphone et aucune inquiétude de la part de l'un d'entre nous.

— Et Carrie ?

Je lève ma bière et bois une gorgée avant de répondre.

— Je l'ai bloquée.

Adam est le premier à prendre la parole après plusieurs secondes.

— Tu as bloqué Carrie ?

— Ouaip.

— Merde alors. Je suis sans voix.

— Il était temps, dis-je pour me défendre.

En toute honnêteté, je me sens mal. Mais je me sentais mal aussi en ignorant ses appels chaque fois que Sienna était là.

Nous passons les deux heures suivantes dans le bar désert. Nous prenons notre temps pour finir nos bières, mais ce n'est pas grave. Nous sommes tous de bonne humeur quand Jordan passe nous chercher au bar.

— Bande de connards, je n'arrive pas à croire que vous ne m'ayez pas invité et que vous m'ayez appelé pour vous ramener chez vous.

— C'était une soirée entre colocs, dit Mav en grimpant sur le siège passager.

— Alors pourquoi es-tu venu ? demandé-je en plaisantant.

— Oh, Rauthruss, je vais te manquer l'année prochaine. Ne prétends pas le contraire.

— Quelqu'un me doit des nuggets de poulet, réclame Jordan en démarrant.

Nous nous arrêtons à un fast food et Jordan nous conduit ensuite à l'appartement. J'attrape la porte avant que Maverick la ferme.

— Je crois que je vais aller à la cité U.

Heath imite le bruit d'un fouet qui claque.

— Oh, je t'en prie, comme si tu ne le faisais pas, lui dit Adam en lui donnant un coup dans l'épaule.

— On se voit demain matin.

— Ne sois pas en retard pour l'entraînement, lance Adam par-dessus son épaule.

Sienna vient m'ouvrir, les yeux à moitié ouverts.

— Qu'est-ce que tu fais ici ?

— Surprise !

Ses yeux sont deux petites fentes.

— Tu es beau. Et moi, je ressemble à ça.

Elle montre son tee-shirt ample et ses jambes nues. Elle s'est fait un chignon sur la tête, ce qui la grandit.

— Joli tee-shirt.

Mon compliment lui arrache un sourire endormi.

— Il appartient au garçon qui m'a fait un coquard.

— Ah, ça a l'air intéressant comme histoire.

Je ferme la porte derrière moi et la suis jusqu'à son lit dans le coin gauche de la chambre.

— Oh, merde.

Je réduis ma voix à un murmure quand j'aperçois Josie dormant de l'autre côté de la pièce.

— T'inquiète. Elle dort comme un loir.

Je me déchausse et retire mon jean et mon tee-shirt avant de grimper sur le petit lit.

— Maintenant, je comprends pourquoi on est tout le temps chez moi, dis-je en m'approchant d'elle.

Je la blottis contre moi et inspire son parfum. Bon sang, je ne savais pas qu'une personne pouvait autant me manquer. Carrie et moi avions une relation à distance et elle ne me manquait pas comme Sienna m'a manqué aujourd'hui.

— Comment te sens-tu ?

— Mieux, dit-elle en prenant ma main et en la remontant sur ses seins.

J'avais déjà une mi-molle rien qu'en me trouvant dans la même chambre qu'elle. Mais grâce à ses jolis seins doux, ma queue est à présent plantée dans ses fesses. De plus, son postérieur est recouvert d'une culotte en soie qui n'aide pas du tout.

— Désolé, je ne suis pas venu pour ça, mais ma queue se fiche de mes bonnes intentions.

Je ferme les yeux et essaie de penser à n'importe quoi sauf au sexe. Cependant, quand Sienna se plaque contre moi, je m'avoue complètement vaincu.

— Moi aussi je m'en fiche.

L'après-midi suivant, je coince Maverick dans la salle de musculation.

— J'ai besoin que tu m'aides pour un truc.

Allongé sur le banc, il termine son exercice avant de poser la barre et de se redresser.

— Tout ce que tu voudras. Qu'est-ce qui se passe ?

Après avoir mis Maverick au courant, je me dirige vers le campus pour retrouver Sienna. J'attends devant Moreno Hall où elle a cours. Quand elle sort, ses yeux sont rivés sur son téléphone.

Le mien sonne dans ma poche et je le sors en continuant à l'observer.

Sienna : Salut, beau gosse. Tu veux aller dîner ? Je meurs de faim.

Moi : Bien sûr. Le rouge te va bien.

Elle fixe longuement son portable, puis lève la tête et scrute les alentours avant de me trouver. Je m'éloigne du garage à vélo et la rejoins.

— Tu me harcèles un peu, non ?

— Je le fais avec bienveillance.

Je prends son sac à dos et le glisse à mon épaule.

— J'ai une surprise pour toi.

— Est-ce qu'il y aura à manger ? Parce que ce n'était pas une vulgaire excuse pour te voir. Je meurs vraiment de faim.

— Ne t'en fais pas pour ça.

VINGT-QUATRE
SIENNA

— Où est-ce qu'on va ?

Le SUV de Maverick roule depuis une demi-heure et je ne sais pas du tout où nous sommes.

— Tu verras, insiste Rhett.

Tous les autres sourient. Ils sont tous au courant, sauf moi.

— Je t'ai dit que je n'aimais pas les surprises ?

— Tu aimeras celle-là, c'est promis.

Il se penche et dépose un baiser sur mes lèvres.

— On y est ! lance Maverick à l'avant.

Impatiente, je regarde par la fenêtre. Des couleurs illuminent le ciel noir tandis qu'on nous indique de nous garer sur un parking en terre.

— Une fête foraine ?

Je sens presque le pop-corn et les churros d'ici.

Rhett me tient la main, la balançant joyeusement, pendant que nous nous dirigeons vers le bruit des manèges et des jeux, mêlé aux cris de bonheur.

Ses amis passent devant nous pour aller chercher des tickets.

— Je reviens.

Rhett les rejoint. Ginny regarde en arrière et remarque que je suis toute seule.

— Tu es contente ?

Elle rayonne, j'ai envie d'être aussi excitée qu'elle souhaite que je le sois.

— Oui, c'est incroyable.

— Tu lui plais vraiment, dit-elle en regardant par-dessus mon épaule. Je suis son regard en direction de Rhett. À moi aussi.

Elle me prend dans ses bras et sautille ensuite vers Heath. Rhett revient en souriant de toutes ses dents.

— Rhett, c'est tellement gentil. J'adore. Vraiment. Merci.

— Attends qu'on fasse des tours de manège, mon ange.

Il lève une longue ribambelle de tickets.

Je parcours la foire des yeux. De grands manèges à sensation. Nous nous trouvons à côté du manège de la pieuvre et une fille crie en se cachant les yeux. Mon ventre se tord d'inquiétude.

— Allons-y, dit Maverick en se dirigeant vers les attractions.

— Je pense que la grande roue est à peu près tout ce que je peux faire. Va avec tes amis. Je vous regarderai.

— Tu te moques de moi ? Je ne vais pas t'abandonner pour être avec mes amis.

— Je ne peux pas...

Il me coupe avec un baiser.

— Fais-moi confiance. On se retrouve plus tard, dit-il à Adam.

Nous prenons la direction opposée. Je ne prête pas attention là où nous allons. J'ai mal au ventre et je m'en veux de ne pas pouvoir faire ce que je veux. Ce sera toujours comme ça et je ne peux rien y faire.

Rhett me lâche et se frotte les mains.

— Bon, par quoi commence-t-on ? Les montagnes russes ou les toboggans ?

Je lève les yeux et constate que nous sommes dans le coin des enfants. Il y a des montagnes russes en forme de chenille et l'un de ses toboggans où on descend en enfilant un sac en toile de jute.

Je ne peux pas m'empêcher de rire. Mon estomac se dénoue. Rhett arbore un charmant sourire complice sur son visage.

— Rhett.

Ma voix se brise.

Il s'avance et prend mon visage.

— Je sais que ce n'est pas pareil, mais je me suis dit qu'on pouvait quand même essayer. Ce sera une bonne occasion de rire.

Je suis d'accord.

— Ce n'est pas pareil. C'est mieux grâce à toi. Et aussi parce qu'à quinze ans, je n'aurais pas eu l'audace de te dire que j'allais te battre à ce toboggan.

— Dans tes rêves.

Il rit pendant que nous partons vite faire la queue.

Nous montons un grand escalier en souriant et en riant.

— À trois, dit-il lorsque nous sommes en position.

Je hoche la tête et il commence à compter.

— Un, deux...

Je m'élance pour me donner de l'avance. Il rugit derrière moi et se jette à son tour.

J'arrive en bas en gloussant. Je regarde Rhett en m'attendant à ce qu'il réclame une revanche, mais il se contente de sourire jusqu'aux oreilles.

Nous faisons tous les manèges pour enfant. C'est particulièrement hilarant d'observer Rhett quand il essaie de caler ses longues jambes dans les mini-montagnes russes. Il est si imposant que nous ne pouvons pas nous asseoir ensemble. Il m'offre une licorne orange qu'il a remportée aux courses de chevaux et moi un poisson rouge que je donne à une petite fille à un jeu de balles.

Je suis en train de manger ma deuxième barbe à papa de la soirée quand nous retournons rejoindre les autres. Je n'arrive pas à m'arrêter de sourire.

Je l'embrasse.

— Merci.

Il s'essuie la bouche.

— Ça colle.

Je l'embrasse à nouveau, mais cette fois-ci, il m'emprisonne et me tient fermement en dévorant ma bouche.

— Maintenant, on colle tous les deux.

Il me caresse les cheveux et plaque ma tête au centre de son torse.

Mon cœur chavire. *Je crois que je t'aime aussi.*

La route pour se rendre au Frozen Four à Kansas City prend deux jours. Le père de Ginny doit nous détester maintenant. Nous avons mis la main sur son autoradio et l'excitation que nous ressentons pour les prochains matchs nous fait glousser et crier.

Quand nous arrivons devant l'hôtel, il nous enregistre pendant que nous déchargeons les bagages sur un chariot. Nous avons emporté assez d'affaires pour tenir une semaine au lieu des trois jours du championnat. Mr Scott lâche une longue expiration et s'étire.

— Je suppose que vous avez prévu quelque chose pour ce soir, les filles, non ?

— On va s'incruster au dîner de l'équipe, dit Ginny en tendant la main pour récupérer la clé de la chambre.

— Je serai au bar de l'hôtel si vous avez besoin de moi. Dis à Adam de passer voir son vieux père plus tard.

Ginny l'embrasse sur la joue.

— Tu peux monter nos valises ? On est déjà en retard.

Il secoue la tête.

— Amusez-vous bien, les filles.

L'équipe mange à un restaurant local à côté de l'hôtel. Allison m'appelle quand nous nous apprêtons à entrer. Il y a un petit espace entre les portes et là où l'hôtesse d'accueil se tient.

Je m'arrête.

— C'est ma sœur. Je devrais lui répondre. Je vous retrouve à l'intérieur.

— Je te réserve une place, prévient Dakota.

— Allô, dis-je en tenant le téléphone devant mon visage.

— Sauve-moi. Papa a décidé de se remettre en forme et veut que je fasse le tour du quartier avec lui pendant qu'il écoute de la musique des années 90 sur un haut-parleur qu'il porte pendant qu'on court. Pourquoi ne peut-il pas utiliser des écouteurs comme une personne normale ?

— Parce qu'alors vous ne pourriez pas partager l'expérience ensemble.

Je ris malgré mon petit pincement au cœur. Je n'ai pas vu ma famille depuis plusieurs mois et je n'ai toujours pas l'air de m'y habituer.

— Où es-tu ? Tu es partie manger avec tes amies ? Tu peux m'appeler plus tard.

— Oui, mais pas à Valley.

— Où es-tu ?

— OK, ne pète pas un câble, mais je suis à Kansas City.

Elle fronce les sourcils.

— Qu'est-ce qu'il y a à...

Elle ouvre la bouche, abasourdie.

— Non !

Je hoche la tête.

— Si.

— Oh mon dieu. Je te déteste. Tu es aux Frozen Four, sérieux ? gémit-elle. Qu'est-ce que tu fais là-bas ?

— Je suis venue avec des amis.

Elle plisse les yeux.

— Qu'est-ce que tu ne me dis pas ? Tu n'aimes pas tant que ça le hockey.

— Je sors avec un joueur de hockey, marmonné-je.

— Pardon, quoi ?

Allison a un sacré culot quand elle veut et là... c'est le cas.

— Je sors avec un joueur de hockey.

Elle sourit.

— Ne me dis pas. Laisse-moi deviner lequel c'est.

Elle met un doigt sur son menton.

— Adam Scott.

— Impossible.

— D'accord, d'accord. N'aie pas l'air si offensée. Il est mignon.

— Il sort avec l'une de mes amies.

— OK, alors, Johnny Maverick ?

— Rhett Rauthruss, dis-je avant qu'elle continue sa devinette.

— Oh, hé, il est du Minnesota.

— Je sais.

— Bien. Depuis combien de temps sors-tu avec lui ? Il peut m'avoir un billet de dernière minute pour la finale ? Si tu y es, je parie que maman et papa me laisseront y aller.

— Tu avais besoin de quelque chose ou tu appelais juste pour prendre des nouvelles ?

— Les deux, mais je vais aller droit au but puisque tu as des choses plus excitantes à faire. Le premier match va bientôt commencer.

— Valley joue plus tard.

— Tu ne regardes même pas les autres équipes ? Tu ne mérites vraiment pas d'être là, soupire-t-elle.

— J'en prends note. Alors, qu'est-ce que tu voulais me dire ? Je suis devant le restaurant où l'équipe dîne.

— Je suis tellement jalouse, murmure-t-elle. J'appelais parce que je voulais savoir si tu étais prête pour ta compétition du week-end prochain.

— Oh.

Je m'attendais à ce que sa nouvelle soit plus importante.

— Oh oui. Je suis super prête. Je suis déçue que ce soit la dernière, mais je vais ajouter un double...

— On viendra !

Elle sourit et regarde autour d'elle, puis elle se penche plus près de son écran.

— Maman et papa veulent prendre l'avion pour te faire la surprise. Ne leur dis pas que je te l'ai dit.

— Sérieusement ?

Elle hoche la tête.

— Fais comme si tu ne savais pas !

— Oui. Merci de m'avoir prévenue.

Nos parents essaient toujours de nous faire des surprises. Ils trouvent ça vraiment chouette, même si leurs deux filles n'aiment pas du tout ça. Surtout le jour d'une compétition. Mais ça fera du bien de les voir.

— Tu viens avec eux ?

— À moins qu'ils décident de me faire confiance pour me laisser seule à la maison, oui.

— Eh bien, je déteste aller à l'encontre de ton envie d'indépendance, mais je serais contente de te voir.

Je lève la main pour qu'elle voie que je croise les doigts.

— Donc, j'espère que tu es toujours indigne de confiance.

Elle rit.

— Je devrais aller prendre une douche avant que papa mette un DVD de sport et m'oblige à en faire avec lui. J'aimerais que tu sois là. Tu me manques.

Elle fait la moue.

— À moi aussi. Je t'aime, Al.

— N'oublie pas, tu ne sais rien du tout ! Ils vont attendre jusqu'à vendredi, quand on prendra l'avion, pour te le dire.

Elle fait un grand sourire à l'écran.

— Je ne dirai pas un mot.

— Ta compète n'aurait pas pu avoir lieu il y a un mois ? Je ne pourrai même pas voir un match de hockey pendant qu'on te rendra visite.

Son sourire trahit sa plaisanterie.

— Je t'aime aussi.

— Appelle-moi pendant le match plus tard. Je veux juste entendre le bruit du jeu.

— Oui, on verra.

— Salut, Sié.

Dans le restaurant, je remarque facilement l'équipe qui prend tout un pan du mur. D'autres petites amies et membres de la famille sont venus.

La place est libre à côté de Rhett, mais je l'ignore et m'assieds plutôt sur ses genoux pour le prendre dans mes bras.

— Salut.

Il rit doucement.

— Salut. Je t'ai manqué ?

— Peut-être.

Je le serre plus fort et l'embrasse ensuite sur la bouche. Je suis consciente que ses coéquipiers et son coach sont probablement en train de nous regarder, mais je m'en fiche. Il est au Frozen Four ! C'est irréel, et je veux qu'il sache à quel point je suis excitée d'être là avec lui.

— Tu veux rencontrer mes parents ?

— Quoi ?

Je me relève en bondissant et parcours la salle des yeux.

— Je croyais qu'ils n'arriveraient que tard ce soir.

Il se lève et tend le menton en direction d'une banquette non loin. Un homme et une femme, assis à côté d'un petit garçon, nous fixent.

— Ils sont arrivés plus tôt que prévu. Viens, je vais te présenter.

— Oh mon Dieu. Et ils viennent de me voir...

— Te jeter sur moi en m'embrassant et en enfonçant ta langue dans ma gorge. Ouaip, fait-il en hochant la tête.

Il glousse quand je cache mon visage dans ma main.

— J'ai tellement honte et j'ai tout à coup vraiment la trouille.

— Tout ira bien. Ils sont cool.

Il fait une pause.

— Je leur ai dit que tu étais ma petite amie.

Je lui adresse un sourire narquois.

— Je suis ta petite amie ?

— Je pourrais t'appeler mon acolyte ou ma bobonne, mais ça ne sonne pas aussi bien.

Je lui donne une tape gentille sur le bras.

— Et toi, tu n'es pas le chef d'un club de motards, plaisanté-je en sentant mon ventre papillonner.

La mère de Rhett arbore un sourire amical. Son regard déchiffre en entier le langage corporel de son fils, de sa main autour de ma taille à notre proximité.

— Voici Sienna. Sienna, je te présente mes parents et Ryder.

Je les salue de la main.

— Ravie de vous rencontrer.

— Mon frère est le numéro vingt-trois, dit Ryder en fixant mon maillot.

Je baisse les yeux et mes joues s'enflamment. Ginny nous a fait des tee-shirts assortis avec le numéro de nos petits amis pour ce week-end. J'avais complètement oublié que je portais le mien pour faire la surprise à Rhett. On peut y lire : « Propriété de 23 ».

— Tu as hâte de le voir jouer ? demandé-je à l'adorable mini-Rhett.

Il hausse les épaules.

— Maman dit que je pourrai avoir du pop-corn *et* une limonade.

Rhett glousse.

— Qui a besoin de hockey quand il y a une buvette ?

— Tu restes tout le week-end, Sienna ? me demande sa mère.

— Oui, je suis venue avec la famille Scott.

Elle sourit chaleureusement. Je devine qu'ils sont très gentils, mais il y a toujours un silence gênant où personne ne sait trop quoi dire.

Rhett se glisse sur la banquette à côté de sa mère et ouvre le bras pour que je m'asseye à côté de lui. Il n'y a vraiment pas beaucoup de place, donc je me retrouve encore quasiment sur ses genoux.

— Maman, j'ai oublié de te dire que Sienna faisait du patinage. Elle est arrivée deuxième de sa compétition le week-end dernier. Elle est vraiment douée.

Je me sens rougir devant toute cette attention.

Sa mère s'avance pour voir derrière Rhett.

— Ah oui ? Oh, eh bien, on aura beaucoup de choses à se dire alors.

Rhett me donne un coup de coude.

— Maman a aussi fait du patinage à l'université.

— Tu ne m'avais jamais dit ça.

— C'était il y a looongtemps, dit-elle.

Le coach Meyers annonce que les garçons ont cinq minutes avant de se rendre à la patinoire.

Mr Rauthruss se penche vers son plus jeune fils.

— Ton frère s'en va. Tu veux lui donner ton cadeau ?

Le petit garçon hoche la tête et tend la main, offrant un caillou noir brillant.

— C'est pour moi ? demande Rhett en le prenant et en l'étudiant.

— Je l'ai trouvé à l'école. Sarah et Rachel le voulaient, mais je leur ai dit que j'allais te le donner pour te porter chance.

Un rire discret secoue la poitrine de Rhett.

— Merci.

Ryder sourit fièrement.

Je me lève pour que Rhett sorte de la banquette. Ses parents et son frère se redressent également pour lui faire un câlin et lui souhaiter bonne chance.

— On espère te revoir dans le week-end, Sienna, dit sa mère alors que Rhett et moi nous dirigeons vers ses coéquipiers.

— Moi aussi. Ravis de vous avoir tous rencontrés.

Nous marchons avec les autres tandis qu'ils commencent à monter dans le bus.

— Tu as survécu, dit Rhett une fois que nous sommes dehors.

— Tais-toi. J'étais tellement nerveuse. Je n'ai jamais rencontré les parents de mon mec avant.

— Je ne leur ai présenté personne. Ils connaissaient déjà Carrie.

— C'est vrai.

Il m'enveloppe dans ses bras et me tient contre lui.

— Merci d'être venue.

— Tu plaisantes ? Ils ont du pop-corn et de la limonade.

Il rit.

— Tu vas voir le premier match à la patinoire ?

Nous nous séparons et il pose un pied sur les escaliers du car.

— Je ne sais pas. Je me contente de suivre, mais j'imagine que nous irons là où vous allez.

Il acquiesce et je réalise qu'il commence à stresser.

— Tu vas être génial. Tu dois l'être, sinon, je vais me faire botter le cul avec ce maillot.

Il baisse les yeux, empoigne mon tee-shirt et m'attire pour m'embrasser, avant de monter dans le bus.

VINGT-CINQ
RHETT

Nous remportons le premier match de peu et rentrons donc à l'hôtel avec des mines lugubres et la finale planant au-dessus de nos têtes. Le lendemain matin, Sienna et moi prenons le petit-déjeuner à l'hôtel en compagnie de ma famille.

Elle a mis une veste par-dessus son maillot « propriété de 23 », ce qui me fait rire. Ma mère lui pose des questions sur le patinage et c'est sympa. Je savais qu'ils l'apprécieraient.

Mon genou tressaute d'impatience en écoutant à moitié et en finissant de manger. Encore un match. La victoire ou la défaite, tout s'y jouera.

— À quelle heure vas-tu à la patinoire ? demande ma mère en me sortant de mes pensées.

— Le bus part dans une heure, dis-je.

— Tu as ma pierre ? s'enquiert Ryder.

Son visage est couvert de chocolat à cause du beignet qu'il a mangé.

Je tapote ma poche.

— Bien sûr que je l'ai. Ça m'a porté chance la dernière fois.

— Je peux la voir ?

Je la lui donne et il l'inspecte, la retournant dans ses mains collantes.

— On pourrait peut-être se la partager ? Je pourrais l'avoir pour ce match.

Un vent de panique s'abat sur moi. Je ne dirais pas que je suis extrêmement superstitieux, mais quand les enjeux sont de taille, je n'aime pas abandonner quelque chose qui fonctionne. J'ai gardé la pierre dans mon sac lors du dernier match et je l'ai touchée avant chaque reprise de jeu. Ce n'est sûrement pas pour ça que nous avons gagné, mais je n'ai pas envie de faire des probabilités aujourd'hui.

Je hoche tout de même la tête.

— Oui, on pourrait faire ça. Tu la tiendras très fort, d'accord ?

Il sourit.

Je pousse ma chaise.

— Il faut que j'aille me préparer. On se voit là-bas.

— Bonne chance, lance ma mère avec enthousiasme.

Mon père hoche la tête et Ryder lève la pierre, avant de la faire tomber. Les chances qu'il s'y accroche pendant les quatre prochaines heures avant le match semblent minces.

— C'était gentil de ta part, dit Sienna quand les portes de l'ascenseur se ferment.

— Et incroyablement stupide.

— Tu ne penses quand même pas que cette petite pierre est la raison pour laquelle vous avez gagné le dernier match, si ?

— Non, bien sûr que non.

Elle sourit.

— Peut-être.

— Tu es adorable, et le fait que tu l'aies donnée l'est encore plus.

Je grogne doucement alors que nous arrivons à la chambre. Adam et Reagan regardent la télévision.

Je prépare mon sac et le vérifie deux fois.

— Tu veux bien t'asseoir ? dit Adam. Tu me rends nerveux.

— Oui, bienvenue au club.

Je m'assieds sur le lit, puis je me lève.

— Je ne peux pas rester assis ici. J'ai besoin de me dépenser ou de faire quelque chose.

Adam se penche en avant.

— Viens, bébé. Laissons-leur la chambre. On revient dans une demi-heure.

Mes sourcils se froncent en voyant mon ami et sa copine partir.

— Qu'est-ce qui vient de se passer ?

Sienna grimpe sur mes genoux et passe ses doigts dans mes cheveux.

— Je suis quasiment sûre qu'ils sont partis pour qu'on puisse faire l'amour.

— Quoi ? grogné-je en faisant secouer ma poitrine.

— Je suppose que c'est comme ça que ton pote évacue le stress avant le match.

Je secoue la tête.

— C'est ça. Ne le prends pas mal, mais je ne suis même pas sûr que le sexe peut me calmer là. Aujourd'hui, c'est mon dernier match. C'est la dernière fois que je joue avec ces gars-là. Je n'avais pas réalisé à quel point ça allait me manquer.

Elle masse ma tête et mon crâne est parcouru d'un frisson qui descend le long de mon dos. Mes yeux se ferment. Maintenant que mon corps commence à se détendre, je suis tout à fait conscient que ses seins sont à la hauteur de mon nez. J'y blottis mon visage et elle rit.

— Je croyais que le sexe ne te détendrait pas.

— Peut-être pas, mais ça vaut le coup d'essayer. En plus, ce sont les ordres du capitaine.

L'équipe de Waterville est sérieuse et physique, elle détient le meilleur record en première ligue de hockey. Elle a également remporté le championnat national l'année dernière. Le fait d'avoir déjà atteint ce niveau-là lui procure de l'assurance et l'envie de rester championne.

— Je crois que je vais me chier dessus, dit Jordan pendant que nous nous habillons dans les vestiaires.

Il court en direction des toilettes de l'autre côté.

Maverick a mis de la musique sur son téléphone et danse en essayant de garder une ambiance détendue, mais tout le monde ressent le stress sous-jacent.

Lorsque nous entrons sur la glace, j'avale le nœud dans ma gorge en parcourant la patinoire des yeux. J'aperçois ma famille, puis Sienna et les filles. Ensuite, c'est à nous de jouer.

— Qu'est-ce que vous dites, messieurs ? lance Adam en patinant entre nous.

— Messieurs aujourd'hui, hein, pas les gars ?

— Entre toi et moi, si l'on prévoit de gagner aujourd'hui, on va devoir jouer comme des hommes et non pas comme des gars, dit-il en s'arrêtant à côté de moi. Prêt ?

— Oui.

Je tire un palet dans le filet.

— Eh bien, ce n'est pas très enthousiaste. Tu ne t'es pas débarrassé de ton stress avant le match ?

— Ce n'est pas le stress. Enfin, pas seulement le stress. C'est bizarre. Je ne me suis jamais soucié de la fin de tout ça jusqu'à maintenant.

Il tire vers le filet.

— Oui, je ressens ça aussi. Le truc, c'est que ce ne sera plus pareil de toute façon. L'année prochaine, ce sera un nouveau groupe de gars qui débutera. Alors, autant partir en beauté. Donnons leur quelque chose à quoi aspirer.

VINGT-SIX
SIENNA

— Oh, allez ! Hurle Ginny quand la défense de Waterville cogne fort Heath.

— Assieds-toi, lance quelqu'un derrière elle.

La gentille Ginny se retourne et leur fait un doigt d'honneur avec une telle élégance que je me retiens de rire.

Mr Scott pose une main sur son épaule et Ginny se rassied à contrecœur.

— Ils vont lui faire mal.

Elle lève une main

— Il est solide, lui assure Reagan.

— Elle est toujours comme ça ? demandé-je à Dakota.

— Non, mais je trouve son petit côté cinglé adorable.

Waterville marque et toute notre rangée râle.

— Ça sent mauvais, dis-je à personne en particulier.

Rhett sort de la glace et jette sa bouteille d'eau contre le banc de touche.

Dakota soupire.

— Je ne voulais pas en arriver là.

Elle fouille dans son sac et en sort un tee-shirt. Il y a le numéro de Maverick dessus.

— C'est toi qui as fait ça ? m'étonné-je.

Il ressemble presque au mien, à celui de Ginny et de Reagan, mais en un peu plus bâclé.

Elle lève les yeux au ciel.

— Non, bien sûr que non. C'est l'œuvre de Maverick. Il se sentait vraiment exclu.

— Tu n'as pas mis « propriété » ?

— Je n'appartiens à personne, ce que je lui ai bien fait comprendre quand il a dit qu'il allait m'en faire un, mais je lui ai promis de porter son numéro si les choses se gâtaient.

Elle l'enfile par-dessus sa tête.

— Ça ne peut pas faire de mal, hein ?

Mon regard dérive vers le banc de touche de Valley.

— Non, en effet.

Je me lève.

— Je reviens tout de suite.

— Où vas-tu ? La pause est sur le point de se terminer.

— Chercher un porte-bonheur.

Postée devant les vestiaires, j'entends la voix du coach Meyers rebondir sur les murs. Le silence finit par se faire et le coach principal sort. Les mains sur les hanches, il souffle et se calme avant de prendre la direction du tunnel.

Juste après, l'équipe apparaît. Le vigile que j'ai supplié pour qu'il me laisse attendre devant le tunnel m'observe attentivement. Je lui souris à nouveau pour lui faire comprendre que je ne suis ni une groupie ni une serial killer. Mon plus beau sourire communique sûrement le contraire.

Rhett apparaît et je repousse mon dos du mur.

— Rauthruss !

Sa tête se lève lentement et ses sourcils se froncent en me

voyant. Je ne bouge pas, comme le vigile me l'a ordonné, et Rhett s'approche.

— Est-ce que tout va bien ?

— Oui, non, je voulais juste te donner ça.

Je lui tends la pierre noire que son frère lui a donnée hier et qu'il a reprise ce matin.

— Comment...

— J'ai baratiné un garçon de cinq ans, puis je l'ai soudoyé avec un gros doigt en mousse. Je n'en suis pas fière.

Mais je savais combien c'était important pour lui. J'ai vu sa déception ce matin.

— Merci.

Son corps transpirant et très rembourré s'avance pour me serrer dans ses bras.

— Maintenant, va faire un œil au beurre noir à quelqu'un.

L'agent de sécurité se racle la gorge.

— Je plaisantais. C'était une blague. Il m'a fait un coquard...

Je m'arrête quand le visage dur du vigile reste impassible. Je ne me suis pas fait un ami. Je me retourne vers Rhett qui est toujours debout devant moi, regardant la pierre dans sa main comme si c'était un diamant.

— Vas-y, lui dis-je.

— Merci.

Il sourit et rejoint ses coéquipiers en courant.

Je retourne à ma place alors que le deuxième tiers-temps est sur le point de commencer.

— Te voilà, dit Dakota. Tout va bien ?

— Oui.

Je m'assieds et nous nous prenons toute la main.

— Ils vont gagner, hein ?

— Ils vont gagner, dit Reagan avec plus d'assurance que moi.

Mais alors que le deuxième tiers-temps se termine, il semble que notre optimisme est arrivé à point nommé. Valley a pris sa revanche et mène désormais de deux points. Le score est de trois à un, grâce à deux buts de Maverick et plusieurs arrêts impressionnants de Ketcham.

— Je suis en sueur.

Ginny décolle son maillot de son corps. Elle lève les yeux sur nous.

— Pourquoi suis-je la seule à transpirer ?

— Tu n'arrêtes pas de sauter partout depuis deux heures, fait remarquer Dakota.

— Je veux tellement qu'ils gagnent.

Ginny souffle en faisant gonfler ses joues.

Le troisième tiers-temps est chaotique. Les deux équipes patinent beaucoup et frappent encore plus fort. Les coachs sont rouges, criant chacun sur leurs joueurs depuis leurs bancs opposés. Tous les spectateurs sont rivés sur le match.

Les quinze premières minutes, personne ne marque. Chaque fois que Waterville a le palet, je retiens mon souffle et prie pour qu'ils ne marquent pas. Ils étaient si souvent près du but que Ketcham mérite une fichue médaille pour son nombre d'arrêts.

Deux minutes avant la fin, sa chance lui fait faux bond et les maillots rouge et noir dans la patinoire se lèvent et applaudissent.

— Ce n'est qu'un but. On mène toujours, dit Reagan. On va gagner !

Les mots ont à peine quitté sa bouche que Waterville profite d'une échappée et marque à nouveau.

— Oh, merde, marmonne Regan.

Son inquiétude et son manque de conviction soudains que nous allons gagner me font mal au cœur.

— Est-ce que je devrais enlever ce tee-shirt ? demande Dakota. Je les ai peut-être maudits.

— Mais non, ils vont gagner, assuré-je de mon ton le plus

convaincant.

Dans la patinoire, personne n'est assis. Ça bourdonne d'énergie tandis que les deux équipes marquent un temps mort. Toutes les quatre, nous sommes une vraie boule de nerfs. Nous nous balançons, nous tenons les mains, mais ne parlons pas.

Rhett retourne sur la glace et je me retiens de respirer pour lui.

Heath remporte la mise en jeu et Valley s'empare du palet, à la recherche d'une occasion pour marquer. Il y a tellement de corps devant le filet qu'il est difficile de voir ce qui se passe, mais quand un joueur adverse se précipite dans l'autre direction, mon ventre se noue. Rhett et un autre joueur le prennent en chasse. Waterville perd le contrôle, laissant Rhett parer le palet.

C'est Maverick qui le récupère et Valley a un léger avantage tandis que les adversaires tentent d'opérer un demi-tour pour défendre leur filet. Mav fait une passe à Heath qui tire. C'est bloqué, mais Maverick est là, prêt à marquer. Le panneau des buts s'éclaire et le rugissement de la foule est assourdissant.

Durant les quinze dernières secondes, Waterville tente de répliquer, mais lorsque le coup de sifflet final retentit, c'est Valley qui mène d'un point. Ils ont gagné. Ils ont remporté le championnat national.

J'appelle ma sœur et quand elle décroche, je n'arrive même pas à articuler, mais je sais qu'elle entend la foule et qu'elle sourit. Je sautille sur place et prends les filles et des inconnus dans mes bras. Ginny pleure, Dakota crie si fort que c'est la seule voix que j'entends par-dessus toutes les autres.

C'est parfait.

Presque deux heures s'écoulent avant que je puisse enfin voir Rhett et l'équipe. Il y a eu la cérémonie de remise des trophées, suivie du retrait des filets, puis de je ne sais quelles célébrations qu'ils ont faites dans les vestiaires.

Les fans de Valley sont réunis dans l'entrée, attendant de voir l'équipe. Quand le premier joueur sort, les applaudissements et les cris rugissants reprennent.

Maverick apparaît, l'air plus modeste et timide qu'un type qui a marqué trois buts lors d'un match de championnat. Dakota se rue sur lui et se jette dans ses bras.

— Qui c'est qui a fait un coup du chapeau au Frozen Four ?

Il lâche son sac et l'étreint. Il se met enfin à rire, ressemblant plus au Maverick auquel je m'attendais.

Les garçons sont assaillis lorsqu'ils sortent. Rhett et Adam sont les deux derniers. Je ne fonce pas sur lui comme les autres filles l'ont fait. Je laisse d'abord sa famille le féliciter et patiente en l'observant faire un câlin à sa mère et son père, puis soulever Ryder.

Vient enfin mon tour et il me serre fort dans ses bras, mes pieds quittant la terre ferme.

Il me fait tournoyer.

— Tu es prête à fêter ça, mon ange ? Putain, je t'aime.

Avant que je puisse répondre, il plaque sa bouche contre la mienne et continue à me faire tourner. Je ris.

— Tu vas me donner le tournis.

Il sourit quand il me repose. Ses parents nous regardent. Sa mère a l'air... pas aussi contente qu'on pourrait le penser après avoir vu son fils remporter le Frozen Four.

Quand Rhett la soulève et la fait tournoyer, elle lâche enfin un sourire.

— Repose-moi.

Elle le tape gentiment.

— Moi, moi, dit Ryder.

Rhett le fait tournoyer encore plus vite.

Quand il s'arrête, Rhett chancelle.

— Waouh. Bon, il faut peut-être que je mange un bout avant de me remettre à faire ça.

Son sourire est si grand que je sens que mon cœur est sur le point d'exploser. Je consulte ma montre et prends plusieurs grandes inspirations.

— Ça va ?

Le sourire de Rhett disparaît et son regard s'assombrit.

— Oui. C'est juste toute cette excitation.

Il me prend dans ses bras et s'immobilise.

— Respire. Détends-toi. On peut fêter ça tranquillement.

Je me tourne pour lui faire face.

— Tu plaisantes ? Ça ira. Laisse-moi juste une minute.

Il obéit et me tient pendant que nous observons l'équipe et leurs amis et leur famille célébrer.

Tous les téléphones sonnent et bipent, tout le monde appelant et écrivant pour les féliciter. Celui de Rhett n'est nulle part en vue.

Même ses parents sont dans tous leurs états. Son père porte Ryder sur ses épaules et parle à son frère, l'oncle de Rhett, riant et plaisantant sur le fait qu'il a failli faire une crise cardiaque au dernier tiers-temps. Rhett le fusille du regard en entendant ça, étant donné que je ne me sens pas très bien à cause de mon propre cœur, mais je ne suis pas vexée. Rien ne pourrait gâcher cette soirée. Ce moment. C'est parfait.

Sa mère essaie d'avoir une conversation bien plus civilisée, le doigt dans une oreille et le téléphone pressé sur l'autre. Elle s'éloigne du vacarme, sûrement pour mieux entendre.

— Ça va mieux ? Tu veux que j'aille chercher l'un des secouristes ?

— Ça va.

La sensation d'étourdissement commence à se dissiper, mais je m'appuie toujours contre Rhett.

— Très bien, les gars. On charge tout.

Le coach Meyers se tient à côté du bus.

— Je te retrouve là-bas, dis-je en m'éloignant de Rhett à contrecœur.

Il tient un Ryder aux yeux fatigués.

— Merci de m'avoir laissé emprunter ça.

Rhett lui rend la pierre noire. Ryder bâille.

— Tu peux la garder. On dirait que tu en as plus besoin que moi.

Nous rions tous les trois.

— On part tôt demain matin, alors je suppose qu'on ne se reverra pas avant la remise des diplômes.

Son père lui tape dans le dos et ils se serrent à nouveau dans les bras.

— Merci d'être là, dit Rhett.

Sa mère raccroche enfin et vient lui dire au revoir à son tour.

Rhett lui fait un câlin.

— Merci, maman.

— Nous allons suivre le bus jusqu'à votre hôtel. Il y a quelque chose dont j'aimerais te parler, dit-elle.

— On peut parler maintenant, dit Rhett. Les gars vont mettre quelques minutes à tout charger.

— Ce n'est rien. On va simplement vous suivre.

Les traits de Rhett se déforment, confus.

— Tu es bizarre. Qu'est-ce qu'il y a ?

— C'était Cory au téléphone.

— D'accord, et ?

— Qui est Cory ? demandé-je quand personne ne parle.

— La mère de Carrie, précise Rhett. Ça va, maman. Sienna est au courant pour Carrie.

Sa mère acquiesce et me fait un petit sourire. Ses yeux ont l'air un peu larmoyants et me troublent beaucoup.

— Qu'est-ce qu'il y a ? Elle n'a pas roulé jusqu'ici, n'est-ce pas ? questionne-t-il en regardant autour de lui. Elle n'arrive pas à comprendre que c'est vraiment fini.

— Non, elle n'est pas là.

Rhett agite la main avec impatience.

— Elle a essayé de venir.

La voix de sa mère se brise.

— Elle est partie de son campus hier soir pour pouvoir être ici aujourd'hui.

— D'accord. Eh bien, où est-elle ?

— Elle a eu un accident près de St. Joseph.

— Elle va bien ?

Sa mère secoue lentement la tête de part et d'autre et elle se met à pleurer. Ma peau devient moite et mon rythme cardiaque s'accélère.

— Non, mon bébé. Elle s'est endormie et a percuté un terre-plein. Ils l'ont emmenée à l'hôpital, mais c'était trop tard.

Elle plaque une main tremblante sur sa bouche.

Le père de Rhett pose une main sur le dos de sa femme et fixe le sol.

Mes oreilles bourdonnent et j'ai chaud partout.

— Quoi ? dit Rhett, comme s'il n'était pas sûr d'avoir bien entendu.

Sa prise autour de ma taille se resserre.

— Elle ne s'en est pas sortie, mon bébé. Je suis tellement désolée.

Ma respiration devient vaine et mes genoux cèdent.

— Merde, Sienna. Est-ce que ça va ?

Il se tourne vers moi. Son visage n'affiche aucune tristesse, mais il a un regard dur et la mâchoire crispée.

— Tu es blanc comme un linge. Assieds-toi. Je reviens.

Il m'aide à m'asseoir sur le grand trottoir et s'en va.

— Je suis vraiment désolée, dis-je à ses parents.

Puis, je ferme les yeux et me concentre sur ma respiration.

VINGT-SEPT
RHETT

— Je vais bien. Vraiment, assure Sienna en essayant de se lever.

— Attendons encore quelques minutes.

Jeff lève la main pour l'arrêter dans son geste et s'assied à côté d'elle sur le trottoir.

— Il n'y a aucune raison de faire attendre tout le monde. Le bus devrait au moins repartir.

Elle baisse la tête. Je me tiens devant elle, la protégeant de tous les curieux possibles, mais je crois que personne ne prête vraiment attention.

— Mes parents et moi pouvons l'emmener, dis-je à Jeff.

Je suis reconnaissant que notre entraîneur soit là. Il est venu en tant que spectateur, mais je l'ai interpellé à la seconde où j'ai senti Sienna devenir molle dans mes bras.

— Tu es sûre que tu ne veux pas aller à l'hôpital, par précaution ? lui demande-t-il pour la troisième ou quatrième fois en trente minutes.

— Je suis sûre. Ils ne me diront que ce que je sais déjà. J'ai besoin de me reposer.

— D'accord.

Il se lève et se tourne vers moi.

— Envoie un message ou appelle-moi si elle a besoin de quelque chose.

— Merci, mec.

Il fait une pause et me serre l'épaule.

— Toutes mes condoléances.

Je hoche la tête en ravalant le nœud dans ma gorge. Concentré sur Sienna, j'ai ignoré tout le reste. Je ne peux pas me concentrer là-dessus maintenant. C'est les montagnes russes. L'espace d'un instant, je suis sur un petit nuage, je remporte un championnat national avec mon équipe et aux côtés de la femme dont je suis follement amoureux, et ensuite, je me fracasse au sol. Carrie est morte ? Non, ça n'a aucun sens.

Dakota, Reagan et Ginny s'avancent quand Jeff s'en va, couvant Sienna comme trois mères poules.

— Laissez-la respirer, dis-je.

Des instructions qui tombent dans l'oreille d'un sourd.

— Je vais bien, dit Sienna.

Quelle têtue !

Adam apparaît à mes côtés.

— Hé, je viens d'apprendre la nouvelle. Ça va ?

— Oui. Écoute, je vais rester avec Sienna ce soir. J'en ai déjà parlé au coach et il est d'accord. La chambre est toute à toi.

Il me regarde fixement.

— Mec, dit Mav en nous rejoignant.

Nous sommes un putain de numéro de cirque. Il me serre fort dans ses bras en vidant l'air de mes poumons.

— Je suis vraiment désolé. Qu'est-ce que je peux faire ?

Son ton est doux et compatissant et je ne peux pas le supporter maintenant. Il faut que je me tire d'ici.

— Je vais bien.

— Qu'est-ce qu'il se passe ? demande Reagan.

Les filles ne savent pas encore. Je ne veux pas être là quand d'autres personnes le découvriront.

Je repousse Mav et regarde Sienna.

— Tu es prête, mon ange ? Mes parents vont nous emmener. Je vais rester avec toi ce soir.

— Oh.

Elle jette un coup d'œil aux filles.

— Ça va aller. Va rejoindre ta famille.

— Aucune chance.

Elle regarde Dakota.

— Je partage mon lit avec Dakota.

— Ce n'est rien, dit celle-ci en lui faisant signe de partir. Vous pouvez avoir le lit et la chambre. Ces deux-là ne dormiront pas dans la nôtre, de toute façon, ajoute-t-elle en désignant Reagan et Ginny. Et je peux trouver un autre endroit où dormir.

— C'est réglé alors.

Je la prends dans mes bras.

— Je peux marcher, Rhett.

— Je sais, mon ange.

Mais l'avoir dans mes bras me donne beaucoup moins envie de frapper dans quelque chose.

— Je suis désolée.

Sienna est assise sur le lit, le dos appuyé contre le mur.

— Ce n'est pas grave. Je n'ai pas vraiment envie de faire la fête.

Je jette ma casquette et passe les doigts dans mes cheveux.

— Je parlais de Carrie. Tu vas bien ?

J'ignore sa question parce que je ne connais pas la réponse pour l'instant. J'ouvre le mini-frigo.

— Tu as besoin de quelque chose ? De l'eau ? À manger ?

— Juste que tu t'asseyes. Je vais bien. Tu n'as pas besoin de t'inquiéter pour moi.

Avec un soupir, je vais m'asseoir à côté d'elle sur le lit.

— Tu m'as fait une peur bleue.

Elle prend mon visage dans ses mains.

— Je sais. Je suis vraiment désolée.

— Ça n'a pas l'air réel.

Elle sourit tristement.

— Si tu veux être avec ta famille ou tout seul, je comprendrai.

J'enlève mes chaussures et remonte jusqu'à ce que je sois à côté d'elle.

— Je suis exactement là où je veux être.

———

Je pensais que j'aurais du mal à dormir, mais je m'assoupis pendant que Sienna me caresse les cheveux, me laissant à ma réflexion. Je ne me réveille que lorsque le soleil perce entre les rideaux.

Je sors discrètement du lit pour ne pas la réveiller et ferme fort les rideaux, plongeant la pièce dans la pénombre.

Dakota entre alors que j'enfile mon jean.

— Désolée, chuchote-t-elle. Je pensais que vous seriez debout.

— Elle devrait dormir aussi longtemps qu'elle le peut. À quelle heure partez-vous ?

— À midi.

Je hoche la tête.

— Je dois aller parler à mes parents. Tu restes là ?

— Oui. Je vais la surveiller.

Elle s'avance et passe un bras autour de mon cou.

— Je suis vraiment désolée pour Carrie.

— Merci.

J'attrape mes chaussures et jette un coup d'œil à Sienna.

Mes parents sont dans le hall d'entrée quand je descends. Ma mère a l'air d'avoir pleuré toute la nuit et je ne sais pas pourquoi, mais ça réveille ma rage à peine contenue.

Je serre les dents quand elle me prend dans ses bras.

— Comment va Sienna ?

— Elle dort encore. Je suis juste venu vous dire au revoir. Vous partez ?

— Tu ne viens pas avec nous ?

— Pourquoi viendrais-je avec vous ?

— Ils n'ont pas encore pris de dispositions, mais ils le feront bientôt. Cory a dit mardi, s'ils arrivent à tout organiser.

— Je ne pense pas que je devrais y aller.

Ma mère pose une main sur mon torse.

— Oh, mon chéri. Bien sûr que tu le devrais.

— On n'était plus ensemble, dis-je fortement, libérant un peu de ma colère.

— Si tu veux d'abord retourner à Valley avec ton équipe, on te trouvera un vol cette semaine. Pas vrai, Julie ?

Mon père lui prend la main. Un front uni, comme ils l'ont toujours été.

— Si c'est ce que tu veux, dit-elle lentement.

Je hoche la tête. Putain. Je connais la bonne réponse, mais je ne suis pas prêt à rentrer dans le Minnesota aujourd'hui.

— Je vais monter avec vous. C'est plus logique. Vous m'accordez trente minutes ?

Je retourne à l'étage avec le petit-déjeuner. Sienna sort de la salle de bain, une serviette enroulée autour de sa fine silhouette. Elle peigne ses cheveux mouillés avec les doigts.

— Je n'ai pu monter que deux assiettes.

Je les pose sur le meuble télé.

Reagan et Ginny sont revenues et font leurs valises. Elles me lancent des regards compatissants et me prennent dans leurs bras à tour de rôle.

— Comment te sens-tu ce matin ? demandé-je à Sienna.

— Mieux.

— Tu devrais manger un bout.

Elle me gratifie d'un petit sourire qui allège le bloc de pierre sur ma poitrine.

— Je vais manger.

Je hausse les sourcils.

Elle prend la moitié d'un bagel dans l'assiette.

— Tu retournes à Valley ou...

Apparemment, tout le monde a pensé à l'enterrement, sauf moi. *L'enterrement ?* C'est quoi ce bordel ?

— Je pars avec mes parents.

— Quel jour ont lieu les funérailles ?

— Mardi, je crois.

— Je pourrais venir avec toi.

— Non. C'est bon. Merci, mais je sais que tu as entraînement et cours, et que tu dois te reposer pour ta dernière compétition. Tu pourras quand même concourir ?

— Oui, j'espère. J'ai pris rendez-vous chez le médecin pour mercredi.

Je hoche la tête pensivement.

— Très bien. Eh bien, je suppose que je devrais me préparer. Les gars sont encore là ? Je ne sais même pas à quelle heure le bus part.

— Ils sont toujours là, répond Reagan pour moi. Je crois qu'Adam a fait tes bagages.

— Je ne veux pas te laisser comme ça, dis-je en serrant Sienna dans mes bras.

— Je vais bien.
— Tu n'arrêtes pas de dire ça.
Je ferme les yeux et inspire.
— Un de ces jours, tu me croiras.

VINGT-HUIT
RHETT

LES GARS et moi nous trouvons au fond de la salle. C'est bondé, l'entrée aussi. Je connais la plupart des gens, ou au moins de vue. D'autres me sont inconnus. Le grand nombre de personnes qui ont fait le déplacement devrait être réconfortant. Ça ne l'est pas.

Je suis déjà venu dans cette maison funéraire quelques fois. Je me tenais à ce même endroit, parfois avec Carrie. Je faisais la queue et marmonnais des paroles que je voulais réconfortantes, mais qui ne l'étaient pas, j'en suis sûr. Aucun de ces moments n'était semblable à celui-ci. Elle n'avait que vingt-et-un ans. Ça n'a tout simplement aucun sens.

Adam et Mav ont tous les deux insisté pour venir dans le Minnesota, même si je leur ai assuré que ce n'était pas nécessaire. Ils ont pris l'avion ce matin et à présent que nous sommes à la veillée, je suis content qu'ils soient venus. Ils m'offrent un excellent répit et empêchent les gens et leurs condoléances de m'approcher.

Comme si la situation n'était pas déjà assez horrible, c'est la première fois que je reviens depuis que Carrie et moi avons rompu. Tout le monde me regarde avec pitié et tristesse. De toute évidence, ils ne savent pas que je ne mérite pas ces regards.

Contre le mur du fond, trois tables ont été alignées. Des collages de photos de Carrie, de sa naissance jusqu'à maintenant, remplissent les tableaux. De nombreuses avec moi. Carrie et moi avions commencé à sortir ensemble au lycée. C'était une fille magnifique et brave. Elle marchait d'un pas lourd comme si rien ne l'effrayait, j'en étais admiratif. Tout le monde l'était. Il fallait être quelqu'un de spécial pour passer les portes du lycée en sachant déjà qui l'on est et en possédant assez d'assurance pour ne pas en faire trop. C'était Carrie. Confiante et fascinante.

— Ouah ! C'est toi ? demande Mav en pointant un cliché de Carrie et moi au bal du lycée.

Les cheveux ondulés et vêtue d'une robe pailletée, elle se tient à mon bras. Nous étions en première. Je n'avais que des jambes et des bras. Rachitique, mal coiffé et habillé probablement par ma mère, qui m'avait forcé à porter un costume afin que je sois beau pour le bal. Je n'ai jamais aimé attirer l'attention sur moi en dehors du hockey. Non pas que je devais vraiment m'en inquiéter. Si les gens regardaient de temps en temps dans ma direction, c'était pour fixer Carrie.

Ce sentiment de gêne n'a jamais vraiment disparu, jusqu'à ce que j'aille à Valley et que je prenne dix kilos. Je me moque toujours de ne pas rentrer dans le moule, mais j'ai tout de même trouvé des amis.

— Oui, bien sûr que c'est moi.

Je fourre les mains dans mes poches pour m'empêcher de les passer dans mes cheveux, que j'ai coiffés avec du gel pour changer.

Maverick plante son poing dans sa bouche en riant.

— Oh mec, c'est un pantalon à plis ?

— On ne peut pas tous être stylés comme toi au lycée. J'ai vu des photos de tes tétons percés, réplique Adam en me donnant un petit coup de coude taquin.

Mav ricane.

— Ils étaient géniaux, mais tu ne m'aurais pas vu à un bal. Enfin, peut-être sur le parking, à faire tourner une bouteille et à attendre que les filles en aient marre de danser pour ensuite partir avec moi.

— Évidemment, dis-je alors qu'un petit rire m'échappe.

Le silence se fait à nouveau. Mon regard n'arrête pas d'être attiré vers l'avant de la salle, là où la famille de Carrie reçoit les condoléances. Ma propre famille n'est pas encore arrivée, mais ils seront là. Toute la ville passera, soit ce soir pendant la veillée, soit demain pour l'enterrement.

Je fourre davantage mes mains dans mes poches. Je vais les déchirer avant la fin de la soirée. La culpabilité transpire de mes pores comme l'alcool de la veille, laissant ma peau moite. Carrie avait pris la route pour me voir et, étant donné que j'avais bloqué son numéro, je ne savais pas. M'a-t-elle appelé ? Aurais-je pu répondre et l'en empêcher ?

Je sais que je n'aurais pas pu empêcher l'accident, mais peut-être aurais-je pu lui éviter de prendre la voiture. Peut-être aurais-je pu être un putain d'homme décent et lui parlait franchement, jusqu'à ce qu'elle comprenne que c'était réellement terminé. Peut-être aurais-je pu empêcher qu'il lui arrive le pire. *Fait chier, putain de merde.*

Quand mes parents arrivent, ma mère me fait un gros câlin. Malgré ses yeux embués, elle se contient. Mon père me serre la main, puis celle des garçons, en affichant son plus sombre sourire.

— Où est Ryder ?

— On l'a laissée avec ta tante Leah, répond ma mère. Tu es allé les voir ?

Je secoue la tête.

— Viens. Tu ne peux pas te cacher au fond pour toujours.

Elle me connaît bien. Je suis mes parents qui s'avancent dans la queue. Plus je m'approche, plus je sens que je suis sur le point de craquer.

Sur un piédestal devant des fleurs, il y a une grande photo de Carrie encadrée. Je n'arrive pas à la regarder, ni le cercueil à côté. Cependant, même sans vraiment la voir, je reconnais la photo. Il y a deux ans, on lui avait tiré le portrait pour le journal de son université, pour qui elle rédigeait toutes les semaines un article. Elle était si fière et arborait un si grand sourire quand elle m'en avait parlé. En revanche, elle ne sourit pas sur la photo. Elle voulait rester professionnelle et sérieuse. Je suis soulagé que ce ne soit pas un portrait souriant et heureux. Je ne sais pas pourquoi. Non pas que ça changerait quelque chose.

Je parviens à supporter les étreintes larmoyantes de sa mère, son père et ses grands-parents. Mes parents leur parlent, je leur en suis reconnaissant. Aussi, sa mère ne me crie pas dessus pour avoir brisé le cœur de sa fille. Je m'attendais à moitié à une telle réaction de sa part. Elle est si protectrice avec Carrie. Était. *Putain.*

En fait, c'est de son père que je devrais m'inquiéter. Cam est un soldat à la retraite, il pourrait me briser comme une vulgaire brindille s'il le voulait. L'âge n'a fait que le rendre plus fort et plus effrayant. Cependant, il ne fait rien. Personne ne semble m'en vouloir. Personne à part moi.

Ma famille et moi nous décalons sur le côté, près des portes du hall d'entrée.

— Tes cheveux sont trop longs. Je vois à peine ton visage.

Maman repousse les longues mèches qui pendent au-dessus de mes yeux. Qui me cachent.

— Ça va ?

— Oui.

C'est vrai. C'est vrai aussi parce que je n'ai pas le droit de me sentir autrement que bien. J'ai rompu avec elle. Bien sûr, je me soucie toujours d'elle. Souciais maintenant, je suppose. Merde, merde, merde. Je ne sais pas quoi penser, encore moins quoi dire.

J'avale la boule dans ma gorge. J'ai l'impression que je ne devrais pas me mélanger à tous ces gens qui faisaient encore partie de sa vie. Ces gens qui ne l'ont pas récemment fait souffrir ou mise de côté. Je suis un imposteur. Un intrus. Ce n'était peut-être pas le cas il y a deux mois, mais je ne supporte pas mon malaise et mon désir de partir d'ici.

Ma mère remonte la sangle de son sac sur son épaule.

— On devrait rentrer à la maison. Je vais faire des tartes et des petits plats pour demain, et j'ai un rôti dans la mijoteuse. Tu rentreras pour le dîner ?

Je n'arrive même pas à penser à manger.

— Les gars et moi allons probablement manger un bout avant de rentrer.

Elle se penche en avant et m'embrasse sur la joue.

— D'accord. Ne rentre pas trop tard.

Je desserre ma cravate, garde la tête baissée et retourne voir les garçons. Même comme ça, un type du lycée m'arrête. Jim ou Jimmy, je crois. Il ne me dit pas comment il s'appelle en se penchant en avant et en m'étreignant.

— Je suis tellement désolé, mec.

Il me frappe dans le dos en me serrant.

— Merci.

Ma voix se brise.

Il recule et m'étudie. Je baisse la tête et m'éloigne avant qu'il puisse ajouter quelque chose. C'est peut-être impoli, mais ça l'est aussi de prendre quelqu'un dans ses bras sans avertissement.

Mav me tend une bouteille d'eau.

— Je vais bien.

Il garde la main tendue, jusqu'à ce que je finisse par céder et la prendre. Je défais le bouchon et bois une longue gorgée, puis je me mets rapidement à tousser parce que ce n'est pas de la putain d'eau. La vodka me brûle la gorge et réchauffe ma poitrine.

Les gars m'entourent quand les gens commencent à regarder dans notre direction.

— Ça aurait été bien de me prévenir, parviens-je à articuler.

Je jette un coup d'œil aux alentours. Jim ou Jimmy a brisé la glace et d'autres élèves du lycée regardent dans ma direction, l'air de se demander s'ils pourraient venir me dire bonjour. Plutôt manger du savon que ça.

— Partons d'ici.

— T'es sûr ? demande Adam

— Oui, je suis sûr.

— Rhett !

Je lève les yeux quand la mère de Carrie, Cory, m'appelle. Elle agite la main dans les airs et lève la tête au-dessus de la foule.

— Allez-y. Je vous rejoins dehors, dis-je à Mav et Adam.

Adam me serre l'épaule, puis ils partent.

Les mains de Cory sont agrippées à un mouchoir.

— Tu peux rester avec nous. Les gens posent des questions à ton sujet. Ils souhaitent t'exprimer leurs condoléances aussi.

— Oh, euh, merci, mais ce ne serait pas logique.

Elle incline la tête sur le côté.

— Pourquoi ? Tu es comme la famille.

Elle me serre le bras. Ses yeux se remplissent de larmes et je contracte la mâchoire pour faire bonne contenance.

— Elle t'aimait tellement. Je ne peux pas imaginer à quel point c'est dur pour toi. Demain après-midi, tu viendras et resteras avec nous au moins ? On traversera ça ensemble.

— Vous croyez qu'ils savent qu'on avait rompu ?

Je contemple les bouteilles d'alcool alignées derrière le bar. Mon regard n'arrête pas de dériver vers la vodka à la noix de coco. C'était la préférée de Carrie.

— Je ne sais pas. Elle était proche d'eux ? demande Adam.

— Oui, très proche. Elle parlait à sa mère presque tous les jours.

Ce qui voulait dire qu'elles avaient parlé depuis que nous avions rompu.

Mav glisse un autre shooter vers moi.

— Qu'est-ce que ça peut faire si elle ne leur a pas dit que vous aviez rompu ? En quoi c'est un problème ?

Je scrute les alentours.

— Baisse d'un ton.

— Quoi ?

— Ce n'est pas une très grande ville. Je préférerais que la famille de Carrie n'apprenne pas la nouvelle par des inconnus.

— Tu comptes leur dire ? demande Adam.

— Je ne sais pas. Comment aborder le sujet ?

Je secoue la tête.

— Attends la fin du week-end et ensuite...

Sa voix diminue.

Et ensuite quoi ? Je me trouve un nouveau cœur et un nouveau cerveau ? J'oublie que ça s'est passé ?

— Merci d'être là.

Je descends le shooter. Logiquement, je sais que je devrais être bourré, mais je ne ressens rien.

— Tu plaisantes ? On vole ensemble. Coin, coin, coin, dit Mav en agitant les bras.

— Euh, quoi ?

Je ne suis pas assez saoul pour comprendre ce qu'il dit. Ou je suis trop saoul, c'est difficile à dire.

— *Les petits champions*, le film de hockey, avec les canards pour emblème !

Adam secoue la tête.

— Non. Ne nous compare plus jamais aux petits champions.

Mav a l'air déçu.

— Pourquoi ? Tu pourras être Charlie.

— Et toi ? demandé-je.

— Je t'en prie, je suis un des frères Bash, bien sûr.

— Bien sûr, dis-je en regardant Adam.

Le téléphone d'Adam sonne. Je suis sûr que c'est Reagan. Mais je ne demande pas, je retourne à la contemplation de ma bière.

— Des nouvelles de Sienna ? demande Adam en posant le téléphone sur le bar.

Il bipe à nouveau et cette fois-ci, je baisse les yeux et vois le nom de Reagan sur l'écran.

— Oui, elle a été géniale.

J'aimerais tellement qu'elle soit là, mais c'est peut-être une bonne chose, étant donné que les parents de Carrie pourraient croire que nous sortions toujours ensemble.

— Il faut que je réserve un vol pour demain. Pour quelle heure vous pensez ? demande Mav.

— Vous n'avez pas besoin de rester. J'apprécie, mais il n'y a rien à faire.

— Il y en a un à onze heures ou à dix-sept heures.

— On atterrit à quelle heure avec celui de dix-sept heures ? demande Adam.

Ils regardent les compagnies aériennes pour trouver la meilleure option. Je me demande ce que je fais là.

— Prenons celui de onze heures.

Je vide mon verre et envisage sérieusement de commander toute une bouteille de Captain Morgan.

Le silence pesant et les yeux tristes de Mav sont la seule raison pour laquelle je ne le fais pas.

— L'enterrement n'est pas à dix heures ? On n'arrivera jamais à temps, dit Adam en terminant sa bière. Tu veux boire autre chose ?

— Non, ça va aller.

C'est ma nouvelle phrase favorite. Brève et totalement fausse.

— Réserve. J'ai fait ce pour quoi je suis venu.

Je me lève et titube.

— Waouh holà.

Adam me stabilise, Mav se place de l'autre côté, et ils me tiennent.

— Tu vois ? murmure Mav en souriant. Coin, coin, coin.

VINGT-NEUF
SIENNA

Dakota et Reagan viennent à mon cours de yoga en fin d'après-midi. Depuis le voyage, nous sommes inséparables. Elles comprennent tout ce qui se passe, ce qui est sympa, mais j'aime vraiment passer du temps avec elles également. À un moment donné, les amis de Rhett sont devenus les miens.

— Est-ce que Rhett revient aussi aujourd'hui ? demande Reagan quand tout le monde est parti et qu'il n'y a plus que nous trois assises sur nos tapis.

— Oui. Je ne l'attendais pas avant demain, mais j'ai hâte de le voir.

— Comment va-t-il ? s'enquiert Dakota.

— Bien. Je crois. C'est difficile à dire. Chaque fois que je lui demande comment il va, il réplique en prenant des nouvelles de moi.

Il semble fatigué et un peu éteint, mais qui pourrait le blâmer ?

— Il tient beaucoup à toi. Tu lui as vraiment fait peur, dit Reagan avec un regard qui indique qu'il n'est pas le seul à qui j'ai fait peur.

— Est-ce que tu participes toujours à ta compétition de ce week-end ? demande Dakota.

Je hoche la tête avec enthousiasme. La seule bonne chose de ma semaine pourrie.

— Dieu merci.

— J'ai échangé mon service au Hall of Fame pour qu'on puisse venir, dit Dakota.

— Sérieux ?

Un sourire fend mes lèvres.

— Pff, on ne va pas manquer ta dernière compétition de patinage.

— Mes parents et ma petite sœur viennent aussi. Ils ne m'ont pas vue patiner de l'année.

Je jette un coup d'œil à ma montre pour vérifier mon rythme cardiaque.

Reagan s'appuie sur un coude.

— Tes problèmes au cœur, c'est héréditaire ?

— Parfois, mais dans mon cas, ça ne l'est pas. Mais pour mon ami Elias, c'est la troisième génération à être touchée dans sa famille.

— Celui qui patine en couple ? répète Dakota.

— C'est ça.

— Ça te fait flipper ou pas ? Et n'hésite pas à me dire de me mêler de mes oignons, dit Reagan.

— Ça ne me dérange pas d'en parler. Et non, ça ne me fait pas vraiment flipper. Seulement quand je ne peux pas faire quelque chose que je voudrais faire, mais pour la plupart des activités, je me suis adaptée, au point que je n'ai pas l'impression de manquer quelque chose.

— Tes parents sont d'accord pour que tu patines, même malgré les risques ?

— Oui. Ils ont été formidables. La première année a été

difficile et nous nous sommes beaucoup disputés. J'essayais de continuer à vivre la même vie et eux étaient toujours paniqués à l'idée qu'il m'arrive quelque chose, mais on ne peut pas vivre dans un état constant de peur et d'anxiété. On a suivi une thérapie et on a trouvé ce qui fonctionne pour nous. À savoir, me laisser faire ce que je veux, dis-je en souriant. J'ai dû différencier ce qui était important pour moi des choses auxquelles je m'accrochais simplement parce que je pensais vouloir énerver mes parents. Je ne suis pas intéressée par les beuveries et j'étais même plutôt en bonne santé avant d'être diagnostiquée. La seule chose que j'ai refusé d'abandonner, c'est le patinage. Comme je patinais déjà, ça m'a aussi aidée. Les activités qui me sortent de ma routine semblent ne pas fonctionner sur moi, plus que tout le reste.

— Je te trouve incroyablement courageuse, dit Reagan en m'assénant ses fossettes.

Je les suis à leur appartement. Je n'ai pas de nouvelles de Rhett depuis ce matin, mais je veux être là à son arrivée.

Adam se tient devant l'appartement avec un sourire prétentieux quand nous montons les escaliers. Reagan court vers lui en criant.

— Rhett est là aussi ? demandé-je.

— Oui, parvient à dire Adam en agitant la tête sur le côté, avant que Reagan s'empare de sa bouche.

Je me dirige tout droit vers sa chambre. Il est en train d'ouvrir son sac sur le lit quand j'entre. Il lève les yeux.

— Tu es de retour.

Il se redresse.

— Je viens d'arriver. J'allais t'envoyer un message demain. Je suis tellement crevé.

Il se place face à moi et je distingue son épuisement. Son visage habituellement lisse arbore une barbe de trois jours et ses yeux bleu-gris sont voilés.

— C'est normal. J'étais avec Dakota et Reagan et nous sommes tombées sur Adam.

Je m'attarde sur le seuil de la porte, puis m'avance enfin pour lui faire un câlin. C'est la première fois que je me détends en deux jours. Son parfum et ses bras forts m'enveloppent.

— Tu m'as manqué. Je suis si contente que tu sois rentré.

— Moi aussi. Tu ne sais pas à quel point je suis heureux d'avoir ça derrière moi. Comment te sens-tu ? Et ne dis pas bien.

— Mieux maintenant.

Je le serre plus fort.

Je ne sais pas combien de temps nous restons là à nous enlacer. Il lâche un soupir de satisfaction.

— Je vais prendre une douche et aller me coucher. Tu restes ?

— Si tu veux.

Je n'étais pas sûre qu'il voudrait me voir après tout ce qu'il a traversé, mais je suis soulagée quand il me regarde comme si j'étais ridicule d'envisager une autre option.

— Évidemment. Peut-être que je serai plus amusant après douze heures de sommeil.

— Ce n'est pas grave. J'ai de la lecture à faire pour mes cours de toute façon.

Il hoche la tête et part ensuite se doucher.

Fidèle à ses paroles, il se lave, puis grimpe dans le lit et s'endort. Je lis à son bureau en éclairant avec le flash de mon téléphone. Après ça, je me glisse à ses côtés. Quand je me réveille, il est enroulé autour de moi, tel un nounours humain.

C'est ainsi que se déroulent les jours suivants.

L'après-midi, Rhett va en cours, patine ou soulève du poids pendant plusieurs heures. Ensuite, il retourne chez lui, épuisé et sur le point de dormir. Nous nous faisons des câlins, couchons ensemble, regardons des films et faisons nos devoirs. Nous quittons rarement sa chambre en dehors de ces activités.

Quand je lui demande comment il se sent, il dit qu'il va bien et il m'embrasse. Je ne sais pas si c'est pour me distraire, mais c'est efficace.

Le jeudi soir, nous sommes allongés sur son lit. Il regarde un film sur son téléphone et j'essaie de lire pour les cours.

Heath crie de l'autre côté de la porte et l'entrouvre.

— Ça vous dit de jouer aux sardines ?

Je jette un œil à Rhett.

— Non, mec. Ça va aller. Merci.

Heath me regarde, une lueur d'incertitude dans les yeux, et hoche la tête.

— T'es sûr ? Je suis juste en train de m'avancer pour mieux suivre en cours. Je peux arrêter si tu veux jouer.

Il secoue la tête.

— Je ne suis pas vraiment d'humeur.

— Tu pourrais me laisser te battre à Mario Kart.

Il ricane en crochetant l'avant de mon débardeur, puis l'abaisse pour voir mon décolleté.

— Je suis bien là.

Ne vous méprenez pas, j'adore être avec Rhett. J'adore être nue avec Rhett, mais sa chambre commence à ressembler à une tanière.

— Bon, j'ai entendu dire qu'il y avait une fête demain soir pour l'équipe de hockey. Est-ce que tu y vas ?

— Oui, c'est obligatoire. L'équipe fera une entrée remarquée. Je te promets qu'on pourra s'éclipser à une heure raisonnable. Je sais que tu as la compétition Valley Classic tôt samedi.

— On, hein ? Je suppose que ça veut dire que je suis invitée.

— Tu vas où je vais.

Il se penche en avant et effleure mes lèvres.

— Une soirée dehors, ça a l'air sympa, en fait.

J'étudie attentivement son expression, mais il ne montre rien.

— Et je ne dois pas être à la patinoire avant dix heures samedi, donc je suis tranquille jusqu'à minuit au moins, quand je me transformerai en citrouille.

Un petit sourire recourbe un coin de sa bouche.

— Je pensais que la soirée t'exciterait plus que ça.

Il hausse un sourcil.

— Excité par une soirée où je dois bien m'habiller et me mêler aux anciens élèves et aux supporters ?

— Une soirée de célébration avec tes amis. Puisque tu n'as rien fêté le soir où tu as gagné.

Il ne répond pas et retourne sur son téléphone.

Je mets mon livre de côté et m'approche de lui.

— Tu le vis bien tout ça ? Vraiment ? Je n'arrive pas à le savoir et je veux être là pour toi.

— Tu es là pour moi.

Il sourit et me pousse légèrement.

— Émotionnellement parlant, rectifié-je. Tu as à peine dit deux mots sur Carrie ou les funérailles.

Il laisse tomber son téléphone sur ses genoux.

— Que veux-tu que je dise ?

— N'importe quoi.

— C'était nul et je me sens mal à propos de ce qui s'est passé. Ça t'aide ?

— Est-ce que toi, ça t'aide ?

— Non, c'est pourquoi je n'ai rien dit. C'est fini et je vais de l'avant. Je n'ai pas envie d'en parler, d'accord ?

Je hoche la tête.

— D'accord.

— Être avec toi me fait me sentir mieux. Tu es là pour moi, physiquement et émotionnellement.

Je l'embrasse.

— J'ai faim. Tu veux manger quelque chose ?

— Mmmm.

Il m'embrasse à nouveau et marmonne contre mes lèvres :

— Et mentalement. Je pensais justement que j'avais un petit creux. Tu lis dans mes pensées.

— Tu veux sortir ?

J'étire mes jambes.

— Non, commandons juste des plats.

TRENTE
SIENNA

— Je suis inquiète pour Rhett, avoué-je à Dakota le lendemain soir, pendant que nous nous préparons pour la fête.

— Oui, les gars aussi.

— Vraiment ?

Elle acquiesce.

— Je ne savais pas si je devais te le dire.

Mon ventre se creuse davantage.

— Je ne sais pas quoi faire. Il ne veut pas en parler et il ne fait rien de mal. Il veut juste rester dans sa chambre et m'embrasser.

Dakota rit.

— La plupart des filles ne considèreraient pas ça comme un problème.

— Je sais. Je sais. La dernière chose dont j'ai envie de me plaindre, c'est que mon copain veuille faire l'amour trop souvent, mais j'ai juste la terrible impression qu'il ne se remet pas du tout de sa mort.

— Ce n'est peut-être pas quelque chose qu'il peut gérer en une semaine. Je sais qu'ils avaient rompu, mais il est resté avec elle très longtemps. Ma mère est morte quand j'avais quinze ans, il m'a fallu des années pour apprendre à gérer toutes les émotions que je ressentais.

— Oh mon Dieu, Kota, je n'en avais aucune idée. Je suis vraiment désolée.

— Merci. Je m'en suis sortie, mais il y a encore des moments où elle me manque tellement que je n'arrive pas à respirer.

— Je n'ai jamais perdu un proche.

— Il va s'en sortir, promet-elle. Donne-lui du temps.

Elle se lève de la coiffeuse dans la chambre de Reagan.

— De quoi ai-je l'air ?

— Tu es sexy. Les chaussures apportent aussi une jolie touche.

Elle relève une jambe derrière elle, affichant ses Converses rouges. Étrangement, ça lui va bien avec sa petite robe noire. C'est très Dakota.

— Reagan, dépêche-toi ! crie Dakota en direction de la salle de bain.

— Mes cheveux ne veulent pas coopérer.

Elle sort en aspergeant de la laque.

— Ginny est arrivée ?

Dakota secoue la tête. Ses cheveux roux sont gonflés, de grosses boucles encadrant son visage. Elle enroule une mèche autour de son doigt.

— Non, elle nous retrouve là-bas. Je ne sais pas comment, mais elle a été embauchée pour donner un coup de main.

— D'accord, bon, je crois que je suis prête, dit Reagan en souriant et en nous regardant tour à tour. Quel régal pour les yeux. Prenons une photo.

Nous nous rapprochons et sourions à la caméra. Reagan prend une douzaine de photos de nous.

La fête a lieu devant *University Hall*. Un grand chapiteau a été dressé, avec un buffet et un bar. La troupe de danse de Valley, ainsi que les pom -pom girls sont de service, tout comme la mascotte déguisée en coucou. On se croirait dans la série de football américain *Friday Night Lights*, si bien que je me demande si la soirée ne concerne pas davantage les anciens élèves et les supporters que l'équipe qui vient de remporter un championnat national.

Les garçons vont faire leur grande entrée, donc Reagan, Dakota et moi allons nous chercher à boire au bar et nous tenons aussi loin que possible des pom-pom girls et des danseurs.

Des serveurs en chemise blanche portent des hors-d'œuvre sur des plateaux brillants. De vieux types sont attroupés, en train de rire et de parler fort.

— C'est...

Je ne trouve pas le mot.

— Excessif, achève Dakota. J'ai l'impression de m'être trompée et d'avoir atterri dans une réunion d'anciens élèves qui ont la quarantaine.

— Les filles, ils ont remporté le championnat national. Il mérite cet excès.

Reagan est grande avec ses talons rouges. Dakota et elle sont assorties avec leurs robes noires et leurs chaussures rouges, mais leurs styles sont si différents que personne ne le remarquerait.

— Ce qu'ils voulaient, c'était une énorme soirée avec des filles bourrées en tenue légère, pas une soirée cocktail avec des vieux.

Dakota termine sa flûte de champagne.

— On devrait faire ça pour eux, alors, dis-je rapidement.

En effet, plus j'y pense, plus j'aime cette idée. Une deuxième soirée pour que Rhett fête la victoire avec ses amis. Je sais que ça ne changera pas ce qui s'est passé, mais il aura peut-être l'impression de recevoir une dernière acclamation de ses coéquipiers.

— Les voilà, annonce Reagan.

Tout le monde, nous trois y compris, les observe entrer. De

la musique se lance et les danseurs et pom-pom girls s'activent et créent une allée en direction d'un podium et d'un micro.

— C'est le père de Maverick, murmure Dakota quand un homme se lève et accueille tout le monde. Ou, je suppose que c'est Maverick Senior. Mr Maverick. Bizarre.

Nous rions.

— Comment tu le sais ? demandé-je. Tu l'as rencontré ?

— Tu plaisantes ? Il suffit de le regarder.

L'homme présente le coach Meyers et la supposition de Dakota se confirme quand le coach s'avance et remercie John Maverick d'avoir organisé la fête ce soir.

Alors qu'il continue à remercier tout le monde, Ginny s'approche de nous.

— Je pensais qu'ils seraient au moins en maillot.

— Tu es enfin là.

Reagan la serre dans ses bras.

— J'étais de service confettis.

— Confettis ?

— Vous verrez, dit-elle.

Une petite explosion se fait entendre. Chacune des pom-pom girls tient un canon à confettis et elles tirent chaque fois qu'un joueur est appelé.

— Regardez Maverick. Bordel de merde, s'exclame Ginny quand celui-ci est appelé.

Ils sont tous habillés de la même manière, en pantalon et chemise, mais Maverick détonne avec ses manches blanches relevées qui dévoilent ses tatouages. Ses cheveux bruns sont coiffés et il arbore une mâchoire crispée. Un air sophistiqué et agacé lui va bien, même si ça me rend triste de ne pas le voir sourire. Son père lui serre l'épaule, le visage fier.

— Il n'a pas envie d'être là, commente Reagan.

— Qui pourrait lui en vouloir ? réplique Dakota. C'est la

première fois que ses parents viennent à Valley et ils se donnent en spectacle.

— Waouh.

C'est tout ce que je parviens à dire quand Rhett apparaît en me saluant de la main. Contrairement à Maverick, il n'a pas pris la peine de se coiffer, mais ce n'est pas important. Il reste tout de même le garçon le plus sexy que j'ai jamais vu. Il passe une main dans ses cheveux ébouriffés et tout ce à quoi j'arrive à penser, c'est comme j'ai hâte de passer la soirée avec lui. Ce n'est pas exactement la fête que nous aurions eue au Frozen Four, mais nous sommes tous les deux là et c'est suffisant.

Après plusieurs discours, les garçons sont libérés. Ils se mêlent à la foule et lorsque nous les atteignons, Rhett a déjà deux bières à la main, empilées l'une sur l'autre.

— Salut, dis-je joyeusement en me mettant à côté de lui.

— Salut.

Il me prend par la taille, engloutit la bière du haut, la jette et ouvre la deuxième.

— Je suis surprise qu'il y ait de la bière, dis-je.

— Il n'y en a pas, répond Heath. On a dû apporter notre propre alcool bon marché.

Maverick sort une bouteille de Mad Dog, boit une longue gorgée et la passe à Rhett qui fait de même.

Il m'en propose.

— Non merci. C'est un peu tôt pour prendre des shooters.

Il hausse les épaules et la repasse à Mav.

Notre petit groupe est dérangé par d'anciens élèves et d'importantes personnes de l'université qui viennent en personne féliciter les garçons. Rhett ne me lâche pas en remerciant chacun d'entre eux, mais sa prise se resserre au point que j'ai l'impression d'être l'ancre qui l'empêche de partir à la dérive.

— On doit rester combien de temps ? demandé-je discrètement.

— Le coach a dit trois heures, mais je doute qu'on remarque mon absence. Tu veux partir ?

Non. Pas vraiment. Tout est prêt pour demain et ce n'est pas comme si j'allais dormir, même si j'étais chez moi. Cependant, quelque chose me dit qu'il aimerait y aller. Je le sens. La souffrance et la frustration émanent de lui.

— On peut rester si tu veux.

— Non, tu patines demain. Qu'est-ce que va faire le coach ? Me virer de l'équipe ?

Nous disons au revoir en catimini à nos amis, puis nous nous faufilons dehors et rentrons à pied à l'appartement. Rhett s'empare d'une autre bière dans le réfrigérateur et s'assied sur le canapé. Il ne parle pas, mais au moins, nous ne sommes pas cloîtrés dans sa chambre pour changer.

Je reçois un message de ma sœur disant qu'ils sont arrivés à l'hôtel.

— Ma famille est en ville. Ils viendront demain à la patinoire si tu as envie de les rencontrer.

— Oui, bien sûr. J'ai hâte d'y être.

— Bien, parce que ma sœur est très excitée. Elle connaît toutes tes statistiques et elle va faire sa groupie.

Il rit comme si je plaisantais, mais je suis sincère.

— J'ai pensé que demain soir, on pourrait l'emmener quelque part ou organiser une petite fête ici.

— Samedi soir... ça ne sera pas difficile de trouver des gens qui boivent dans un coin.

Rhett allume la télévision et je réponds à ma sœur. Je prévois de les retrouver dans la matinée.

Les colocataires de Rhett et leurs petites amies n'ont pas attendu longtemps avant de rentrer. Ginny et Heath apparaissent en premier, suivis, d'Adam, Kota et Reagan.

— Où est Maverick ? demandé-je en regardant Dakota.

— Il est allé promener Charli. Je suis sûre qu'il sera bientôt là.

Adam s'assied entre Rhett et moi sur le canapé et mon petit ami lui passe une manette.

— Salut, mon pote. Ça va ? Tu n'as pas dit grand-chose depuis notre retour du Minnesota.

— Pas grand-chose à dire, je suppose.

— Ta mère était furieuse qu'on soit partis tôt ?

Mes oreilles se dressent.

— Comment ça, vous êtes partis tôt ?

Un éclair de culpabilité traverse le visage de Rhett, avant qu'il hausse les épaules.

— On a raté l'enterrement pour pouvoir prendre le premier vol pour Valley.

La mâchoire m'en tombe.

— Elle m'a un peu grondé, admet Rhett. Je ne vois pas où est le problème. J'ai présenté mes respects à la famille de Carrie lors de la veillée. Rester n'allait pas la ramener à la vie.

Un silence pesant s'abat sur l'appartement.

— Tant que tu considères lui avoir dit au revoir, réplique Adam en premier.

Rhett ricane et lève la manette dans sa main.

— Bien sûr. Peu importe. On joue ou pas ?

Après ça, je suis sur les nerfs, essayant de digérer cette information. Il n'est pas allé aux funérailles ?

Mav entre, toujours en tenue de soirée, mais sa chemise est déboutonnée et sortie de son pantalon. Il tient une boîte sous un bras et une bouteille de Mad Dog dans l'autre main.

— Est-ce que quelqu'un a tenu les trois heures complètes ? s'enquiert Rhett.

— On a dit aux étudiants de première année que s'ils

partaient avant minuit, on remplirait leurs dortoirs de ces putains de confettis.

Mav sourit. Il pose la boîte sur le comptoir de la cuisine et ouvre la bouteille de Mad Dog. La deuxième, ou peut-être la troisième de la soirée.

— Rauthruss, cette boîte est pour toi. Le livreur a merdé et l'a laissée devant chez moi par erreur.

Rhett lève les yeux vers la boîte.

— Pour moi ? C'est de qui ?

— Quelqu'un du Minnie-soda.

Il la ramasse d'une main et la jette à travers la pièce.

Rhett se lève pour l'attraper. Il fixe l'étiquette et son visage pâlit.

— Qu'est-ce qui ne va pas ? questionne Adam en détectant son changement d'humeur.

— C'est de la famille de Carrie.

Il s'assied et la pose sur la table basse, son regard dur rivé sur la petite boîte.

— Tu vas l'ouvrir ? demande Heath.

— C'est probablement juste des photos ou quelque chose comme ça. Je l'ouvrirai plus tard.

— On est tous là et il y a de l'alcool au frais. Autant l'ouvrir maintenant et en finir.

Mav s'assied sur l'accoudoir du fauteuil en face de lui.

Nous le regardons tous pendant qu'il s'active. Il arrache le ruban adhésif et ouvre les rabats. Il déglutit avant de regarder à l'intérieur.

Mon pouls s'accélère quand il renverse le contenu sur la table basse.

— Mon premier but à la fac.

Il montre un palet de hockey.

— Pas possible, laisse-moi voir.

Mav l'attrape.

— Je me souviens de ce match, dit Adam.

Je dois admettre que je ressens une pointe de jalousie pour toutes les années que j'ai ratées. Pour le vécu que je n'aurai jamais avec lui. Je ne pourrais jamais l'avouer à voix haute, pas maintenant, mais avant la tragédie, j'étais jalouse de Carrie et du temps qu'elle avait passé avec Rhett. Cependant, en le voyant devant les souvenirs de leur couple, je prends conscience à quel point c'était stupide. Il ne serait pas qui il est maintenant sans elle. Elle sera toujours présente en lui, et je suis reconnaissante qu'il soit comme il est, peu importe comment il l'est devenu.

Parmi les autres objets se trouve une casquette des Bruins de Boston, presque identique à celle qu'il porte tout le temps. Il y a aussi des articles de journaux découpés qui parlent de ses exploits sportifs au lycée. Le dernier objet est une sorte de collage ou de cube photo.

— Oh, donne-moi ça, dit Adam en le prenant. Il faut que je montre à Sienna à quoi tu ressemblais à seize ans.

Les photos d'eux me brisent le cœur, tout comme les mots découpés dans des magazines. « Couple parfait », « véritable amour » et « pour l'éternité ». Toutefois, le vrai coup de massue et le bruit qui sort du cube. Au début, le visage d'Adam affiche de la confusion quand une voix féminine glousse :

— Je t'aime, Rhett.

Mais quand la voix de Rhett lui répond, nous le regardons tous, puis le cube.

— Oh mon Dieu.

Les mots s'échappent de mes lèvres et je porte une main à mon cœur. Ils l'ont enregistré ensemble. Qui sait il y a combien de temps ? Peu importe. L'expression de Rhett me tord les entrailles.

Il ne dit rien pendant bien trop longtemps.

Adam tient le cube dans ses mains sur ses genoux.

— Hé, mec, je suis vraiment désolé. Je ne savais pas.

Rhett se lève et son téléphone sur la table basse sonne. J'ai l'impression de visionner toute l'action au ralenti. Je retiens mon souffle lorsqu'il se penche, le prend et le jette contre le mur au-dessus de la télévision. Le portable rebondit et tombe avec un bruit sourd. L'écran est en mille morceaux.

Adam se lève et pose une main sur l'épaule de Rhett.

Rhett agite la main dans les airs et le repousse.

— Laisse tomber. Tu ne l'appréciais même pas. Aucun de vous ne l'aimait.

— Rhett, nous ne la connaissions pas vraiment.

La voix de Mav est calme et posée.

Un rire amer jaillit de lui et il renverse la tête en arrière.

— Allez vous faire foutre, vous et vos tentatives merdiques pour comprendre. C'est un peu tard, vous ne trouvez pas ?

Il part en trombe dans sa chambre.

Adam se tourne vers moi.

— Je suis désolé.

Je le suis. Il se change et fait son sac de hockey.

— Rhett ? demandé-je timidement.

— Pas maintenant, Sienna. Je sais que ça doit être dur pour toi et j'en suis désolé, mais juste... pas maintenant.

Je ne bouge pas, jusqu'à ce qu'il se dirige vers moi pour sortir de sa chambre.

— Où vas-tu ?

— À la patinoire. J'ai besoin de me vider la tête.

Des larmes silencieuses coulent sur mes joues. J'ai envie de le prendre dans mes bras ou de partir avec lui, mais il ne me le propose pas en passant devant moi. Maintenant qu'il est parti, je n'ai qu'une envie, c'est qu'il revienne.

Sous l'eau chaude, la colère émane de moi. Je ferme les yeux et desserre les poings, tentant de me libérer du poids énorme sur ma poitrine.

Je croyais que je me sentirais mieux après quelques heures sur la glace. Putain, je pensais aussi ça en retournant à Valley. C'est pour cette raison que je ne suis pas allé à l'enterrement. Je voulais retourner à l'école, à la normalité, à Sienna.

Au lieu de ça, je me réveille tous les jours le moral à zéro. Je ferme le robinet et enroule une serviette autour de ma taille. Les vestiaires sont vides et sombres. Je n'ai pas pris la peine d'allumer en entrant.

Adam est assis dans son coin, le dos contre le mur.

— Casse-toi. Je suis parfaitement capable de m'habiller tout seul.

Il ne dit rien. Je regrette vraiment qu'il ne me dise pas d'aller me faire foutre ou qu'il ne me frappe pas. Peut-être me sentirais-je mieux. Ça ne peut certainement pas empirer mon humeur.

J'ignore mon ami et m'habille, espérant qu'il comprendra et qu'il parte. Je ne suis pas d'humeur à avoir une conversation à cœur ouvert. Je ne suis d'humeur à rien, hormis retourner à l'appartement où je pourrai m'enfermer dans ma chambre et ne parler à personne.

Cependant, Adam n'est pas venu jusqu'ici, au beau milieu de la nuit, pour me laisser être un connard ronchon.

— Quoi ? demandé-je en ayant hâte d'en finir. Dis ce que tu es venu dire.

Il soupire.

— Je t'aime comme un frère. Tu es le meilleur ami du monde. Je veux juste être là pour toi.

— Tu n'aimais même pas Carrie, répété-je.

C'est sacrément mesquin, mais c'est vrai. Adam n'a jamais aimé Carrie. Personne n'était plus heureux que lui quand on a rompu pour de bon.

— Parce que je sais qu'elle t'a trompé, putain, lâche-t-il à voix basse.

Aussitôt, ses traits se déforment et il laisse échapper un soupir exaspéré.

— Putain. Je suis désolé.

Merde alors.

— Depuis combien de temps le sais-tu ? Comment le sais-tu ?

— Je t'ai entendu au téléphone un jour. Je voulais t'en parler, mais je me suis dit que tu me le dirais quand tu serais prêt.

— Oui, ça ne serait jamais arrivé.

Je n'ai raconté à personne pourquoi Carrie et moi avons rompu. Sauf à Sienna. D'autre part, même si cela a été la goutte d'eau qui a fait déborder le vase, ça n'allait quand même pas depuis un moment. Nous nous sommes éloignés, avons changé, voulions des choses différentes. Je suppose que je ne souhaitais pas donner à mes amis d'autres raisons de la détester.

— Je n'étais pas son plus grand fan, oui, et alors ? Parce que je suis *ton* plus grand fan et que j'aurai toujours à l'esprit tes meilleurs intérêts. Je trouvais que tu n'avais rien à faire avec elle, mais je ne la détestais pas. Je ne suis pas content qu'elle soit décédée.

Je passe une main dans mes cheveux.

— Je sais. Putain, je sais. Je suis tellement en colère et je ne sais pas pourquoi.

— Parce que tu souffres. Tu tenais encore à elle.

— Ça n'a aucun sens. Je n'arrive pas à me faire à l'idée.

Nous restons silencieux un moment.

— Sienna est retournée à sa chambre.

Il enfonce le couteau dans la plaie, mais j'acquiesce.

— Tant mieux. Je suis de mauvaise compagnie.

— Tu dois lui parler.

— Et dire quoi ?

— Écoute, Rhett, je ne peux pas imaginer ce que tu traverses, mais on veut tous être là pour toi. Sienna y comprise. Ce n'était pas ta faute.

— Je sais, lâché-je.

— Ah bon ?

Il ne me laisse pas le temps de répondre.

— Tu es prêt à retourner à l'appart ?

— Tu as peut-être raison. Je devrais aller voir Sienna. Quelle heure est-il de toute façon ?

Je cherche mon téléphone dans ma poche, puis je me rappelle que je l'ai détruit.

— Deux heures du mat' passées.

— Ou demain.

— Elle ne dort pas, dit-il en posant une main sur mon épaule. Envoie-moi un message si tu as besoin.

Malgré les encouragements d'Adam, je ne vais pas voir Sienna. Je m'attarde devant sa cité universitaire, puis rentre tranquillement à la maison. Elle doit patiner demain et, bien que j'aie très envie de la voir, je sais que c'est égoïste de ma part.

Je lui envoie un e-mail. Une phrase courte : *Bonne chance pour demain.*

Ensuite, je m'endors en espérant que demain sera mieux.

Même si je me suis couché tard, je suis levé tôt. Avant même d'ouvrir les yeux, les événements d'hier soir font palpiter mon cœur. Le pire dans tout ça, c'est que Sienna n'est pas là.

Je consulte l'heure et file me doucher. Je dois m'excuser auprès de nombreuses personnes en peu de temps si je veux interpeller Sienna avant qu'elle parte à la patinoire.

Heath et Ginny sont dans le salon.

— Rhett, dit Ginny en se redressant.

Elle a l'air hésitante et je déteste ça. Je connais Ginny depuis des années, depuis le collège et qu'elle passait voir son frère à l'université. À présent, elle semble avoir peur de moi.

— Je suis vraiment désolé pour hier soir.

Elle se lève et me serre dans ses bras.

Heath incline la tête.

— Tu te sens mieux ?

Je hausse les épaules.

— Un peu, je suppose. Je n'ai pas envie de jeter quoi que ce soit.

Il rit.

— Tant mieux, parce que ces murs minces ne pourront pas le supporter.

Je lève les yeux vers le petit trou dans le mur où mon téléphone s'est écrasé.

— Je le réparerai. Vous avez vu Adam ?

— Dehors, dit Ginny en me libérant.

Adam et Reagan sont assis sur une chaise longue ensemble. Ils parlent et rient. Si heureux. Je veux ça.

Il lève les yeux quand je fais un pas dehors.

— Salut, tu es réveillé.

Reagan se tourne et me sourit.

— Je devrais aller me préparer pour la compétition de Sienna.

Elle embrasse Adam et nous laisse seuls.

— Je suis désolé pour tout. J'ai pété un plomb. Ce n'est pas une excuse.

— Ne t'inquiète pas pour ça. C'est déjà oublié.

— Merci de veiller sur moi, même quand je ne le veux pas.

Il glousse.

— Je retiens ça pour la prochaine fois.

— Mon Dieu, j'espère qu'il n'y aura pas de prochaine fois comme celle-ci.

Il reprend son sérieux.

— Tu t'apprêtes à aller à la patinoire ?

— Bientôt. J'ai deux-trois petites choses à régler d'abord.

— Je pensais ce que j'ai dit hier soir. Je veux toujours ce qu'il y a de mieux pour toi. J'aime bien Sienna. Elle est gentille et attentionnée, et je ne t'ai jamais vu aussi heureux. Ça doit être dur, vu tout ce qui se passe.

— Elle est incroyable. Je l'aime. Je l'aime d'une façon dont je n'aurais jamais cru pouvoir aimer une personne. Je pensais que ce serait suffisant.

Suffisant pour passer à autre chose et ne pas ressentir l'agonie de perdre une fille que j'avais connue toute ma vie.

Adam hoche la tête.

— J'aurais dû t'obliger à rester pour les funérailles. Je ne savais pas ce dont tu avais besoin. Je ne le sais toujours pas, mais je suis là.

— Je le sais et j'apprécie. J'aurais dû rester, mais c'est de ma faute.

Il se lève et me prend dans ses bras.

— Peu importe ce qu'il te faut. Je suis là.

— Dans ce cas, je peux t'emprunter ton téléphone ?

Je montre ce qu'il reste du mien.

Il rit.

— Oui, bien sûr.

JE SUIS ASSISE dans le tunnel, en train de parler à Elias pour essayer de déstresser. La compétition démarre dans quelques minutes. Je ne patinerai que plus tard cet après-midi, mais avec tout ce qui se passe, je suis une vraie boule de nerfs.

— Je suis de retour dans la bonne vieille Amérique.

Il incline le téléphone pour me montrer sa nouvelle salle de musculation. Taylor et lui vont s'entraîner à la salle de chez elle, en Dakota du Sud, pendant un mois.

— Dommage que son club de gym ne soit pas en Arizona. Tu es si près.

Il ricane.

— Juste à vingt-quatre heures de route. J'ai vérifié. J'ai regardé les vols aussi, mais notre entraînement est intensif. Et il y a deux heures de route rien que pour aller à l'aéroport. Il n'y a même pas de McDonald's dans cette ville.

— Oh, tu vis vraiment à la dure, me moqué-je.

— Alors... le docteur t'a autorisée à participer aujourd'hui ?

— Oui, quand je lui ai dit que j'avais éliminé tous les sauts difficiles, le coach et lui ont donné leur accord. Je me sens plus forte chaque jour.

— C'était ton idée de changer la routine ?

— Oui. Ça ne vaut pas le coup de prendre des risques pour un spectacle.

Il sourit.

— Regarde-toi, toute mature, et tout.

Je lève les yeux au ciel, mais j'imagine qu'il a raison. Il y a quelques mois, j'aurais été tentée de me dépasser, même en sachant que mon corps était faible. Mon téléphone sonne, c'est un message de ma sœur qui dit qu'ils sont arrivés.

— Je dois y aller. Ma famille est là.

— Hé, attends.

Son visage se rapproche de l'écran.

— Oublie tout ce qui se passe avec Rufus. Aujourd'hui, c'est ton jour pour briller.

Ma poitrine me fait mal quand il mentionne Rhett.

— Donne tout. Bonne chance.

Il fait une croix sur son cœur et je l'imite.

— Je n'ai jamais compris pourquoi vous faisiez ça tous les deux.

Une voix grave résonne dans le couloir silencieux alors que je raccroche.

— Rhett.

Je me lève d'un bond et le serre fort. Je n'étais pas sûre qu'il viendrait et je ne savais pas comment je me sentirais s'il venait. J'ai envie de lui en vouloir qu'il ait fui la nuit dernière, mais je suis trop heureuse de le voir.

— Salut, mon ange.

Il me prend dans ses bras et passe une main derrière ma tête.

— Je ne savais pas si tu viendrais.

J'incline mon visage vers lui et il dépose un baiser sur mon front.

— Pardon pour hier soir, mais je ne voudrais pas manquer

ça. Tu as un fan-club entier là-bas. Dakota et Reagan ont même apporté des pancartes.

Je souris. Je savais que Dakota et Reagan prévoyaient de venir, mais la confirmation me fait chaud au cœur.

— Je suis si heureuse que tu sois là. La journée va être géniale. Au fait, que dirais-tu de manger italien pour le dîner ? Mon père a un faible pour un restaurant qu'il a vu en traversant la ville.

Il sourit.

— À propos de ça…

— C'est trop ? Tu ne veux pas passer du temps avec ma famille ?

Il souffle un coup.

— Ce n'est pas ça. Je quitte Valley, Sienna.

— Comment ça ? Pour la nuit ou… le week-end ?

— Pour… je ne sais pas. Les cours sont presque terminés. J'ai parlé à mon conseiller ce matin et il a dit que je pouvais finir mes cours en ligne et quand même avoir mon diplôme le mois prochain. Je prends l'avion cet après-midi.

Je n'ai plus d'air dans les poumons.

— Je ne comprends pas. Tu ne peux pas attendre un mois de plus pour finir l'année scolaire ?

— J'ai besoin de rentrer chez moi et de régler mes problèmes. Ce n'est pas juste que je continue à m'accrocher à toi comme à un radeau de sauvetage. Je vais nous faire couler tous les deux si je continue comme ça.

— Je veux être ton radeau de sauvetage ou au moins ta bouée.

J'obtiens un petit sourire, mais je vois qu'il est déjà décidé à partir et je ne peux pas l'en empêcher.

— Et pour nous ?

— J'espère que tu comprends, mais je comprendrais si ce

n'était pas le cas. La dernière chose que je veux, c'est te faire du mal ou apporter plus de stress dans ta vie.

— Je suis plus forte que tu ne le penses.

Mon téléphone sonne à nouveau.

— Ma famille m'attend. Tu veux toujours la rencontrer ?

— Si tu veux toujours que je le fasse, oui. J'adorerais.

Sans surprise, ma famille adore Rhett. Ma sœur arbore un si grand sourire quand il la questionne sur sa saison de hockey. Et voir ma sœur si excitée convainc ma mère. Mon père est le dernier à craquer, mais quand il apprend que Rhett est du Minnesota, il l'accueille comme un bon vieux voisin.

— Je dois aller me préparer et m'échauffer. Je vous verrai après la compétition.

Tous les membres de ma famille me prennent dans leurs bras, puis Rhett me raccompagne aux vestiaires.

— Je te verrai après ?

— Mon vol est à seize heures.

Donc, non.

— Tu me donneras des nouvelles ?

Il me fait un câlin.

— Oui. Mon téléphone ne fonctionne plus, donc ça pourrait prendre quelques jours pour en avoir un nouveau.

— D'accord.

Il m'embrasse et je m'imprègne de ces précieuses secondes.

— À plus, mon ange.

Le cœur brisé, j'entre dans les vestiaires. Josie est assise sur le banc et lace ses patins.

— Salut.

Son visage s'effondre quand elle me regarde.

— Qu'est-ce qu'il y a ?

Au lieu de répondre, je m'assieds à côté d'elle et pose la tête sur son épaule.

— La vie n'est pas juste.

— Non, elle ne l'est vraiment pas. Je peux faire quelque chose ? Est-ce que je dois frapper quelqu'un pour rééquilibrer le karma ?

J'ai un petit rire.

— Non, malheureusement, il n'y a pas de solution de vengeance.

— Dommage. On va se défouler en patinant ?

Elle sourit.

— Absolument.

C'est ce que je fais. Les moments avant d'entrer sur la glace sont toujours flous. La musique, les applaudissements, l'air frais. Ce n'est que lorsqu'on m'appelle que je me concentre. J'arrive sur la patinoire et je patine pour Rhett, pour ma famille.

Mais surtout, pour moi.

C'est agréable de passer du temps avec ma famille, mais mon esprit n'arrête pas de penser à Rhett. Je rejoue la semaine dernière dans ma tête en me demandant si j'aurais pu faire les choses autrement pour modifier la tournure des événements.

Ils ne me demandent pas pourquoi Rhett n'est pas avec nous, mais ma sœur remarque que je ne suis pas dans mon état habituel.

— Tu veux toujours sortir après ? Si tu n'es pas d'accord...

— Bien sûr.

Je me force à sourire avec un peu d'enthousiasme.

— Il y a une soirée chez les colocs de Rhett et on pourra dormir dans sa chambre.

— D'accord.

Elle pousse un cri de joie.

— Mais pas d'alcool. J'ai promis à maman et papa.

Allison lève les yeux au ciel.

— Je ne bois pas. La bière, c'est dégueulasse.

La fête est tranquille à l'appartement. Des joueurs de hockey sont sur la Xbox et nous autres, nous sommes posés sur la terrasse.

Allison est silencieuse, mais l'énorme sourire sur ses lèvres n'a pas faibli depuis notre arrivée.

Maverick, qui, miraculeusement, a encore son tee-shirt, s'assied à côté de moi et passe un bras autour de mes épaules.

— Ça fait bizarre, non ? Que Rhett ne soit pas là.

— Très, avoué-je.

— Il va revenir. Il doit revenir.

— Je ne sais pas. Il ne reste que quelques semaines de cours.

— Oui, mais vous vous aimez tous les deux. Il ne pourra pas rester loin de toi si longtemps.

Je sens mon visage chauffer et je baisse les yeux sur mes genoux.

Mav lâche mon bras.

— Vous êtes amoureux, hein ? S'il te plaît, dis-moi que tu n'as pas piétiné le cœur de cet abruti avant qu'il parte.

— Non, bien sûr que non. C'est juste que... je ne lui ai pas dit que je l'aimais.

— Oh. Merde alors.

Il se reprend quand je lui lance un regard paniqué.

— Je suis sûr qu'il sait ce que tu ressens.

J'ai envie de me frapper.

— J'aurais dû lui dire. Maintenant, je n'en aurai peut-être jamais l'occasion.

— Courage. Tu auras ta chance. Je le sais.

Il se lève.

— Allie, tu as l'air douée. Tu veux être dans mon équipe pour le lancer d'anneaux ?

— Bien sûr.

Ma sœur hoche la tête avec enthousiasme, ne prenant même

pas la peine de le réprimander pour l'avoir appelée par son diminutif. D'habitude, elle déteste qu'on le fasse.

Le lendemain matin, je dis au revoir à ma famille devant ma cité universitaire.

— On se voit dans un mois pour la remise des diplômes, dit mon père en m'embrassant. Essaie de ne pas rater les exams avant.

— Très drôle.

Ma mère pleure toujours quand nous nous disons au revoir et cette fois-ci ne fait pas exception.

— Je t'aime, maman. Je t'appellerai bientôt.

— J'ai préparé ton ancienne chambre au cas où tu voudrais rester chez nous après le diplôme, le temps que tu t'habitues à ton nouveau travail.

— Merci. Je vais y réfléchir.

J'ai si peu pensé au travail. Je n'ai même pas cherché d'appartement. Ça ne semble pas aussi important que tout ce qui se passe.

— Merci de m'avoir laissée venir avec toi hier soir, dit Allison quand c'est enfin son tour. Tu donneras mon numéro à Maverick ?

— Certainement pas.

Elle sourit.

— Bye, Sié.

À peine de retour dans ma chambre, je m'écroule sur mon lit, où j'ai l'intention de passer la journée en m'apitoyant sur mon sort, quand on frappe à la porte. Mon stupide cœur plein d'espoir me convainc que c'est Rhett.

C'est un autre joueur de hockey qui se tient sur mon seuil, deux cafés dans les mains.

— Mav ?

— Booooooonjour ! Café ?

Il tend la tasse dans sa main gauche.

— C'est un déca.

— Qu'est-ce que tu fais là ?

— J'y ai réfléchi toute la nuit et je me suis dit qu'on devrait le faire.

— Faire quoi ?

— Faire le grand pas.

Je bois une gorgée de café pour laisser à mon cerveau une chance de résoudre l'énigme qu'est Maverick.

— Quoi ?

— On va aller au Minnesota et tu vas déclarer ta flamme.

— C'est une idée...

— Génial, dit-il.

— Pourrie, déclaré-je en même temps.

— Allez. Je vis pour ça. La tête qu'il fera vaudra les deux jours de route.

— Je ne peux pas lui demander de revenir.

— Alors, ne le fais pas, mais tu dois lui dire ce que tu ressens.

Je n'arrive pas à croire que j'envisage le périple.

— On fait un saut dans le Minnie-soda ? demande-t-il en sautillant sur place.

UN ROAD trip avec Maverick est aussi amusant qu'on l'imaginerait. Il a les meilleures playlists. À chaque arrêt pour refaire le plein, il achète une tonne de bonbons et de malbouffe. Enfin, il ne me laisse pas le temps de trop réfléchir et de me convaincre que tout ça est une affreuse idée et que nous devrions opérer un demi-tour.

Bon, il ne m'empêche pas de le faire, mais il rit et me remonte le moral quand je lui fais part de toutes mes affreuses pensées qui tournent en boucle dans mon esprit.

Le matin du deuxième jour, je vois une pancarte qui déclare que nous sommes arrivés dans le Dakota du Sud.

— Tu crois qu'on pourrait faire un arrêt ?

— Oui, il reste environ trois heures avant d'arriver. Tu veux prendre un brunch et parler de la façon épique dont tu vas avouer ton amour ?

Je le fixe sans sourciller.

— Non, mais maintenant je crains que ce soit vraiment nul si je l'exprime simplement à voix haute.

Il rit.

— Où est-ce que tu veux t'arrêter ?

— Elias s'entraîne pas loin. Je ne l'ai jamais rencontré et nous sommes si proches.

Aussi, je pense qu'un discours d'encouragement de mon meilleur ami dénouerait mon estomac.

Maverick me tend son téléphone.

— Tape l'adresse.

— Merci de faire ça. Tout ça. De m'avoir convaincue de le faire et de conduire. Elias va péter un câble.

— Comment as-tu rencontré Elias ?

Je souris.

— Sur YouTube. Il documentait sa vie et sa passion pour le patinage malgré un QT Long. Je suis tombée sur lui juste après mon diagnostic et nous avons échangé quelques messages, qui ont débouché sur des textos, qui nous ont amenés à nous parler tous les jours, parfois plusieurs fois par jour. C'est en quelque sorte mon meilleur ami.

— Rien qu'amis ?

Il m'étudie attentivement.

— Rien qu'amis. Tu comprendras quand tu le rencontreras. C'est impossible de ne pas l'aimer. Un peu comme toi.

— Tu me jettes des fleurs ou c'est sincère ? demande-t-il avant de secouer la tête. Ça n'a pas d'importance, je prends.

Quand nous arrivons à la patinoire où Elias s'entraîne, je finis par devoir l'appeler pour qu'il vienne nous ouvrir. Auburn a peut-être l'air d'une petite ville sans histoires, il n'empêche que la patinoire est gigantesque et lourdement surveillée.

— Quoi ? Comment ?

Il s'arrête à deux mètres devant moi, puis se rue sur moi et me serre à m'en briser la cage thoracique.

— Tu es réelle.

— Ça aurait été une impressionnante arnaque.

Nous nous regardons bouche bée quelques minutes. Ses cheveux bruns bouclent au niveau de ses oreilles et ses yeux bruns sont d'un ton plus clair qu'ils le semblaient au téléphone. Il est grand, ce que je savais, et arbore la silhouette typique d'un patineur, dégingandée, mais musclée.

Il est le même en personne. La gêne que j'ai ressentie en le rencontrant enfin s'estompe rapidement quand je découvre que lui parler est aussi naturel qu'au téléphone.

Je me tourne légèrement pour lui présenter l'homme à mes côtés.

— Voici Johnny Maverick.

Elias arque un sourcil.

— T'es déjà montée en gamme ?

Mav glousse.

— Monter en gamme. C'est hilarant, et merci de ne pas avoir dit qu'elle avait baissé en gamme.

— L'autre est actuellement sur la liste des personnes que je déteste, donc ce n'est pas compliqué de faire mieux que lui.

— Elias !

Je le tape sur le bras.

— Je sais. Je sais. Son ex est morte. C'est horrible, mais je lui en veux toujours d'être parti.

Les garçons se serrent la main et Elias nous fait rapidement visiter le bâtiment. Il est impressionnant et les heures que j'ai eu la chance de passer sur la glace ces quatre dernières années me manquent déjà. Oh, ça va vraiment me manquer de ne pas patiner tous les jours.

— Je dois y retourner. Tu restes longtemps ? On peut patiner ensemble ?

— J'adorerais.

Je regarde Mav.

— On a le temps ?

— Oui, ça me dirait bien de faire un petit tour sur la glace aussi.

Elias sourit.

— Génial. Asseyez-vous où vous voulez. Ne parlez pas à la méchante dame aux cheveux très roux. J'aurai fini dans environ deux heures.

— La méchante dame aux cheveux très roux... Ah ! Je l'ai trouvée.

Mav me guide vers des sièges à mi-hauteur.

Je ricane.

— C'est sa coach et elle est incroyable.

Il y a deux autres couples sur la glace, mais je me concentre sur Elias et Taylor. J'ai vu des vidéos de leurs compétitions et des clips qu'Elias m'a envoyés, mais ils ont l'air encore plus doués en vrai. Taylor possède cette prestance et Elias est un partenaire génial, en phase avec elle. Chaque mouvement semble si synchronisé qu'on dirait que tout est fait pour qu'elle détonne.

— Qu'est-ce que tu fais ? demandé-je à Mav un peu plus tard.

Nous nous sommes à peine parlé depuis que nous nous sommes assis, j'étais si captivée par eux. Il est penché en arrière et sourit en regardant son téléphone.

— J'envoie des sextos à Kota.

— Quoi ?

Eh bien, ça, ça a définitivement attiré mon attention.

— Pas possible. Laisse-moi voir.

Il se redresse et me montre une photo de Dakota tenant Charli.

— Euh... d'accord. Je m'attendais à quelque chose d'un peu plus... torride.

— Elle la garde pendant mon absence.

— C'est gentil, mais en quoi ce sont des sextos ?

— Fais-moi confiance. J'ai inventé cette tactique.

— Quelle tactique ?

— Envoyer des photos de ma chienne aux filles qui

m'intéressent pour attirer leur attention. C'est un signal bien plus efficace que des nudes.

— Attends une minute.

Je sors mon téléphone et fais défiler mes messages avec Rhett jusqu'au tout début, puis je montre à Mav.

Il couvre sa bouche avec un poing.

— Ça a marché, non ?

— Évidemment, tu as pris tes patins, dit Elias alors que j'entre sur la glace.

— Mav aussi.

Je lève le menton vers l'endroit où il patine, une crosse de hockey à la main.

— Cet endroit est incroyable.

Je lève les yeux et admire la vue d'en bas.

— Et moi qui me sentais désolée que tu vives l'enfer dans une petite ville.

— C'est plutôt sympa, admet-il.

Son regard se porte sur Taylor.

— Comment ça se passe ?

— Bien. Nous avons décidé de nous laisser une chance.

Je me fige.

— Vous sortez ensemble ?

— Oui, ce n'est pas si grave. On s'est dit que la seule façon d'éviter que les choses soient bizarres, c'était de sortir ensemble, de céder à la tentation.

Je ris. C'est la première fois que je ris vraiment, sincèrement, de la semaine. Si fort que je n'arrive pas à m'arrêter pendant une minute entière.

— Pardon, dis-je en me tenant le ventre. Je ne voulais pas rire. Tu penses vraiment que c'est la solution la moins bizarre ?

Il affiche un sourire penaud.

— Probablement pas, mais elle embrasse comme une déesse sur le point d'être terrassée par Zeus.

— C'est bien à ce point ?

— C'est...

Il joint ses mains en prière devant son visage.

— Tellement bien.

— Je suis heureuse pour toi alors.

— Ce sera bien tant que ça durera, dit-il avec une légèreté forcée.

J'espère pour lui que ça se terminera aussi simplement que ça a commencé. Il est si près de réaliser son rêve de décrocher la médaille d'or.

— Alors... c'est quoi le plan ? Tu vas juste te pointer chez Rhett et puis, quoi ?

— Je ne sais pas, avoué-je. J'ai juste besoin de lui dire en face que je l'aime. Peut-être qu'il le sait déjà, mais tant que je n'aurai pas prononcé les mots à voix haute, j'aurai l'impression de ne pas avoir fait tout mon possible.

— Tu ne lui as toujours pas dit ?

— Et toi, tu sors avec ta partenaire ?

Il affiche un sourire déconfit.

— Ça n'aura probablement pas d'importance. Il m'aime et ce n'était pas suffisant. Je crois qu'il veut me protéger.

— De ?

— Moi et mon cœur déjà abîmé.

— Il t'a dit ça ?

Elias a l'air énervé par cette idée.

— Non, pas exactement, mais il a dit que la dernière chose qu'il voulait, c'est de me faire du mal ou d'apporter plus de stress dans ma vie.

Il me fait un petit sourire.

— Je suppose que je ne peux pas lui reprocher de penser

que je ne peux pas le supporter, vu que j'ai failli m'évanouir quand on a appris la mort de Carrie.

Je déteste tellement qu'il remette en question ma capacité à être là pour lui. Et je déteste encore plus de l'avoir laissé tomber quand il avait le plus besoin de moi.

— Chérie, tu n'es pas brisée. Il le sait. Ou il le devrait. N'essaie même pas de jouer les victimes. Tu es la personne la plus forte que je connaisse. Tu es une putain de dure à cuire. Il a dit ça pour la même raison que tu ne lui as pas dit que tu l'aimais.

— Je n'ai pas trouvé le bon moment, c'est tout. « Désolée que ton ex soit morte, mais hé, pour lot de consolation, je t'aime. »

— Tu es le lot de consolation de personne.

— Je sais, soupiré-je. Et je sais qu'il ne pense pas ça. Mais si...

Je pose une main sur mon cœur.

— S'il ne peut pas supporter d'être avec quelqu'un qui peut tomber raide mort à tout moment ?

— Ça fait beaucoup à encaisser. Surtout maintenant.

— Nous sommes tous des bombes à retardement. Tu as peur. Il a peur. La vie est sacrément effrayante.

— Les gens n'aiment pas qu'on leur rappelle leur mortalité.

— C'est vrai.

Elias et moi ne possédons pas le luxe de croire que nous sommes invulnérables. Nous sommes plus avisés que ça, mais nos proches doivent l'accepter et cela peut s'avérer très compliqué.

— Et s'il n'arrive pas à s'en remettre ? Et s'il ne revient pas ?

— Alors Rickie est vraiment un joueur de hockey débile.

Elias prend ma main. C'est si bizarre d'être ici avec lui, à patiner, comme si nous l'avions déjà fait un million de fois.

— Tu veux rencontrer Taylor ?

— Oh mon dieu, sérieux ? C'est bizarre si je lui demande un autographe ?

Il rit dans sa barbe.

— Oh, elle va adorer ça.

———

Mav et moi remontons dans le SUV. Nous ne sommes qu'à quelques heures de chez Rhett et je redoute tout à coup, en proie à la panique.

— C'était une idée pourrie. Comment j'ai pu te laisser me convaincre de faire ça ? demandé-je à Mav une fois sur l'autoroute.

— C'est une idée géniale et je t'ai convaincue.

Trop vite, les panneaux pour Rochestertown commencent à apparaître, indiquant que nous sommes tout près.

— On devrait peut-être attendre demain. Il pourrait être occupé ou, je ne sais pas, sortir avec des amis.

Mav rit.

— Sérieux ? Non, je ne peux pas. J'ai un dîner au nord de la ville. J'ai juste assez de temps pour te déposer, dire bonjour à Rhett et reprendre la route.

— Tu me laisses ?

— Détends-toi. Je serai de retour plus tard ce soir.

— Qu'est-ce qu'il y a au nord de la ville ?

— Les Wildcats. Mon équipe.

Il tapote la casquette des Wildcats posée sur le tableau de bord.

— Tu as déjà oublié que j'étais un grand joueur de hockey professionnel, n'est-ce pas ?

Il me fait un clin d'œil.

— Je ne pense pas que tu puisses te considérer comme un

grand joueur de hockey tant que tu n'as pas joué un vrai match pro.

Il sourit.

— Ils te laissent t'entraîner ici après la fin de saison de Valley ?

— Non, j'ai juste une réunion avec le coach et mon agent.

J'ai trop peur de voir Rhett pour me montrer indiscrète, mais quelques minutes plus tard, Mav me demande :

— Tu veux savoir un secret ?

Je hoche la tête.

— Je ne retourne pas à Valley l'année prochaine.

— Pourquoi ?

Il hausse sa grosse épaule.

— Il est temps. On a gagné un championnat national. On ne peut pas faire mieux.

— Ouah. Quelqu'un d'autre est au courant ?

Il secoue la tête.

— C'est notre petit secret.

Je lâche une expiration tremblante alors qu'il sort de l'autoroute.

Il quitte la route des yeux une seconde pour me regarder.

— Tout va bien se passer.

— Et s'il n'est pas content de me voir ?

— C'est ça qui t'inquiète ?

— Je déteste les surprises. Elles ne se passent jamais comme prévu.

Quelque chose qu'Elias a dit plus tôt n'arrête pas de se répéter dans mon esprit.

— Arrête-toi. Range-toi sur le côté.

Mav plisse le front, mais il se gare sur le parking d'un café juste à côté de l'autoroute.

— Ça va ?

— Oui, je vais bien, mais je ne peux pas faire ça.

— Sie...

Je me tourne vers lui.

— Pas parce que j'ai peur qu'il ne veuille pas me voir. Je suis une putain de dure à cuire.

Le corps de Mav est secoué par le rire.

— Oui, tu l'es.

— Il m'a demandé une chose. Je ne peux pas aller le voir et essayer de le convaincre de ne pas le faire.

— Et si tu lui disais juste que tu l'aimes ?

— Je le ferai, mais pour l'instant, je pense que je dois croire en nous. Si je me pointe chez lui, je prouverai que je ne peux pas gérer ce que la vie nous réserve. Alors que je peux. Je suis assez forte. S'il veut s'enfuir, c'est son problème. Mais je suis là, du moins j'étais là. J'ai été assez forte et pas lui.

— Je ne suis pas sûr de suivre.

J'ouvre la porte, le téléphone dans l'autre main.

— Tu m'accordes cinq minutes ?

— Reste dans la voiture. Je vais chercher du café.

— Merci.

Je ferme la porte et Maverick sort du véhicule.

Je ne sais pas ce que je vais dire, mais mon doigt plane au-dessus du numéro de Rhett quand je reçois un message.

Rhett : Salut, mon ange. Je suis de retour dans le Minnesota et j'ai un nouveau portable.

Un deuxième message apparaît pendant que je relis le premier pour la troisième fois.

Rhett : Je devais le faire. Je ne peux pas l'expliquer. Je sais que c'est le pire moment avec les exams, mais je ne pourrai pas revenir tant

que je ne saurai pas… Putain, je ne sais même
pas ce que je dois savoir.

Rhett : Je sais que tu me manques.

Je tape une douzaine de réponses. J'ai envie de lui dire ce
que je ressens et de le supplier de revenir, bien sûr. Il me
manque. Mais s'il ne veut pas de mon soutien maintenant, je ne
peux pas le forcer.

**Moi : Tu me manques aussi. Je comprends. Fais
ce que tu as à faire, mais je suis là si tu as
besoin.**

J'éteins mon téléphone pour éviter de craquer et de lui dire
que je l'aime par message. Il reviendra. Il doit revenir.

Mav remonte sur le siège conducteur, me tend une tasse et
pose la sienne entre nous.

— Alors ?

— Désolée de t'avoir fait faire mille cinq cents kilomètres
pour rien, mais je dois le laisser gérer les choses à sa façon.

Il hoche lentement la tête.

— Tu es sûre ?

— Absolument.

— Très bien, dit-il en mettant ses lunettes de soleil. Tu veux
rencontrer ma nouvelle équipe ?

Mav et moi retournons à Valley le mercredi soir. Le reste de la semaine, je rattrape mes cours. Le mois a été mouvementé, mais heureusement, mes professeurs ont aussi hâte que moi que le semestre se termine. De plus, je n'ai raté aucun devoir ou examen important.

Sans Rhett ou le patinage pour m'occuper, le vendredi soir, j'ai rattrapé tout mon retard et je m'ennuie. Je rejoins enfin les filles à la cafétéria. Je savais qu'elles auraient un million de questions et je ne suis pas déçue. À la seconde où nous nous asseyons, elles commencent à m'interroger sur Rhett.

— Tu as fait tout ce chemin et tu n'es même pas allée le voir ? s'étonne Ginny.

— Je ne pouvais pas. Je le voulais, mais je ne pouvais pas.

Reagan sourit tristement.

— Tu as des nouvelles de lui ?

Je secoue la tête.

— Juste quelques messages. Espérons qu'il s'occupe ou fasse ce dont il a besoin.

— Cela ne fait seulement une semaine, dit Dakota.

Une semaine qui m'a semblé une éternité. J'espérais qu'avec

la distance, il s'ouvrirait davantage, mais je n'ai droit qu'à du silence radio pendant qu'il gère ça tout seul.

Je me redresse.

— Oui. Je sais. Il me manque, c'est tout.

— Je n'arrive pas à croire que tu aies fait toute cette route, dit Reagan.

— Ça n'a pas complètement été inutile. J'ai enfin pu rencontrer Elias et l'équipe des Wildcats. Je ne sais pas trop ce qui était le plus excitant.

Dakota se penche en avant.

— Je sais qu'Elias est ton meilleur ami, mais le vestiaire des hommes... Un seul homme n'est jamais mieux que toute une équipe de hockey masculine.

— Sauf quand c'est le bon, rétorque Reagan.

Dakota lève les yeux au ciel.

— Eh bien, jusque-là...

Elle agite la main.

— J'ai besoin de détails.

Je leur raconte tout ce dont je me souviens sur la nouvelle équipe de Maverick et l'énorme patinoire où ils s'entraînent. J'omets qu'il va l'intégrer plus vite que prévu. Que je sache, Maverick n'a fait part à personne de sa décision de quitter Valley et de passer pro l'année prochaine.

Reagan et Ginny finissent par partir pour aller voir leurs petits amis.

— Tu sais que Mav pense que tu lui as envoyé des sextos pendant notre absence ? dis-je à Dakota en quittant le réfectoire.

— Umm... quoi ?

— La photo que tu lui as envoyée avec Charli. Il a toute cette théorie sur le fait qu'envoyer une photo de sa chienne, c'est mieux que d'envoyer des photos coquines.

Elle me regarde sans comprendre.

— Genre, c'est plus efficace que des nudes pour baiser.

— C'est pour ça qu'il continue à m'envoyer des photos de lui et Charli.

Nous rions toutes les deux.

— Tu fais quoi ce soir ? demande Dakota. Tu veux sortir ?

— J'adorerais, mais j'ai dû échanger quelques cours pendant mon absence. Ce soir, je donne deux cours de yoga pour débutants.

— Je viens avec toi. J'allais courir, mais le dernier cours que j'ai suivi avec toi m'a donné un coup de pied au cul. Depuis combien de temps fais-tu ça ?

— Le yoga ou donner des cours ?

— Les deux.

— Ma mère faisait toujours du yoga à la maison quand j'étais petite. Je faisais une position ou deux avec elle, puis je m'ennuyais et j'allais faire autre chose. Ensuite, quand je suis arrivée à Valley, j'ai suivi un cours de yoga plus avancé. C'était très dur, mais j'ai adoré le défi, et ça m'aide vraiment sur la glace.

Je glisse ma carte sur le lecteur afin que nous puissions entrer dans la pièce verrouillée.

— J'ai commencé à donner des cours quand j'ai réalisé que je pouvais être payée pour faire quelque chose que j'avais prévu de faire de toute façon.

Elle rit.

— Ça ne gâche pas tout que ça devienne un travail ?

— Il y a des jours où je redoute de venir, mais une fois que la classe commence, non, j'adore ça.

— C'est vraiment cool et tu es douée pour ça, donc tout le monde y trouve son compte.

Je lance la musique et m'assieds par terre pour m'étirer.

— Que vas-tu faire cet été ?

Ses épaules s'affaissent en avant et sa queue de cheval rousse tombe sur son bras.

— J'ai postulé pour tellement de stages, mais, jusqu'à présent, soit ils sont non rémunérés, soit le salaire est si bas que je ne pourrai pas me nourrir.

— Quel genre de stage recherches-tu ?

Pendant que nous attendons les autres, Dakota me raconte qu'elle souhaite travailler dans les relations publiques ou dans le marketing. Elle espère trouver un poste cet été pour ajouter de l'expérience à son CV.

— On dirait que ça va être un autre été à travailler au *Hall of Fame*. C'est tellement calme pendant l'été. Les seules personnes qui viennent sont d'anciens élèves qui veulent revivre leurs années de gloire.

— Oh, ça a l'air plutôt sympa.

Quelques personnes nous ont rejointes et déroulent leurs tapis pour se préparer.

— Pas vraiment. Je me retrouve toujours coincée pendant une heure à écouter comment ils faisaient la fête à l'époque ou pourquoi l'équipe était meilleure.

Je ris en l'imaginant.

— Je n'arrête pas de me plaindre, désolée. J'adore ce travail merveilleux, mais je commence sérieusement à stresser en sachant que je vais bientôt avoir mon diplôme et que je devrai trouver un vrai travail.

— Je comprends. J'ai passé de nombreuses nuits blanches à me demander si je ne devais pas simplement passer un autre diplôme et continuer à faire ça pendant encore deux ans.

— Faire du sport et être payée ? Je pourrais m'y mettre moi aussi.

Dakota est sportive et musclée mais, après le premier cours, elle s'affale sur son tapis et déclare qu'elle n'en peut plus.

— C'était un cours pour débutants ?

Elle pose un avant-bras sur ses yeux.

— Tu n'étais pas obligée de faire les positions modifiées.

— J'essayais de te suivre. J'ai échoué.

— Merci d'être venue. C'était agréable de discuter et ça m'a changé les idées.

— Quand tu veux. Je pensais...

Elle mord le coin de sa lèvre.

— Oh oh.

— Je pense que tu pourrais faire ça comme travail après la fac.

— Le salaire est merdique. Je vivrais dans des apparts bon marché avec douze colocataires.

— Et si ça payait bien ?

— Alors je suis partante, mais je me suis renseignée. C'est un salaire minable et sans avantages.

— J'ai une idée. Je peux rester et filmer le prochain cours ?

— Tu veux filmer le cours ?

— Eh bien, non. Je veux te filmer toi.

Maverick entre et nous salue de la main avant de nous rejoindre.

— Tu restes pour le cours ou tu viens de finir ? demande-t-il à Dakota.

— Les deux.

Elle me regarde.

— Je ne vais filmer que toi et personne d'autre, donc tu n'as pas à te soucier d'obtenir des dérogations, des autorisations ou quoi que ce soit d'autre.

— La filmer, pour quoi faire ?

— Je veux montrer à Sienna que ce serait génial qu'elle enseigne le yoga en ligne.

Une petite minute, quoi ?

— Tu serais super pour ça, affirme-t-il. Tu peux me mettre sur la vidéo. Je rends le yoga sexy.

Dakota lève les yeux au ciel.

— Ne prive pas le monde de mes talents incroyables pour le yoga.

— Qu'est-ce que tu en dis ? me demande-t-elle en souriant, pleine d'espoir.

Le cours doit commencer, je n'ai pas le temps de réfléchir à tous les éléments qu'elle m'a donnés.

— D'accord. Oui pour filmer, mais essaie de faire en sorte que ça ait l'air décontracté pour ne pas perturber la classe, et seulement moi et Maverick.

— Yes !

Elle fait une petite danse de la victoire.

— Et ne poste rien avant de me l'avoir montré.

— Bien sûr. Ça va être génial. Je te le promets.

— Mmh mmh. Je ne crois que ce que je vois.

Mes disciples ne semblent pas remarquer que Dakota me filme depuis son tapis, mais moi oui. Les cinq premières minutes, mes mouvements sont raides et ma voix ressemble à celle d'un robot. Cependant, très vite, je m'habitue et oublie presque qu'une caméra est braquée sur moi.

Quand le cours se termine, je fais la grimace alors qu'elle s'approche avec son téléphone.

— C'est bon. Je n'ai pas besoin de regarder pour savoir à quel point c'était bizarre.

Mav se tient à côté d'elle et fixe son écran.

— Je tremble un peu au début. J'ai eu du mal à trouver le bon angle, mais il y a de bons plans ici.

Mav sourit.

— Regarde cette posture parfaite.

— Je déteste l'admettre, mais tu es très photogénique, lui avoue-t-elle.

Le sourire de Mav ne pourrait pas être plus grand. Il passe un bras autour de ses épaules.

— La salle est libre ? On peut essayer quelques positions ?

— Tu n'es pas obligée de faire ça, dis-je.

— Je veux le faire.

— Pourquoi ?

— Parce qu'en tant qu'amie, je vois en toi un potentiel que tu ne vois pas.

— Il y a déjà tellement de vidéos de yoga sur le marché.

La plupart sont nulles, je l'admets.

Comme je ne suis pas convaincue, elle ajoute :

— Tu as du vécu. Ça donne envie aux gens de t'aimer et de te suivre. Et tu es une très bonne prof de yoga.

— En plus, tu es sexy, ajoute Mav.

Je ris, mais Dakota acquiesce.

— Il n'a pas tort. Ça aide aussi. Laisse-moi prendre quelques vidéos sous différents angles. Tu as raison, il y a une tonne de vidéos de yoga, mais tu n'es pas dessus.

— D'accord. Ça marche. Je n'ai rien d'autre à faire ce soir, de toute façon.

— C'est l'esprit, dit-elle en riant.

***

La semaine suivante est plus facile. Rhett me manque énormément, mais je m'occupe avec les cours et la nouvelle obsession de Dakota de me transformer en influenceuse de yoga. Je tressaille chaque fois qu'elle prononce le mot « influenceur ».

Nous filmons des vidéos et prenons des photos dans le studio et dans le campus. Je dois dire que, même si je n'ai jamais le courage de les poster, ça valait tout le temps et l'énergie pour me distraire.

— Sortons ce soir, propose Dakota le jeudi après-midi.

Nous nous appelons en visio tandis que je rentre à ma chambre après les cours.

— Je vois à ton regard que tu avais l'intention de te cloîtrer et de bouder.

— Je ne boude pas. Je n'ai simplement pas envie d'être trop heureuse.

Elle se moque de moi.

— C'est noté. Je vais m'assurer que tu passes un bon moment alors. Rien de trop amusant.

— D'accord. J'en suis. Je vais demander à Josie et Olivia aussi.

Elles aussi me harcèlent pour sortir, donc je peux faire plaisir à tout le monde en même temps.

— Cool. Je vais voir si je peux éloigner Reagan et Ginny de leurs hommes.

Nous retrouvons Dakota et Reagan chez elles. Elles ont acheté assez de vin et d'alcool pour que tout le groupe ait la gueule de bois toute la semaine. Dakota a lancé de la musique entraînante dans les haut-parleurs du salon.

— On a de l'eau gazeuse, du Gatorade et Coca Light, dit Reagan quand j'entre dans la cuisine pour savoir ce qu'il y a à boire.

— Merci.

Elle trémousse ses fesses en s'éloignant, un verre à la main.

— On se retrouve sur la piste de danse.

Pendant presque une heure, c'est exactement ce que nous faisons. Nous dansons au beau milieu de leur salon, scandant toutes les paroles en sautant. C'est agréable de se noyer dans la musique et de passer du temps avec ses amies.

Nous nous rendons dehors pour faire une pause. Josie s'assied à côté de moi et pose la tête sur mon épaule.

— Je n'arrive pas à croire que tu vas avoir ton diplôme et me laisser toute seule.

— Hé !

De l'autre côté, Olivia lui donne un coup de coude.

— On devrait organiser une fête pour célébrer ça, dit Josie en se redressant. On pourrait la faire chez Kate.

— Vous n'avez pas besoin de faire ça. C'est parfait. Rien que mes copines.

— On y sera aussi. Et peut-être quelques joueurs de hockey.

— Ils ont tendance à suivre ces deux-là, dit Dakota en montrant Ginny et Reagan.

— S'il te plaît ? supplie Josie. Ça va être tellement amusant. Laisse-nous te dire au revoir comme il se doit.

Elle embrasse le bout de ses doigts puis ouvre la main pour envoyer le baiser dans les airs.

Je souris.

— Bien sûr. Ça a l'air super. Merci.

Cependant, ma poitrine se comprime en prenant conscience que le seul joueur de hockey que je désire sera absent.

Le lendemain matin, je me réveille tôt. Mon corps refuse d'accepter que je n'aie plus besoin de me lever pour aller m'entraîner le matin. Alors, je m'habille et me rends tout de même à la patinoire.

Je m'échauffe et répète mon ancienne routine. C'est étrange de se dire qu'il n'y aura plus de nouveaux enchaînements. Je ne suis pas triste d'abandonner la compétition ou les spectacles. Je pourrais continuer si je le souhaitais réellement. Et je sais que je continuerai à patiner. Je trouverai le temps parce que j'adore ça. Mais ça... rien qu'à être sur la glace sans avoir à être autre part, ça va me manquer de ne plus avoir cette si grande partie de ma routine quotidienne.

Les lumières sont toujours tamisées et je suis toute seule. Vu que l'équipe de hockey et celle de patinage ont toutes les deux terminé leur saison, je trouve enfin un peu de solitude sur la glace, ce que j'ai attendu tout le semestre.

J'avoue que ce n'est pas aussi bien que je le pensais. Je

gardais mes distances avec les gens avant Rhett. Je trouvais des d'excuses : mon besoin de patiner, mes problèmes cardiaques et sûrement un million d'autres choses. Mais il m'a changée. Je ne crois pas que je pourrais revenir à la Sienna d'avant, qui pensait qu'elle était mieux toute seule.

Je suis assez forte pour patiner, aimer, offrir tout mon cœur à une personne... chaque détail imparfait. J'espère simplement qu'une fois qu'il sera remis, il pourra l'accepter et m'accepter.

Chaque détail imparfait.

TRENTE-CINQ
RHETT

La patinoire est silencieuse. Les stages d'entraînement d'été ont commencé et quelques personnes viennent en fin d'après-midi, quand elles ont fini les cours.

— Ça doit te sembler petit après toutes les grandes patinoires où tu as patiné ces quatre dernières années.

Ma mère apparaît à la porte.

— Ça reste ma préférée.

Je m'arrête devant elle.

— Tu as besoin de moi pour quelque chose ? Je pourrais donner l'un des cours plus tard.

— On s'en occupe.

— Je sais, mais je suis là, alors autant aider.

— Tu ne seras sur la liste des employés que dans un mois.

— Maman, allez. Laisse-moi aider. Je vous ai entendus toi et papa vous plaindre du coach de Ryder. Je peux passer voir.

— Je sais que tu as envie de te rendre utile tant que tu es là, mais ce n'est pas pour ça que tu es venu, et je ne veux pas avoir à te remplacer si tu décides de repartir. Si tu veux aider aujourd'hui, très bien. Mais juste pour aujourd'hui.

— Je ne vais pas partir et vous laisser en plan. J'aime cet endroit.

— Et il sera là dans un mois ou deux quand tu seras prêt.

C'est exaspérant de ne rien prévoir de sa journée. Pendant des années, il y a eu les cours et le hockey et à présent, je me réveille tous les jours, fais les devoirs que je dois terminer et rendre, afin d'obtenir mon diplôme, et me rends ensuite à la patinoire. Je suis là à l'ouverture et généralement à la fermeture, mais ma mère s'est montrée inflexible : je dois prendre ce temps pour moi.

Officiellement, mon rôle sera de donner des cours particuliers de hockey et de superviser les stages d'entraînement. J'ai hâte de commencer. J'ai toutes sortes d'idées pour développer la patinoire et l'améliorer, mais elle a sûrement raison. À Valley, je me suis accroché à Sienna comme à une ancre et ici, je fais de même en essayant d'être si occupé que je n'ai pas vraiment le temps d'y penser. Voilà deux semaines que je suis rentré et je ne sais toujours pas ce que je fabrique.

— Tu es allé voir Cory et Cam ?

Je baisse la tête et la secoue. Le regard qu'elle me lance en dit plus que les mots.

— Oh mince, c'est l'heure ? demande-t-elle en levant la tête vers l'horloge accrochée au mur. Le réparateur n'est pas encore arrivé et je dois aller chercher ton frère dans dix minutes.

— J'irai le chercher.

Elle me jette à nouveau ce regard.

— D'accord, alors laisse-moi au moins appeler le réparateur. J'appellerai Cory demain. Je te le promets.

Elle n'a plus le choix et elle le sait.

— Invite-les à dîner cette semaine.

— Maman, tu n'as pas à...

— Ça sera dur. Ne rends pas cela plus difficile que ce ne doit l'être.

Elle se redresse.

— La porte du vestiaire doit être réparée aujourd'hui. Nous avons un match de hockey de benjamins demain matin et il faut que la porte se ferme. S'ils essaient de reporter la réparation, appelle quelqu'un d'autre.

— Je me débrouillerai. Vas-y.

J'abandonne après trois appels infructueux. Une seule personne m'a dit qu'elle pouvait venir, mais pas avant deux semaines. En fouillant dans le placard à tout faire, je trouve des outils et me rends dans les vestiaires des garçons.

La gigantesque porte en bois est extrêmement lourde. Je transpire et jure en essayant de l'enlever de ses gonds.

— Il y a quelqu'un ? lance quelqu'un à l'entrée de la patinoire.

— Une petite minute.

Je pose la porte contre le mur, soulagé que le réparateur ait enfin décidé de pointer le bout de son nez. Il faudra probablement être deux pour la remettre.

J'essuie mes mains sur un torchon tandis qu'il apparaît. Son jean est bien trop propre pour que ce soit le réparateur, et pas de caisse à outils en vue en plus.

Il hausse le menton.

— Rhett ?

— Oui. Qui êtes-vous ?

Il sourit. Un sourire prétentieux qui me donne une sensation de déjà-vu.

— Elias.

— Que me vaut cet honneur ? Attends, Sienna sait que tu es là ? Elle va être tellement énervée que je te rencontre avant elle.

— Non, elle ne sait pas. Et, en fait, j'ai rencontré notre copine la semaine dernière.

— Sérieux ?

Je souris en imaginant le visage de Sienna qui rencontre son meilleur ami après tout ce temps.

Il acquiesce. J'ai l'impression qu'il ne va pas entrer dans les détails, à moins que je me montre indiscret.

— Comment va-t-elle ?

— Oh non. Tu n'obtiendras aucune information de moi.

Je ris.

— Très bien. Peux-tu me dire pourquoi tu es là alors ?

— En temps voulu, Robbie.

— C'est un peu loin de Toronto pour passer faire un coucou.

— On s'entraîne à Auburn pour les deux prochains mois. C'est la ville natale de ma partenaire, Taylor.

— Eh bien, si tu ne comptes pas me dire pourquoi tu es là, tu veux bien prendre un côté. Cette porte est coincée. Un enfant n'a pas pu sortir hier soir. C'était vraiment une catastrophe.

Elias ricane.

— Je veux bien te croire.

Nous travaillons ensemble pour remplacer le gond tordu et remettre la porte.

— Merci, putain, dis-je quand nous la testons et que la porte s'ouvre sans problème.

Je lui jette un torchon sale pour qu'il se nettoie les mains. Ensuite, j'attrape deux chaises qui traînent et lui fais signe de s'asseoir pendant que je fais de même.

— L'endroit n'est pas si mal.

Il s'assied et parcourt la patinoire des yeux.

— Elle appartient à ma famille depuis quatre générations.

Stages de patinage et de hockey durant l'été, cours toute l'année, et nous la louons aux équipes.

J'ai beaucoup de projets pour la développer et la rentabiliser davantage, mais en temps voulu.

— Ça me rappelle la patinoire où j'ai grandi.

Son regard continue de se promener.

— Elle a failli venir te voir.

— Ah bon ?

Mon cœur s'accélère rien qu'à l'idée.

— Elle s'en est dissuadée. Elle a décidé que tu avais besoin de te débrouiller tout seul.

Je hoche la tête. Je suppose que j'ai dit ça, et que je le pensais, mais depuis qu'on est séparés, j'ai l'impression de patauger dans la boue. Je perds lentement la tête, ou ce qu'il en reste, du moins.

— Elle me manque.

— Mais ?

— Je ne veux pas l'entraîner dans ma chute pendant que je surmonte toute cette merde.

— Parce que tu penses qu'elle ne peut pas le supporter physiquement ?

Je le regarde fixement.

— Ses problèmes de cœur ? C'est cool, je comprends. Je ne pourrais pas te dire combien de personnes nous ont quittés parce que c'était trop dur pour elles. S'il y a une chance entre Sienna et toi, alors tu vas devoir te reposer sur elle. Tu vas devoir lui faire confiance et te dire qu'elle est assez forte.

— Bien sûr qu'elle est assez forte. Je ne suis pas parti parce que je la crois trop faible pour supporter tout ça. Merde, c'est ce qu'elle pense ? Je suis en colère et triste, et elle ne mérite rien de tout ça. C'est un ange.

Mon ange.

— Tu veux savoir ce qui nous rend si proches, Sienna et moi ? Ce qui rend deux personnes proches, je dirais ?

Je ne réponds pas, mais il continue.

— Le fait de surmonter des épreuves ensemble, d'être vulnérable et de laisser l'autre personne voir tous les aspects de ta personnalité. Pour Sienna et moi, c'est notre maladie cardiaque. On se dit des choses... des trucs effrayants... qu'on ne peut admettre à personne d'autre.

— À la vie, à la mort.

Je fais le X sur mon cœur que je les ai vus faire une douzaine de fois.

— Exactement.

— C'est différent.

— Pas vraiment. Elle veut juste être là pour toi, quoi que tu souhaites. Tu as dit que tu devais venir ici, alors elle t'a laissé partir. C'est une dure à cuire. Elle te donnera toujours tout, mais as-tu vraiment besoin d'être à des milliers de kilomètres d'elle ? Tu as traversé des épreuves difficiles et j'en suis désolé. Vraiment. Mais les filles comme Sienna ne se présentent pas très souvent. Je te suggère de te ressaisir, Rhett, et d'aller retrouver notre copine, avant que je doive une fois de plus supporter son visage triste au téléphone. J'ai mes propres problèmes sur lesquels j'ai besoin qu'elle se concentre.

Je glousse en sachant que c'est exactement ainsi que fonctionne la relation entre Sienna et lui. Elle l'aide. Elle est son roc.

Il se lève et me tend la main.

— Je dois y aller, mais je suis content d'être passé. Tu n'es pas si mal, le hockeyeur. Ne me fais pas regretter de bien t'aimer.

Le soir suivant, les parents de Carrie viennent dîner. Une fois que nous avons terminé le repas, nous nous installons dehors. Ma mère et Cory font le tour du jardin pour admirer les nouvelles plantations de l'année. Papa et Ryder jouent à chat. Je me retrouve donc avec le père de Carrie, Cam, sous le porche. J'attends simplement qu'il me demande pourquoi j'ai raté l'enterrement.

— Les cours sont déjà terminés pour l'année ?

— Non. Il reste encore deux semaines. Mes profs me laissent rendre mes devoirs à distance.

Il hoche la tête pensivement.

— Tu as prévu d'aller à la remise des diplômes ou ça aussi, tu ne comptes pas t'y rendre ?

Il me jette un coup d'œil en portant la bouteille à ses lèvres. Cam était dans l'armée, un sergent, il a ce regard assassin qui donne envie de se pisser dessus.

— Je ne sais pas, dis-je honnêtement en essuyant une paume moite sur ma cuisse. Je suis désolé d'être parti. J'aurais dû être là. C'est pour ça que je suis revenu. Je sais que ça ne change rien, mais je sentais que j'avais besoin d'être là.

— Combien de fois comptes-tu t'enfuir pour essayer d'arranger les choses ?

— Je vais quand même avoir mon diplôme même si je suis absent. Je n'ai pas besoin de porter le chapeau et la toge. Je n'ai même pas besoin du diplôme.

Pas vraiment. J'ai toujours su que je voulais travailler à la patinoire et la reprendre complètement un jour.

— Et tu n'as pas besoin d'aller à un enterrement pour faire ton deuil. Si tu cherches mon absolution, tu ne la trouveras pas. Bon sang, tu n'en as pas besoin. Je sais à quel point tu tenais à ma fille et cela me suffit.

Je déglutis.

— Merci, monsieur.

Savoir qu'il ne me déteste pas est un soulagement, mais pas autant que je l'espérais.

Il pose des questions sur la patinoire, le hockey, les cours. Nous parlons de tout et de rien et n'abordons pas les sujets sérieux, jusqu'à ce que ma mère et Cory reviennent tranquillement de leur balade.

— On devrait probablement rentrer chez nous, dit Cory à Cam avant de me sourire. C'était bon de te voir. Passe à la maison un jour, hein ?

— Je le ferai.

Je me lève pour les raccompagner.

Cory me serre dans ses bras, les larmes aux yeux.

À la porte d'entrée, mes parents suivent Cory jusqu'à sa voiture, toujours en discutant. Cam reste en retrait pour me serrer la main.

— Tu sais, la plupart des célébrations ne concernent pas vraiment la personne que l'on est censé célébrer. Les funérailles, les baby shower, *les remises de diplômes.*

— Où veux-tu en venir ?

— Il y a peu de choses dont j'avais envie d'être témoin, mais je désirais plus que tout voir ma petite fille monter sur scène et recevoir son diplôme universitaire.

Il serre ma main un peu plus fort.

— Tu comprends ce que je veux dire ?

Je regarde mon père et ma mère.

— Oui, monsieur.

Il me prend dans ses bras. Je crois que c'est la première fois, depuis tout le temps que je le connais, qu'il me fait un câlin. Ce n'est pas dans ses habitudes ni dans les miennes. Quelque chose me dit cependant que ce n'est pas moi qu'il étreint, mais la chose qui se rapproche le plus de sa fille. Alors je le serre, puis rentre faire mes valises.

TRENTE-SIX
RHETT

Le soleil de l'après-midi absorbe la rosée et les oiseaux pépient au loin. La terre sous mes pieds a été retournée il y a peu de temps et l'herbe n'a pas encore repoussé.

— Je pensais que je saurais quoi dire maintenant, chuchoté-je à la pierre tombale de Carrie. Je suppose que... je suis désolé. Pardon de ne pas avoir su être ton ami après tout ce qu'on a traversé. Pardon de t'avoir blessée, ce n'est pas ce que je voulais.

Je laisse échapper un soupir et lève les yeux vers le ciel bleu.

— Je suis en colère contre toi, Carrie. Je t'en veux d'avoir pris la voiture. Je sais que ça n'a aucun sens. J'espérais qu'un jour nous pourrions être amis. Peut-être que je prenais mes désirs pour des réalités. Je ne sais pas. Ça n'a aucun sens pour moi. Pourquoi toi ? Pourquoi maintenant ? Tu t'apprêtais à accomplir des choses tellement incroyables. Je le sais. Tes parents vont s'en sortir. Ne t'inquiète pas pour eux. Je vais m'occuper d'eux. Je n'ai pas toujours été un bon ami, je n'ai probablement pas toujours été un bon petit ami non plus, mais tu es la première fille que j'ai aimée et je ne t'oublierai jamais.

Je recule et me tourne ensuite pour monter dans la voiture.

— Ça va ? demande ma mère une fois que je suis assis du côté passager.

— Oui. Ça va.

Elle me prend dans ses bras. Elle le fait beaucoup en ce moment. Je crois que la mort de Carrie nous a tous impactés différemment et je ne sais pas quand nous reviendrons à la normale. Pas aujourd'hui, c'est sûr.

Ma mère prend la direction de l'aéroport et je me retourne pour regarder Ryder. Depuis que je lui ai dit que je partais hier soir, il ne m'adresse plus la parole.

— Tu vas me manquer, Ry, mais on se verra dans deux semaines pour la remise des diplômes. Ensuite, je serai de retour pour de bon.

Le seul indice qui me permet de savoir qu'il m'écoute, c'est quand il détourne davantage la tête pour regarder par la fenêtre.

— Je me demandais si tu voulais ça.

Je sors ma casquette des Bruins de mon sac.

— Je l'ai achetée pour quelqu'un il y a longtemps, mais elle ne l'aimait pas trop, dis-je en me penchant vers lui. Elle n'était pas trop fan des Bruins, tu imagines ?

— Tu n'as jamais pu t'empêcher de la taquiner sur la victoire des Bruins cette année-là.

Maman sourit en y repensant. Oui, je suppose que je l'avais achetée pour plaisanter, mais elle l'a gardée. La donner à Ryder semble juste. Il ne connaissait pas très bien Carrie, mais je crois qu'elle aurait aimé qu'il l'ait.

Il gigote et étudie la casquette dans mes mains.

— C'est la même que la tienne, mais en plus propre.

— Ouaip.

Je la lui tends, mais il ne la prend toujours pas.

— Tu sais quoi ? Je vais la poser ici et si tu ne la veux pas, tu la remettras dans ma chambre plus tard, d'accord ?

Il finit par me regarder.

— Tu t'en vas comme Carrie ou tu reviens vraiment ?

Il m'est impossible de parler pendant quelques secondes alors que je ravale la boule dans ma gorge.

— Je reviendrai.

Il n'a pas l'air convaincu, alors je déboucle ma ceinture et me glisse dans l'ouverture entre les sièges.

— Qu'est-ce que tu fais ?

Ma mère rit pendant que j'essaie de me faufiler derrière. Ce n'est pas facile.

— Tu es trop grand, plaisante Ryder tandis que je lutte pour m'asseoir à côté de lui.

Je ris aussi. Ça fait du bien. Je mets la casquette sur sa tête et la frappe ensuite avec la visière de la mienne.

— On se voit bientôt.

* * *

Je retourne à Valley tard dans la soirée du dimanche. Adam est venu me chercher et je lui ai demandé de m'emmener directement à la patinoire. Je savais qu'elle y serait. Plus je m'approche de la glace, plus j'ai l'impression d'atteindre la ligne d'arrivée. C'est ce qu'elle est pour moi : ma finalité.

Quand je la vois, j'en ai le souffle coupé. Tapi dans l'ombre, j'enfile mes patins et l'observe glisser sur la glace. J'ai le cœur qui tambourine dans ma poitrine et l'estomac noué. Il m'a traversé l'esprit qu'elle pourrait ne pas être aussi excitée que moi de la voir.

Elle s'arrête au milieu de la patinoire. Sa poitrine se soulève et s'abaisse tandis qu'elle reprend son souffle. Elle pose les mains sur sa tête et observe la salle comme pour la mémoriser.

Bordel, elle m'a manqué. Le fait que tout va mieux quand elle n'est pas loin m'a manqué. Je pensais que je dépendais trop d'elle, qu'elle était une drogue sans laquelle je ne pouvais pas vivre. J'avais si peur que rester nous détruise. Alors que la vérité, c'est que je peux vivre sans elle. Et elle aussi peut vivre sans moi.

Nous survivions très bien chacun de notre côté il y a quelques mois. Je ne veux pas survivre. Je veux m'assurer d'avoir une partenaire sur laquelle je pourrai m'appuyer quand la vie m'en fera baver. Et pareil pour elle. Je veux être important pour elle et faire de la vie de la chair à pâté quand elle tentera de lui en faire baver.

Lentement, je me dirige vers les barrières en plexiglas. Des secondes, voire des minutes, passent tandis qu'elle reste debout là, au centre.

Le cliquetis de la porte attire son attention et ses yeux s'écarquillent légèrement quand j'entre sur la glace. C'est la seule chose qui me prouve que je l'ai prise par surprise.

— Rhett.

Mon nom dans sa bouche embrase chaque parcelle de mon corps.

— Je pensais bien te trouver ici.

— L'habitude.

Elle n'a toujours pas bougé.

— Tu es de retour.

Je m'avance vers elle.

— Oui, je suis de retour.

— Comment vas-tu ? Je veux dire... tu as fait ce que tu devais faire ?

— Honnêtement ? Je ne suis pas sûr. Je suis encore un peu perdu.

— Je comprends.

— Certains jours, j'ai l'impression que tout ça n'était qu'un rêve. Je me sens coupable et triste. Je suis en colère contre moi-même et contre le monde entier. J'en veux même à Carrie, ce qui fait de moi le pire des connards.

— Tu n'es pas un connard.

— Je vais faire de mon mieux pour ne pas l'être, mais je ne sais pas encore comment aller de l'avant. En gros, je suis une épave, mais je veux être ici avec toi.

— Mais tu as dit...

— J'avais tort. Tu essayais de me dire que j'avais le droit de me défouler sur toi, mais je n'arrivais pas à me résoudre de le croire. Tout est mieux avec toi. Et je ne dis pas ça parce que c'est dur pour moi, mais parce que c'est la pure vérité.

— Je sais que tu penses que je suis brisée, que mon cœur me rend faible, mais c'est faux. Je peux gérer.

— Je ne pense pas ça. Je n'ai jamais pensé ça. Je ne suis pas parti parce que je pensais que tu n'étais pas assez forte. Je suis parti parce que je n'étais pas sûre de l'être. Tu es la nana la plus forte que je connaisse. La personne la plus forte que je connaisse. Ton cœur n'est pas brisé. Tu n'es pas brisée. Je déteste le fait que tu aies cru que je pensais ça.

— Quand je me fais des amis, ils réalisent l'une des deux choses suivantes : soit qu'il y a de bonnes chances pour que je meure, soit ils l'intériorisent et prennent conscience qu'ils ne sont pas à l'épreuve des balles non plus. C'est quoi pour toi ?

— Les deux. Je peux me remettre de beaucoup de choses, mais pas de vivre sans toi.

Elle expire et fait un petit sourire.

— Waouh. Tu devrais disparaître plus souvent.

— Quelqu'un m'a aidé à revenir. Elias est venu me voir.

— Il est venu te voir ?

— C'est un bon ami. Je suis content que tu l'aies. Tu es son roc. Il s'avère que tu es aussi le mien.

— Je ne sais pas quoi dire. Tu m'as prise au dépourvu.

Elle se tient par la taille, gardant ses distances.

Ça fait mal, même si je m'étais préparé à la possibilité qu'elle me rejette. J'espérais qu'elle se montre enthousiaste, puis qu'on s'embrasse beaucoup. L'embrasser et l'avoir contre moi m'a manqué.

— Tout ça est si soudain. Tu pourrais me laisser un peu de temps pour y réfléchir ?

Merde. J'ai vraiment tout fait foirer. Je hoche lentement la tête.

— Bien sûr. Je sais à quel point tu détestes les surprises, mais j'avais besoin de te voir dès mon retour.

— Je t'écrirai.

— OK, euh, tu as mon numéro, dis-je en imitant deux pistolets avec mes mains.

Quel geste pourri, je gâche vraiment tout.

Je me retourne et quitte la glace en patinant aussi vite que possible. Quand j'arrive à la porte, elle m'appelle :

— Hé, Rauthruss.

Je me force à paraître impassible, serre les poings et me retourne. *Pas de pistolets, bouffon.*

— Oui ?

Elle patine vers moi et s'arrête brusquement en m'aspergeant de glace. L'amusement fait pétiller ses yeux verts.

— Parions ça sur la glace.

Un poids d'une tonne quitte mes épaules et je me retiens de sourire :

— Tu veux faire la course avec moi ?

— Si tu gagnes, alors tu gagneras mon cœur.

— Et si je perds ?

Elle se jette à mon cou et me serre. L'air emplit mes poumons et j'inspire son parfum.

— Je t'aime tellement. Je suis vraiment désolé d'être parti. Plus jamais. Je ferai tout pour te le prouver, autant de fois qu'il le faudra.

— Mon cœur t'appartient déjà. Je ne sais pas quand c'est arrivé, mais je suis moi aussi follement amoureuse de toi.

J'écrase mes lèvres sur les siennes. Nous titubons sur la glace en nous embrassant et en nous étreignant. Je n'arrive pas à être aussi proche d'elle que je l'aimerais. J'ai besoin d'elle. Je la désire. Pour l'éternité.

— On devrait peut-être sortir de là, parce qu'à mon avis, se retrouver avec les couilles collées à la glace doit faire sacrément mal.

Elle rit contre ma bouche.

— Emmène-moi dans ton lit, alors, Rauthruss. Ou peut-être dans la salle de bain.

Elle recule et fait semblant de me tuer avec une arme.

Je râle.

— Tu ne vas jamais me lâcher avec ça, pas vrai ?

— Certainement pas dans cette vie.

C'est exactement ce que je prévois de faire. La garder près de moi dans cette vie, et toutes les autres aussi.

RHETT

— Vous voulez regarder un film ou autre chose ? propose Adam
depuis la porte en me pointant avec sa main imitant un pistolet.

Je réponds à sa moquerie en lui faisant un doigt d'honneur.
Je regrette vraiment d'avoir été assez idiot pour lui raconter. Les
gars me le rappellent tout le temps. Tant pis. J'ai Sienna, et si je
dois passer pour un idiot pour la conquérir, je suis sûr que ce ne
sera pas la dernière fois.

— Nan, je dois regarder un documentaire super flippant.

Un oreiller atterrit sur mon oreille.

— Tu as dit que tu voulais le regarder.

— J'ai dit que je voulais passer la soirée dans le lit, nu. Ce
n'est pas la même chose.

— Ça, dit-elle en montrant son ordinateur portable, mène
à ça.

Elle se montre.

Adam sourit à Sienna et acquiesce.

— Je vais vous laisser, alors.

— Oh, attends.

Sienna l'arrête avant qu'il ne parte.

— Reagan t'a parlé de la fête de vendredi ?

— Oui. Elle a dit que tu voulais que je fasse passer le mot.

— Oui, s'il te plaît. À tous les joueurs de hockey.

— Tu envisages de m'échanger ? demandé-je en arquant un sourcil.

— Non, mais quand il y a l'équipe de hockey, ça rameute du monde, et Josie veut que cette fête soit épique.

Mon pote tapote le cadre de la porte.

— On sera là. Ce sera mon dernier ordre en tant que capitaine.

— Merci.

Sienna lui adresse un grand sourire éclatant et niais, équivalent à mon imitation d'un pistolet.

Nous sommes allongés sur le lit, Sienna entre mes jambes et son dos contre mon torse, tandis que nous regardons le documentaire. Cela parle d'un tueur en série qui visait des gens chez eux et c'est hyper dérangeant. Ça n'a pas l'air de la perturber. Évidemment. Je ferme les yeux une seconde, mais j'ai dû m'endormir, car ensuite, je suis réveillé par une femme à moitié nue et ma queue en érection.

— Tu as aimé le documentaire ? ronronne-t-elle.

— Mmh mmh, répliqué-je d'une voix rauque. Surtout la dernière partie, quand tu t'es déshabillée.

— Tu t'es endormi.

— Je suis réveillé maintenant.

Je passe un bras autour de sa taille et la plaque contre moi en cambrant les hanches.

Elle me fait un baiser lent et tendre, avant de reculer et de m'étudier longuement avec ses yeux verts.

— Ça ne va pas ? Ton cœur bat trop vite ?

Je prends mon téléphone et ouvre l'application de suivi.

— Il semble normal. Tu as mal à la poitrine ?

Elle reste bouche bée devant l'écran.

— Oh, mon dieu, Rhett Rauthruss, as-tu synchronisé ma montre avec ton téléphone ?

— Bien sûr que oui, mon ange.

— Je n'arrive pas à décider si ce tueur en série était effrayant ou mignon.

— Mignon, c'est sûr.

Je repose mon téléphone et nous fais basculer pour me retrouver au-dessus.

Elle secoue la tête, mais me sourit d'une façon qui fait battre mon cœur à tout rompre.

— Je t'aime.

— Je t'aime aussi, mon ange.

Je me lève et ferme la porte à clé.

— Tu as peur que quelqu'un nous surprenne ?

— Non, j'ai peur qu'on m'assassine dans mon sommeil.

Son doux rire emplit la pièce.

— Je te sauverai, bébé.

Elle ne sait pas à quel point elle l'a déjà fait.

Le vendredi soir, nous nous rendons chez Katy pour la fête de Sienna. Je ne crois pas qu'Adam a eu besoin de sortir les rames pour persuader tous les gars de venir. Il suffisait que Sienna leur dise que l'alcool était gratuit pour qu'ils débarquent immédiatement.

Ma petite amie est particulièrement sexy avec sa mini-jupe. Je prévois de passer la tête dessous avant la fin de la soirée.

— Tu as parlé à tes parents ? demandé-je alors que nous remontons le trottoir en direction de la maison.

— Oui. Mon père est un peu fâché, mais je lui ai promis que si j'échouais lamentablement, je reconsidérerais l'offre d'emploi dans sa société.

— Tu n'échoueras pas.

Dakota a pris plusieurs photos et vidéos de Sienna faisant du yoga et ça a cartonné. Celle où elle fait une position sur la glace a embrasé la toile. Elle travaille sur un site payant où les utilisateurs pourront gagner une adhésion à des cours en ligne et des vidéos. Je suis excité pour elle.

Je suis également ravi d'avoir réussi à la convaincre qu'elle pouvait tout aussi bien faire ça en vivant avec moi.

— J'ai une surprise.

Sienna s'arrête net devant la porte.

— Mais tu détestes les surprises.

— C'est une bonne surprise, promis.

Elle me fait traverser la maison jusque dans le jardin. Mes coéquipiers sont tous là, vêtus de leur maillot. Bon sang, il y a beaucoup de monde. Les gens nous suivent vraiment partout.

— Surprise !

— Je ne comprends pas. Je croyais que c'était une fête pour toi ?

— C'est le cas. En quelque sorte. Elles voulaient m'organiser une fête et j'ai trouvé un moyen pour qu'on soit tous les deux célébrés. Je sais que les choses sont encore difficiles, mais tu as beaucoup de choses à fêter. Tu as gagné un championnat national et tu as un super boulot qui t'attend. En plus, tu m'as moi.

Elle sort une pelote de tissu bleu de son sac et la brandit. C'est mon maillot de hockey, ou une très bonne réplique.

— Comment as-tu fait ça ? demandé-je en l'enfilant.

Sérieusement, je n'aurais jamais pensé le porter à nouveau. Je jure que j'en ai la chair de poule.

Un sourire malicieux se dessine sur ses lèvres.

— Je ne peux pas le dire, mais s'ils ne sont pas rendus avant demain midi, je ne serai peut-être pas diplômée.

— Tu es incroyable. Merci.

— Tu n'as pas vu la meilleure partie.

Elle recule et ramasse un canon à confettis.

Un rire s'échappe des profondeurs de ma poitrine. Je le lui arrache et tire au-dessus de nous. Il pleut des confettis pendant que je l'embrasse. *Ça*, ça ressemble à quelque chose qui mérite d'être célébré.

ÉPILOGUE
SIENNA

LA FILLE ASSISE devant moi me foudroie du regard et bouche son oreille droite. Cependant, je continue à crier tandis que Rhett monte sur scène pour récupérer son diplôme. Il croise mon regard et le soutient. Je fais de même.

Nous avons réussi !

Il descend l'allée sur le côté et j'abandonne mon siège pour aller le retrouver à l'arrière du gymnase. Je me jette dans ses bras, les pampilles de nos chapeaux pendant entre nous.

— On a eu notre diplôme !

Il me soulève et me fait tournoyer.

— Dieu merci. Prête à faire la fête, mon ange ?

Nous avons un dîner de prévu avec nos parents. Nos pères sont devenus meilleurs amis en une soirée. Ils adorent tous les deux la pêche, le foot et leur famille. Je crois que nos mères ont aussi prévu des vacances ensemble cet été.

— Heureusement que je n'ai pas l'intention de me débarrasser de toi de sitôt, me susurre Rhett à l'oreille. Parce que nos familles seraient dévastées.

— Te débarrasser de moi ?

Je pose la main tout en haut de sa cuisse, dangereusement près de ses bijoux de famille, et je la serre.

— J'ai dit que je n'avais *pas* l'intention de me débarrasser de toi de sitôt.

— Peut-être que moi, j'ai l'intention de me débarrasser de toi.

— Oh non, tu es coincée avec moi jusqu'à l'année prochaine au moins.

Je souris lorsqu'il me rappelle le bail de location que nous avons signé. Je n'arrive toujours pas à y croire. Nous avons trouvé le plus mignon des appartements, pas très loin de la patinoire de sa famille et avec vue sur le lac. Ça va être incroyable quand je ferai mes vidéos de yoga, en attendant d'avoir mon propre studio.

Je n'arrive pas à croire que tout ça soit ma vie.

— On peut vous voler Allison pour la soirée ? demandé-je tandis que nous disons au revoir à nos familles. Je promets de la ramener avant que vous ayez à partir pour l'aéroport demain matin.

— Pas d'alcool, ordonne immédiatement mon père, comme si mon plan diabolique était de donner une gueule de bois à ma sœur de quinze ans.

Nettoyer son vomi ne fait pas partie de mon programme de ce soir.

Nous nous dirigeons directement vers la patinoire.

— Qu'est-ce qu'on fait là ? demande Allison alors que je lui tiens la porte.

Nos amis nous attendent dans le tunnel.

Allison en prend un peu plein les yeux en voyant tous les garçons en patins et crosse à la main.

— On va faire une petite partie de hockey, lui dis-je en la prenant par le bras. Tu es dans mon équipe.

— Sérieux ? couine-t-elle.

— Sérieux, affirme Mav en s'avançant et en lui tendant une crosse. Voyons si l'on peut te trouver des patins dans le placard d'équipement.

Nous autres, nous nous rendons sur la glace. Reagan tient fermement la main d'Adam et Dakota a les mains levées, criant sur quiconque se trouvant à un mètre d'elle.

— Je gère, dit-elle. Donnez-moi juste une seconde.

— Ça va me manquer, dis-je en regardant nos amis tandis que Rhett et moi patinons ensemble en nous tenant la main.

— Moi aussi. Ça m'a frappé quand on est arrivés, je ne jouerai plus jamais un autre match de hockey.

Il lève les yeux vers les tribunes vides.

— Je veux dire, je le savais. Ça fait plus d'un mois qu'on n'a pas joué, mais je viens à peine de percuter.

Depuis le retour de Rhett il y a quelques semaines, il y a eu des moments où il a eu du mal à gérer ses émotions. Parfois, il prend ma main ou me serre un peu plus fort et je sais alors que ces moments sont plus durs que les autres. Moi, je me contente d'être là. C'est à mon tour d'être son roc, mais je sais que plus tard, il devra également être le mien.

Quand nous faisons le tour et arrivons au banc, j'attrape deux crosses de hockey.

— Tu joueras. Tu le voudras. Ça se voit que cela te passionne et que tu y joueras pour le plaisir.

Il sourit et soulève le bas de son tee-shirt, affichant ses abdominaux.

— Tu es le meilleur, dis-je en lui tendant une crosse. Et puis, il faudra que tu restes en forme si tu comptes me battre.

Il arque un sourcil.

— Ah oui ? Tu crois pouvoir relever le défi, mon ange ?

— Oh, j'en suis sûre. Tout est dans le cul.

Son regard est braqué sur moi alors que je me retourne, tends les fesses en arrière et tire. Le tintement du palet atterrissant dans le filet et contre le poteau du fond lui fait lever les yeux. Il s'illumine. Son regard brûle d'admiration. C'est vraiment le meilleur son au monde. Ou peut-être est-ce sa façon de me regarder, comme si j'étais tout pour lui.

Il effectue un cercle autour de moi.

— Tu t'es entraînée ?

— Non, j'ai eu de la chance.

J'empoigne son tee-shirt pour l'attirer vers moi. J'ai vraiment eu beaucoup, beaucoup de chance le jour où Rhett a foncé sur moi. Et tous les jours depuis, la chance me sourit.

ÉPILOGUE

RHETT

Trois ans plus tard

— Vingt-trois, hein ? demandé-je à Ryder tandis qu'il se rend au banc de touche, vêtu de son maillot.

Il hausse les épaules comme si ce n'était pas grand-chose, mais j'adore le fait que mon petit frère porte le numéro des Rauthruss.

— Prêt pour aujourd'hui ? dis-je en m'asseyant sur le banc.

C'est le premier match de la saison pour les benjamins.

Il hausse à nouveau les épaules. Je suis peut-être plus nerveux que tous mes joueurs réunis. C'est la première fois que j'entraîne et, même s'il ne s'agit que de quelques gamins du coin qui cherchent à s'amuser et à jouer au hockey, je ressens la même pression que lors de mes gros matchs à l'université.

— Encore combien de temps ?

Mon frère se tient impatiemment près de la porte, prêt à entrer sur la glace.

— Ils ont presque fini, lui assuré-je.

J'aperçois ma femme à l'autre bout de la patinoire, en train d'enseigner à des enfants de trois et quatre ans. Ils se dirigent vers une pile de jouets au centre de la patinoire.

Sienna est devant eux, en tennis, elle leur montre comment il faut faire et les encourage à lever les jambes plus haut. Son gros ventre de femme enceinte la devance. La fierté, l'excitation et davantage de stress se répandent dans ma poitrine. Elle en est presque au terme et ne peut plus patiner depuis que nous avons découvert sa grossesse à environ neuf semaines, mais elle a refusé d'arrêter de donner des cours. Surtout ceux pour les plus petits. Elle les adore.

Elle a commencé à enseigner le patinage l'été suivant la fin de l'université. Au départ, c'était pour gagner de l'argent en attendant de monter sa société de yoga. À présent, elle divise ses journées entre la patinoire et son studio.

— J'ai trouvé d'autres noms pour le bébé, dit Ryder en attirant mon attention.

— Je t'écoute.

Je croise les bras.

— Je pensais à Peter ou Parker.

Le coin de mes lèvres se recourbe face à mon amusement.

— Spider-Man ?

Il sourit en acquiesçant.

— Ou Bruce pour Hulk, Clark pour Superman. Il y a tellement de bons prénoms, ce serait cool que le bébé prenne le nom de quelqu'un de génial, non ?

Le cours de Sienna est terminé, les enfants tiennent leurs jouets pendant qu'elle les rassemble pour sortir de la glace.

— J'en parlerai à la boss.

— OK, cool.

Il se lève, impatient d'y aller.

— Reste à l'écart pendant que papa nettoie la glace, d'accord ?

Je me dirige vers Sienna tandis qu'il se précipite, sa crosse dans une main et une poignée de palets dans l'autre.

— Salut, mon ange.

Je caresse son ventre et l'embrasse sur la joue.

Elle gémit et pose une main au bas de son dos.

— Ton enfant se comporte mal aujourd'hui.

En souriant, je pose l'autre main sur son ventre.

— Ne t'inquiète pas, petit ange, je te protégerai de ta maman.

Je ne sais pas encore trop ce que c'est d'être père, mais je sais déjà que cet enfant va me mener par le bout du nez. Encore deux semaines avant de le rencontrer. À cause des problèmes cardiaques de Sienna, le docteur a recommandé une césarienne. Et comme ma femme déteste les surprises, elle était ravie de pouvoir noter la date sur le calendrier.

— Tu restes pour regarder le match ? demandé-je.

— Bien sûr. J'ai pris un siège juste à côté du banc pour pouvoir reluquer le coach sexy.

— Je stresse, avoué-je.

— Tu vas être génial. Ryder est prêt à vous mener à la victoire.

Elle incline la tête vers là où Ryder patine en arrière, en face de la surfaceuse, comme si c'était un défenseur. Je commence à lui crier de s'écarter, mais notre père, qui conduit la machine, sourit.

— Bonne chance, Coach.

Quand le reste de l'équipe arrive, je fais le pire discours d'encouragement en suant à grosses gouttes, puis je les envoie jouer. Certains enfants jouent ensemble depuis la maternelle, donc ils me remplacent quand je galère dans mon apprentissage de coach. Ryder est incroyable. À huit ans, il est déjà un grand joueur de hockey.

Au troisième tiers-temps, je me suis détendu. Nous menons

de cinq points et je fais tourner mes joueurs pour que tout le monde puisse jouer.

On tire sur mon coude et je me tourne brusquement sur la gauche. Sienna se tient derrière le banc, en direction du tunnel.

— Mon ange, tu viens embrasser le coach ?

Je m'appuie contre le muret et regarde mes joueurs.

— Je suis venue le voler, dit-elle. C'est l'heure.

— L'heure de quoi ?

Je continue à observer le match pendant que nous parlons.

— C'est *l'heure*.

Je lui accorde mon attention et percute ce qu'elle entend par là.

— C'est l'heure ?

Elle acquiesce.

— Oh mon Dieu. C'est l'heure !

Mon père est juste derrière elle et s'installe sur le banc. Il m'attrape par l'épaule et la serre.

— Je m'en occupe, Coach. On se retrouve à l'hôpital.

— Merci.

Je me précipite en prenant la main de Sienna.

Je ne me souviens pas du trajet jusqu'à l'hôpital ni de son admission. Ce n'est que lorsqu'ils me chassent de la chambre pour la mettre sous péridurale que toutes mes inquiétudes sur l'accouchement, ainsi que le stress de devenir père, me frappent.

Je fais les cent pas dans le couloir. Ma mère arrive et essaie de me calmer, mais je parviens à souffler seulement lorsqu'on m'autorise à retourner dans la chambre.

Je me précipite à son chevet et lâche une expiration tremblante.

— Tout doux, papa, dit l'infirmière alors que mes genoux cèdent. Vous voulez bien vous asseoir ?

Sienna m'adresse un sourire moqueur, mais ensuite, une autre contraction la frappe et son visage se tord de douleur.

— Non, ça va aller, dis-je en prenant la main de Sienna et en la laissant serrer la mienne jusqu'à en avoir les os fracturés. Je suis là, mon ange. Respire.

Sa douleur me permet de me concentrer sur quelque chose.

— Je croyais que la péridurale arrêtait la douleur.

— Il faut quelques minutes pour que cela fasse effet, informe l'infirmière pendant que Sienna réduit mes doigts en bouillie.

Quand vient l'heure, on me donne une blouse stérile à enfiler par-dessus mes vêtements, ainsi qu'un filet à cheveux et de petites surchaussures. Je reste à ses côtés pendant qu'ils font rouler son lit jusqu'au bloc.

Elle me regarde, les larmes aux yeux.

— Qu'est-ce qu'il y a ? Tu as encore mal ?

Je suis prêt à retourner tout l'hôpital pour trouver une personne qui peut stopper la douleur.

— Et si ça ne se passe pas bien ?

Je déglutis péniblement.

— Tout va bien se passer.

— Et si je suis une horrible mère ?

— Aucune chance, mon ange.

— J'ai tellement peur. Distrais-moi.

Je me penche jusqu'à avoir la bouche près de son oreille. Alors, je me mets à chanter. La même chanson que j'ai chantée la première fois qu'elle m'a emmené faire une *vraie* soirée karaoké. La même chanson que celle de notre première danse à notre mariage. Mr Bryan Adams me vient en aide lors des moments cruciaux.

Elle ferme les yeux et sourit tandis que je chante « Heaven », le paradis. C'est exactement ce qu'elle est. Mon paradis. Mon ange.

— Le voilà, dit l'infirmière avec un doux sourire quand notre bébé se met à pleurer.

Nous levons les yeux alors qu'on pose brièvement notre fils sur la poitrine de Sienna. Il a ses cheveux bruns, c'est la seule chose que je distingue à travers mes larmes. Mon cœur se gonfle d'une fierté et d'un amour tels que je n'ai jamais ressentis.

— Il est parfait.

Sienna pose son nez sur sa tête et le sent.

Je l'embrasse sur la tempe.

— Absolument parfait.

Le lendemain matin, malgré nos petits yeux après avoir peu dormi, notre bonheur est délirant. Maman est restée la majorité de la nuit avec nous, mais elle a dû partir à la patinoire. Papa débarque avec Ryder pile quand le bébé se réveille.

Mon petit frère entre lentement, hésitant.

— Tu veux rencontrer ton neveu ? l'encourage Sienna.

Papa s'installe à côté de moi et Ryder se place à côté du lit d'hôpital.

— Maman n'a pas voulu me dire comment vous l'aviez appelé. Vous avez suivi une de mes suggestions ?

— À ce propos.

Je me lève et me mets à côté de lui.

— On en a parlé et Sienna et moi avons décidé que tu avais raison. Il devrait porter le nom de quelqu'un de génial.

Ryder sourit.

— C'est pourquoi nous lui avons donné ton nom, déclare Sienna. Je te présente Ryan Ryder Rauthruss.

Les yeux de mon frère s'écarquillent et sa bouche se fend en un sourire.

— Cool !

Nous rions tous les quatre en fixant Ryan. Papa me tend un petit ours en peluche bleu.

— De la part de Cory et Cam.

Je prends le nounours dans mes mains et ressens une pointe de tristesse pour tous ces moments qu'ils ne vivront jamais. J'ai fait de mon mieux pour tenir ma promesse envers Carrie. J'ai demandé à Cam de nous aider avec nos stages d'été de hockey pour collégiens et je prends un café avec Cory tous les dimanches matin. Cela ne change rien, je le sais. Quelque part en chemin, ma promesse de veiller sur eux s'est transformée en un moyen de me souvenir d'elle.

Ryder sourit jusqu'aux oreilles alors qu'il s'assied à côté de Sienna sur le lit et qu'elle pose délicatement Ryan dans ses bras.

— J'ai hâte de lui apprendre à jouer au hockey.

— Peut-être qu'il voudra devenir patineur, rétorque Sienna en lui donnant un coup de coude taquin.

Ryder fronce le nez.

Le portable de Sienna sonne sur la table et elle le regarde en souriant. Je connais ce sourire. C'est celui qu'elle réserve à Elias. Ils se parlent toujours presque tous les jours et il y a quelques mois, Taylor et lui ont passé un mois avec nous pendant qu'ils se préparaient pour une compétition.

La journée défile avec les appels et les visites de la famille et des amis. Adam m'appelle et je lui fais part de chaque détail sur Ryan, de ses cheveux bruns à ses parfaits petits orteils. Maverick me félicite par message et prévoit de venir nous voir dès qu'il le pourra. Même Heath a reçu la nouvelle et nous envoie ses félicitations de la part de Ginny et lui.

Quand la nuit tombe et que l'hôpital se fait silencieux, il ne reste plus que nous trois. Ma petite famille. Je me blottis contre Sienna sur le petit lit et Ryan dort dans le couffin à côté de nous. Le son de la télévision est coupé tandis que nous regardons le match des Wildcats.

— Maverick fait un super match, chuchote Sienna, la tête posée sur mon torse.

— Il a demandé s'il pouvait être le parrain de Ryan s'il faisait un coup du chapeau ce soir.

Elle lève la tête d'un centimètre.

— Qu'est-ce que tu as répondu ?

— J'ai dit oui, bon sang.

Elle rit doucement, puis bâille.

— Je crois que je n'ai jamais été aussi fatiguée. Ou aussi heureuse.

— Moi aussi, mon ange.

Je ferme les yeux.

— Dors un peu.

— Il va bientôt se réveiller.

— Mmh mmh.

Je crois que c'est la première fois que j'ai hâte d'être réveillé par les pleurs ou les cris d'une personne. Je ne dormirai probablement pas assez longtemps pour rêver. Peu importe. Même les rêves les plus fous ne pourraient être comparables à ça.

PLAYLIST

- "Girl Like Me" de Black Eyed Peas feat. Shakira
- "Memories" de David Guetta feat. Kid Cudi
- "Paradise" de MEDUZA feat. Dermot Kennedy
- "Don't Rush" de Young T & Bugsey feat. DaBaby
- "Popstar" de DJ Khaled feat. Drake
- "All My Favorite Songs" de Weezer
- "Young" de GIRLI
- "We're Good" de Dua Lipa
- "Goosebumps Remix" de Travis Scott and HVME
- "Higher" de Clean Bandit feat. iann dior
- "Bed" de Joel Corry, RAYE, and David Guetta
- "Safe With Me" de Gryffin feat. Audrey Mika
- "Wildest Dreams" de Taylor Swift feat. R3HAB
- "Obsessed" de Addison Rae
- "Fly Away" (Jonas Blue Remix) de Tones And I
- "Lovefool" de twocolors feat. Pia Mia
- "Dandelion" de Galantis and JVKE
- "Lifestyle" de Jason Derulo feat. Adam Levine and Maroon 5
- "Nobody" de NOTD and Catello

- "Lush Life" de Zara Larsson
- "All I Want" de Olivia Rodrigo
- "At My Worst" de Pink Sweat$ and Joel Corry
- "Dancing in the Moonlight" de Jubël feat. NEIMY and Tiësto
- "Arcade" de Duncan Laurence feat. Fletcher
- "Iris" de Natalie Taylor
- "This Feeling" de The Chainsmokers feat. Kelsea Ballerini
- "Heaven" de Bryan Adams

NOTES

6. Sienna

1. L'Acroyoga est le nom d'une discipline de yoga qui combine le yoga avec l'acrobatie et parfois le massage

20. Sienna

1. Un nude est une photo de soi-même qu'on prend avec son smartphone, en étant nu ou partiellement dénudé. Autrement dit, c'est un selfie nu.

Les Nuits Du Campus

Tendre Passion

Plaisir Coupable

Cœurs Brisés

Série Smart Jocks

Passe décisive

Droit au but

Un entre-deux

La Feinte

Remise en jeu